밀당의 요정 2

밀당의 요정 ❷

천지혜 장편소설

차 례

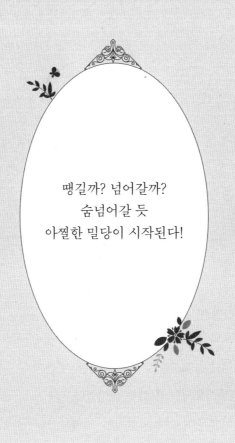

땡길까? 넘어갈까?
숨넘어갈 듯
아찔한 밀당이 시작된다!

1

웨딩의 세계

"오늘 오전 청와대 인왕실에서는……."

기자의 멘트와 함께 TV 화면이 번쩍번쩍하게 빛난다. 번개처럼 내리치는 엄청난 플래시를 맞으며 박서환, 전손희 부부가 상을 받는 모습이 생중계로 전파를 타는 중이었다.

"박서환, 전손희 부부가 초청되어 '명예로운 과학자상'을 수여받은 뒤, 대통령과 대화를 나눴습니다."

놀랍게도, 대통령이 직접 부부에게 결혼 축하 선물을 전하고 있었다.

"대통령은 저번 주말 결혼식을 올린 이들 부부에게 청와대의 인장이 새겨진 커플 시계를 선물한 것으로 알려졌습니다."

그리고 이어지는 화면에서 서환과 손희의 싱그러운 야외 예식 사진 몇 장이 떴다. 새파란 수국 사이, 두 사람이 힘차게 행진을 하고 있는 장면이었다. 이를 보고 있던 새아의 가슴이 뭉클해졌다. 기자들이 요청한 사진을 제공하기 위해, 스냅 작가님과 함께 밤늦게까지 고른 베스트컷이었다. 미순이 서환과 손희를 안아 주는 모습이 드라마틱하게 나왔다. 눈물을 글썽이고는 있지만, 모두가 웃고 있었다. 새로운 가족의 탄생을 기뻐하면서. 모락모락 뭉클뭉클- 찜질팩을 올려놓은 것처럼 가슴이 뜨끈해지는 그림이었다.

대통령이 과학 영재들에 대한 장학금을 아끼지 않겠다고 약속하자 손희와 서환의 얼굴이 더더욱 환해졌다. 자그마치 천 명의 과학 영재에게 이들 부부의 이름으로 장학금이 지급될 거라는 기자의 멘트가 이어지자 새아는 급기야 눈물을 글썽이게 되었다. 이런 대단하신 부부의 행복한 일을 도울 수 있었다는 것, 그 자체만으로도 그냥 너무 기뻐서. 두 부부가 과학계에 이루어 낸 성과에 내가 보탠 몫은 전혀 없지만, 온 사회에 선한 영향력을 미치고 계신 분들이 아닌가. 그런 두 분과 인연을 맺을 수 있었다는 것만으로도 참 가슴이 벅차올랐다.

그러나 명희는 '소울웨딩플랜' 로고가 이따시만하게 붙어 있는 포토월에 특히 감동을 받은 모양이었다. 소울웨딩플랜의 회의실. 짝, 짝, 짝- 그녀가 감격의 박수를 쳤다.

"자, 이번 예식 무사히 치러 낸 플래닝 삼 팀에게 박수."

명희의 말에 새아와 지혁, 유준과 다람이 자리에서 일어나 꾸벅- 인사를 했다.

"그리고 지금까지 우리 회사에서 교육받느라 수고해 주신 두 분에게도 박수."

이에 지혁과 다람이 다시 한번 고개를 숙여 인사했다. 아, 새아는 조금 얼떨떨하게 두 사람을 바라보았다. 소울에서 지혁이 교육을 받는 건 오늘이 마지막이었다. 이상하게도 내 손으로 박수를 치는데 그 소리가 귀로 들어오지 않는 느낌이었다.

그때가 생각났다. 갑작스럽게 엄청난 폭우가 내렸던 그제 밤. 물웅덩이에 빠져 처참히 뒹굴고 있었던 바로 그때, 누군가 내밀었던 새하얀 손이 생각나서. 지혁처럼도 보였고 예찬처럼도 보였던 그 사람의 까만 실루엣이 떠올라서. 무슨 이유인지는 몰라도 새아는 고개를 부르르 털면서 그 장면을 머릿속에서 지우려 애썼다.

어느덧 지혁과 다람이 그간의 짐이 담긴 박스를 들고 밖으로 나가고 있었다. 다른 플래너들 모두 밖에까지 나가 지금껏 수고하셨다며 손을 흔들고 배웅을 해 주고 있는데, 새아는 애매한 위치, 애매한 자세로 어색하게 서 있었다. 역시 이유는 모르겠다. 요새는 그의 곁에서 위치 선정을 하고 서 있는 것마저 어정쩡하다. 시선을 어디에 둬야 할지도 잘 모르겠고.

지혁은 그저 선선한 미소를 지으며 그간 친해진 소울의 플래너들에게 한 명 한 명 인사를 하고 마지막으로 새아에게도 살짝 목례를 하고 뒤로 돌아섰다. 그간 고마웠다, 안녕히 계시라, 인사치레의 말도 없이. 평소의 그 능청도 없이 가타부타 긴 말도 없이.

이에 더더욱 어색하게 뒷목을 긁게 되는 새아였다. 지혁이 손을 흔들 때엔 눈도 제대로 못 마주치고 이리저리 시선을 돌리다가 그가 완전한 뒷모습으로 걸어가자 그제야 그를 끝까지 응시하게 된다. 멀어지는 그의 뒷모습을 보는 건 언제나 아릿하다. 턱시도를 입은 그가 버진로드를 뚜벅뚜벅 걸어 나갔던 그때처럼 도저히 눈을 뗄 수가 없다. 그러나 감상에 빠져 있을 시간이 없었다.

"자, 조간 회의 시작하자. 다시 회의실로 모여."

명희의 본론은 이제 시작이었다.

잔인하게도 회의실 새하얀 스크린에 플래너별 실적표가 떴다.

"아아아―"

마치 학창시절 성적표가 칠판에 붙은 듯 여기저기서 볼멘소리가 터져 나왔다.

"눈이 달렸으면 봐 봐. 이번 달 계약률 왜 이래? 이래 갖고 다들 먹고 살 수 있다고 생각해?"

어쩐지 오늘따라 인정사정의 살집도 없이 더더욱 깡말라 보이는 명희였다.

"지금 저번 달 대비, 작년 이맘때 대비 얼마나 떨어졌는지 보이지? 가관이다, 진짜. 다들 경각심 없어? 긴장 안 해? 아, 다들 회사 망하게 하려고 그러는구나?"

살벌해진 분위기에 다들 입을 꾸욱- 다물고 있는 가운데 유준이 조심스레 입을 열었다.

"결혼 건수 자체가 줄었대요. 천구백칠십 년대 통계 작성 이후 최저치래요. 이건 저희가 계약을 못 받았다기보다 전체적인……."

"그래서 다들 굶어 죽겠다? 초원에 풀이 말랐으니 사슴은 멸종되는 게 맞다? 환경이 변하고 세상이 변해도 살아남을 놈들은 어떻게든 악착같이 생존해. 거기서 도태될지 살아남을지는 스스로 결정하는 거야."

"……."

"니들 인센티브 직군이야. 어떻게든 신랑, 신부 끌어오지 못하면 니들부터 썩은 시체 되어서 파리떼 날리는 거라고."

다음 도표엔 팀별로 계약률 평균 통계가 나누어져 있었다.

"팀장들 뭐 했어, 팀원들 계약률 안 좋으면 니네부터 인센티브 깎는다고 했지?"

아까는 박수받고 지금은 질책이다. 그래프 속 새아의 계약률은 독보적으로 좋았다. 이번 달에도 최우수 플래너로서 반짝이는 별을 놓치지 않았다. 그러나 팀원 계약률이 문제였다. 애써 벌어 놓은 인센티브가 깎일 판. 명희가 후려치는 계약률 채찍에 모두의 마음이 무거워지는 가운데. 회의실 앞, 흩어지는 플래너들 사이에서 유준이 팀장 새아에게 물었다.

"아우, 우리 팀장님은 왜 이렇게 계약률이 좋아?"

"벌써 구 년 차 아니니. 소개가 쌓이기도 했고. 악명도 명성이라고 저번 워터파크 웨딩 건으로 홍보가 되기도 했고. 노이즈긴 하지만."

"비결 뭐야, 공유 좀 해."

"너도 알 텐데? 퍼 주기로 유명한 청담동 대표 호구 플래너? 요새 신랑, 신부들 똑똑해. 견적 엄청 비교하면서 최저가 찾는데 서비스 하나라도 더 줘야지 어떡해. 안 그럼 유지 못 해."

"후, 그것도 착한 아이 콤플렉스인 거 알지?"

"뭐, 달란 대로 주는 거? 못된 말 못 하는 거? 얘는 비결을 알려 줘도 구박이야."

"그렇게 퍼주고도 순이익 유지하는 거 보면 신기해."

"신뢰가 먼저지, 계약 욕심이 먼저인가."

어느덧 유준의 들숨 날숨에 시름시름 짙은 한숨이 깔려 있었다. 후우우-

"첨 입사했을 땐 내가 열심히만 하면 금방 부자 될 줄 알았는데. 나는 저 별 언제쯤 달아 보나."

걱정이 되었던 것이다. 나의 계약률이 저조해 혹시라도 팀장인 새아에게 피해가 갈까 봐.

"왜 못 해, 할 수 있어. 다들 여자 플래너는 기억 못 해도 남자 플래너는 기억하잖아. 신랑님들 소개도 많은 편이고. 것도 얼마나 중요한데."

그러나 유준의 표정은 좀처럼 밝아지지 않았다. 새아는 진화하는 사슴 쪽이고, 나는 멸종되는 사슴 쪽일 것만 같았다. 눈앞이 조금 어두워졌다.

‎ ‎♫

"다들 눈이 달렸음 봐 봐. 전년도 예약률 대비 얼마나 떨어졌나. 이거 어떻게 회복할 거야?"

구분 안 가도록 똑같이 생긴 얼굴, 비슷한 키와 몸매, 그리고 또옥-같은 말투. 여기는 소울이 아니었다. 로안이었다. 그리고 그녀는 설명희가 아니었다. 영희였다.

"야, 이런 예약률은 보다 보다 처음이야."

로안의 회의실에선 영희가 명희와 똑같은 포즈, 똑같은 말투, 똑같은 뉘앙스로 직원들을 쪼아대고 있었다. 그렇게 서로를 미워해도 모든 것이 똑 닮은 두 사람이다.

"왜 이렇게 줄줄이 예약이 캔슬되나 싶어서, 검색창에 로안을 쳐 봤더니……."

짤이 떴다. 홍수 난 결혼식장에서 하객들이 워터파크처럼 튜브를 타는 모습이 합성되어 있었다. 심지어 워터 슬라이드로 입장하고 있는 신부의 모습부터 홍수에 휩쓸려 내려간 소와 돼지가 물에 둥둥 떠서 축가를 부르는 짤까지. 직원들 사이에서 쿡쿡쿡 소리 죽인 웃음이 터져 나왔다. 물론 웃을 일은 아니었지만. 그렇게 직원들이 실룩이는 입가를 코평수까지 넓혀 가며 참고 있는 가운데 로안 사장으로 다시 돌아온 지혁은 어쩐지 살짝 멍해 보였다.

"이게 무슨 노아의 대홍수도 아니고 이제 식장 이미지 어쩔 거야? 누가 이런 데서 억대 결혼식 하고 싶겠어? 자, 지금부터 물똥 식장 개선 아이디어 세 개씩 안 내면 오늘 여기 회의실에서 못 나갈 줄 알아."

"아아-" 로안의 직원들에게서 푸우우- 바람 빠지는 탄식이 튀어나오는 가운데 지혁은 여전히 혼자 다른 세상에 있는 듯 보였다. 그런 그를 영희가 다이렉트하게 찔렀다.

"어떻게, 교육은 잘 받고 오셨어요? 아직 웨딩 쪽은 적응이 잘 안 되죠?"

"음⋯⋯."

지혁은 그 멍한 표정 그대로 이렇게 말했다.

"⋯⋯검색어를 덮으려면 이벤트가 있어야겠네요."

멍하게 있어도 회의 내용은 다 따라오셨나 보다.

"아, 아, 그죠. 근데 당분간 셀럽 예식은 없어서. 있어도 캔슬될 판이고, 지금."

그러나, 다음에 이어지는 뜻밖의 제안에 영희의 눈이 동그랗게 커졌다.

"혹시, 웨딩 쇼 하는 건 어때요?"

웨딩 쇼요? 지혁은 프로젝터와 연결된 노트북으로 예전에 로안에서 진행했던 웨딩 쇼 사진을 검색해서 스크린에 띄웠다.

"당시 안 계셨던 직원분들도 많겠지만 로안 런칭 당시에 했던 웨딩 쇼입니다. 매년 하면 좋겠지만, 최상류층을 타깃으로 한 식장에 이미지 소비가 너무 큰 것도 좋지 않다는 의견이 있어서 일회성으로 끝났죠."

사진들을 보니 명품 브랜드와의 컬래버레이션를 통해 번쩍번쩍한 명품 가방들이 갤러리처럼 주르륵- 전시되어 있었다. 당시에 굉장했던 유명 인사들도 많이 참석했고 행사 자체도 화려하게 꾸며져 있었다. 오오- 이런 행사라면, 로안이 다시 고급스러운 이미지로 탈바꿈하는 건 금방일 듯했다.

"지금은 뭐 워낙 센 게 필요하니까, 명품 브랜드랑 콜라보로 한 번 묶어 보죠. 물똥식장 이미지도 덮어야 하니까."

그의 입에서 술술술- 흘러나오는 행사 계획에 직원들 및 영희의 표정이 밝아졌다.

"근데 주최자가 로안이면 언플이라는 게 너무 티가 나니까 요새 잘 나가는 웨딩 업체들 모아서 다 같이 추진하는 형태로 가죠. 웨딩드레스, 스튜디오, 예복, 한복, 꽃, 웨딩 연주까지 싹 다 아울러서."

"근데 제가 총책임을 맡긴 힘든데요. 지금 수리 일정도 너무 빠듯해서."

"그래서 드리는 말씀입니다. 차라리 이 업체들 모두와 관계가 좋은 총책임자를 외부에서 선정하면 어떨까요? 예를 들면 컨설팅 사에서……."

순간 아주 찰나였지만 지혁의 두 눈동자에 반짝이는 흑심을 영희는 보았다. 먹잇감을 발견한 뱀처럼 스르륵– 그녀의 촉이 발동하기 시작했다.

"……프로페셔널한 책임자를 선발해 달라는 것도 방법이구요."

직원들은 쌍수를 들고 지혁의 아이디어를 환영했다. 그가 아니었다면 오늘 아이디어가 취합되기 전까지 이 회의실에서 탈출하지 못했을 테니까. "좋아요.", "진행해요.", "얼른 일정 잡죠!" 모두의 전폭적인 지지 속에 웨딩 쇼 진행안이 타결되었다. 그 뒤에 뭔가의 흑막이 있음을 알아챈 건 영희뿐이었다. 회의가 끝나자마자 영희는 지혁을 따라 대표실로 졸졸 따라가 우리의 대표님을 스으윽– 떠보기 시작했다.

"혹시 총책임자로 추천하는 분 계실까요?"

'이새아 팀장이요.'라고 바로 답하려던 지혁은 꾸우욱– 입을 다물었다. 영희가 뭔가를 알고 묻는 듯한 느낌이라서.

"에헴, 소울에다가 에이스로 추천해 달라고 할까요?"

"난 소울 싫은데. 우리랑 소울이랑 사이 안 좋은 거, 웨딩 바닥에 모르는 사람도 없고."

영희가 공을 몰고 드리블을 했고,

"대표님께선 꼭 소울이어야 할 이유가 있으실까?"

지혁은 수비수가 되어야 하는 입장이었다.

"이번에 저랑 다람 씨가 교육받으면서 그쪽 직원들이랑 많이 친해졌어요. 거기서도 바쁜 와중에 교육 진행해 줬으니 우리도 홍보

해 주면 좋잖아요."

"아니, 난 좀 이상한 것 같아서. 왜, 저번에도 그랬잖아요. 굳이 소울의 이새아 팀장 밑으로 들어가서 교육을 받겠다고 하신 게. 굳이 파투 난 결혼식 진행했던 플래너한테."

"미안하잖아요? 좀 낼 거 알고 맡긴 결혼식인데."

"그렇다고 계속 비빌 필요는 없죠. ……플래너한테 딴 맘 있고 그런 게 아니고서야."

빙글빙글 공을 돌리던 영희가 강력한 한 방을 날렸다. 키퍼로 서 있던 지혁은 당황할 수밖에 없었다.

"그, 그런 거 아니거든요?"

"그럼, 소울 말고 다른 컨설팅사로?"

"요, 요새 소울보다 잘하는 데가 있나?"

풋— 영희가 빈 웃음을 터트렸다. 직접적으로 골대로 슛을 안 쏘고 간접적으로다가 프리킥을 받아 내는 것처럼 뒤로 슬쩍 물러난다.

"귀여우시네, 대표님. 알겠어요. 이번 웨딩 쇼 총책임자는 소울이 추천하는 에이스로, 오케이."

휘슬이 불리고 전반전이 끝났다. 영희가 후반전을 노리며 여유롭게 밖으로 나가는데 지혁은 격한 동공 지진을 일으키며 사력을 다해 전력 분석을 하고 있었다. 어, 어디서 티가 난 거지? 이새아랑 엮이고 싶어서 웨딩 쇼 진행하기로 한 게 그렇게 티 나? 또 슈팅하면 골 먹히는 거 아니야? 스읏, 허점을 보이면 안 되는데.

하아, 웨딩 업계 사람들은 왜 이렇게 눈치가 빨라? 가슴 철렁하게.

⌣

"안녕하세요. 로스주얼리, 서경식 사장입니다."

"안녕하세요. 웨딩드레스 디자이너, 윤아란입니다."

"안녕하세요. 이번에 메이크업을 맡은 진영 부원장입니다."

"안녕하세요. 제인 플라워 파티의 제인입니다."

로안의 회의실, 웨딩 쇼에 참여하기로 각 업체들의 대표들이 한 명 한 명 모여서 인사하고 있는 가운데…… 가장 가운데에 앉아 있던 사람이 자리에서 일어나 꾸벅- 인사를 했다. 지혁은 바로 그 옆에 앉아 있었다.

"안녕하세요. 이번 웨딩 쇼 총책임을 맡기로 한 소울 웨딩 플랜의……."

2

나는 조예찬을
사랑하고 있나?

그가 기대했던 사람이,

"진유준입니다."

아니었다. 소울에서 총책임자로 새아가 아닌 유준을 보낸 것이었다. 에잇, 진 실장이 어떻게 소울 에이스야? 이런 큰 이벤트의 총책임을 맡으려면 적어도 팀장급이 와야지, 사원급이 와서 쓰나. 지혁의 얼굴엔 실망의 기색이 역력했고, 저편 끄트머리에서 회의록을 적고 있던 다람의 얼굴은 밝아졌다.

"저기, 권 대표님?"

왜요, 나 부르지 마요. 그가 잔뜩 시무룩해져 있는 가운데 옆에 앉아 있던 유준이 그의 옆구리를 찔렀다.

"……왜요?"

"소개."

아, 그러고 보니 여기 모인 업체 대표들 모두가 지혁만 바라보고 있었다. 그 많은 얼굴들 중 그가 그토록 바라던 얼굴 하나가 없었다. 하아, 이것 참 보람 없는 행사 같으니.

"아, 로안 권지혁입니다."

대충 인사를 하고 자리에 앉자 그의 떨떠름함을 알아챈 유준이 조그만 목소리로 속삭였다.

"저 말고 찾으시는 분이 있으신가 봐요?"

"아뇨, 설마."

대충 대답을 하고 고개를 돌리는데 저편에서 설영희 본부장이 '풋─ 그럴 줄 알았지.' 하는 눈빛으로 보는 게 느껴진다. 크으─ 저 교활한 학다리 같으니라고. 아니, 서번에 눈치를 좀 챘으면, 어떻게 손 좀 써 주든가. 떡하니 다른 사람을 앉혀 놓고 저 고소해하는 눈빛은 뭐람. 너무하네, 진짜. 설본이 '맞죠?' 입 모양으로 묻자, '뭐요, 아니라니까.' 지혁은 그렇게 입모양으로 답하고, 삐죽 시선을 돌렸다.

유준이 가열차게 웨딩 쇼 진행안을 발표하고 있는데 지혁이 가열차게 골몰하고 있는 것은 단 하나였다. 이 여잘 어떻게 다시 보지? 무슨 구실로? 어떻게 엮어서?

유준이 유리창 너머로 로안의 직원 사무실을 보는데 딱 봐도 다람의 자리가 어디인지 알 것 같았다. 연보라색 키보드와 마우스, 그리고 밤비 관련 굿즈가 가득한 저 자리. 유준은 자기도 모르게 피식— 웃음을 터뜨렸다.

"왜 웃어요?"

어느새 다람이 그의 뒤에까지 다가왔다.

"아니, 여전하구나 싶어서."

그 소확행인지 뭔지, 밤비 덕질은 끝도 없네. 굿즈를 저 정도로 모았으면 이젠 대확행급 아니냐?

"소울에 저 없으니까 심심하시죠?"

어쩐지 소울에서 교육을 받을 때보다 훨씬 당돌해진 것 같은 다람이다. 그 전에도 유순하고 고분고분한 스타일은 아니었지만.

"아니? 그럴 리가?"

"멘토님, 이제 교육도 끝났는데 뭐 다른 호칭 없을까요? 계속 윗분으로 받들어 모실 순 없잖아."

"이제 협력업체 직원이지, 무슨 호칭을 정해. 진 실장님, 이렇게 불러."

"에이, 같은 동네 살면서. 딱딱하잖아요."

"동네 주민 사이를 원해?"

"친한 오빠 동생?"

그 말에 살짝 장난기가 맴돌던 유준의 입가가 딱딱하게 굳어졌다.

"내가? 너랑? 왜?"

그 말은 살짝 차갑게 들리기까지 했다. 허나 다람은 아랑곳하지 않았다.

"그렇게 전직 사수로서 예우를 받고 싶으세요? 아직도 스승의 은혜를 갚길 원해요?"

유준은 다소 굳어진 얼굴로 말을 이었다.

"아니? 난 그 말이 싫어. 애매하잖아."

"왜요, 전여친이 헤어질 때 오빠 동생 사이로 남재요?"

그래, 걔가 했던 말이었지. 헤어지면서. 그놈의 오빠 동생 사이. 그런 게 어딨어. 깨지면 깨진 거지, 뭣하러 여지를 남겨.

"너도 이제 눈치 좀 쌓였다?"

아니라고 하기도 뭐했다. 맞는 말이었으니까.

"그럼 친구 먹을까요?"

"차라리 야자를 까도 되는데, 그 말은 하지 마. 친한 오빠 동생 사이."

으이그, 꼬맹이. 일이나 잘하라고. 그 말을 마지막으로 유준이 돌아섰다. 뚜벅뚜벅 걸어가 복도 저편으로 멀어지고 있는데, 저 멀리서 다람이 그를 부른다.

"야! 진유준!"

이, 이 꼬맹이가?!! 유준이 놀라 뒤돌아보자 다람이 싱그럽게 웃으며 말했다.

"오늘 퇴근하고 맥주 깔래?"

"이게 진짜?"

머리 위로 크게 흔드는 손에 그녀의 단발머리가 사르르- 흔들렸다. 어쩨 소울에서 교육생으로 있을 때보다, 훨씬 당당하고 맑은 기운을 품기는 그녀였다.

"그럼 이따 봐!"

지혁의 책상 위에 웨딩드레스 룩북이 수북이 쌓여 있다. 어느덧 쇼에 나갈 드레스 순서까지 결정되어 있었다. 쳇, 진유준. 어레인지 잘하네. 그렇게 입을 삐죽이는데 눈앞에 떠오르는 건, 바로 이곳 로안에서 웨딩드레스를 입고 여신 비주얼로 사라졌던 새아의 모습이다. 영원히 지워지지 않을 새하얀 신부의 모습이.

아아, 이게 아니다 싶어 주얼리 화보들을 보니 그녀가 집 앞에 떨어뜨리고 간 귀걸이 한 짝을 주웠을 때가 떠오른다. 담벼락 앞에서 키스했던 그 아찔한 순간까지도. 순간 띵해지는 게 현기증마저 일려고 한다. 이 모든 게, 과거라니. 과거가 되어 버렸다니. 방금 실연한 것처럼 막 마음이 힘들어지려고 한다.

이것도 아니다 싶어 메이크업 화보를 보니 그녀의 집에 쳐들어가서 보았던 뽀얀 쌩얼이 떠오른다. 그때 말은 안 했지만 화장을 하든 안 하든 참 말갛던 그녀였다.

하아아아— 나 왜 이래애애. 지혁은 룩북들을 대충 한쪽으로 밀어 버리고는 회전의자를 빙글 돌려 목을 기댔다. 이럴 줄은 몰랐다. 만나지 않으면 진정될 줄 알았는데, 이 감정들도 잠잠해질 줄 알았는데, 전혀 그렇게 되지 않는다. 멀어질수록 오히려 깊어지기만 하는 그리움을 어찌할 수가 없다. 마치 방금 실연당한 것처럼 갑갑하고 괴로워진다. 몇 번 수신 거절을 당하고 나니 더 이상 연락할 용기가 나지 않는다. 찬란한 밀당 갑질남의 행적들은 이제 역사의 한 페이지로 사라지고 말았나 보다. 덜 좋아할 땐 능청도 가능했고, 괜히 찔러보기도 떠보기도 가능했지만 이렇게나 좋아하게 된 지금은 아무것도 할 수가 없다. 만나자고 메시지를 보내는 것조차 가슴이 아리고 저려 할 수가 없다. 손발이 꽁꽁 묶인 기분이다.

무심결에 휴대폰을 켜 보니 전세련의 기사가 떠 있었다.

'전세련, 유럽발 미모주의보! 여전한 여신 미모 과시!'

이게 벌써 SNS를 다시 시작한 것이었다. 부글부글— 부아가 다 난다. 하, 너만 아니었어도 내 인생이 요따위로 꼬이지는 않았을 텐데. 너는 지금 행복하다 이거지? 그 유럽 어느 나라 촌구석에서?

이때, 똑똑—하는 소리가 들리더니 영희가 들어왔다. 또 또 추궁하려는 거죠?

"아니, 나 진짜 이 팀 안 좋아한다는데, 왜 그래요? 왜 자꾸 갖다 붙여? 아예 언급을 하지 말라고! 신경 쓰이니까. 그렇게 이 팀이 팀 할 거면 그냥 스카웃을 하던가. 어? 그럴래요? 그럴까? 그런 방법이 있네? 아예 로안으로 부르는 거야! 그럼 올까?"

지혁의 표정은 점점 밝아지는데 어쩐지 영희의 표정이 평소와는 다르다.

"죄송하지만 저희는 이 팀을 내드릴 생각이 없는데요."

지혁은 잠시 멍해졌다가 아! 화들짝 놀라 태도를 바꾸었다.

"저 설 대푭니다. 설 본이 아니라."

아, 그쵸 그쵸? 딱, 그렇게 보입니다. 또다시 피어오르는 격한 동공 지진. 엣헴엣헴, 지혁은 최대한 평정심을 찾으려 애쓰며 그녀를 소파 자리로 안내했다. 그러나 이 쌍둥이들은 얼굴만 닮은 게 아니었다.

"권 대표님, 이 팀 좋아하세요?"

아주 복사판이네, 두 사람.

"……자, 자매가 왜 이래? 이 나이 먹고도 텔레파시 통해요, 서로?"

어쩐지 명희의 표정이 조금 묘해졌다.

"이 팀을 계속 볼 기회가 있기는 한데……."

명희는 가방에서 커다란 서류 뭉치를 꺼내어 탁자에 올려놓았다.

"제안을 드리고 싶은 게 있어서요."

표지에 써 있는 커다란 글씨가 지혁의 눈에 들어왔다.

"……!"

마치 물속에 빠진 듯, 눈앞에 새파란 컬러가 가득하다. 그물처럼 펼쳐진 햇빛의 물그림자 패턴이 가슴에 파동을 일으키며 싱숭생숭하게 일렁거리고 있다. 새아는 지금 예찬의 작품 앞에 서 있었다. 물속 세상처럼 느껴지는 아주 커다란 사진 앞에.

"작가님, 수영 잘해요?"

예찬은 고개를 살짝 벽에 기댄 채, 그런 새아를 예쁘게만 바라보고 있었다. 필름 사진 클래스 핑계든 뭐든 여기에 꼬박꼬박 찾아와 줘서 고맙다는 듯이.

"왜요?"

"이거 물속에서 찍은 것 같아서."

"다이빙이라면 레스큐까지 땄어요. 라이프가드도 있고."

혹시,

"내가 물에 빠지면 구해 줄 거예요?"

"……안 구하면 안 될걸?"

역시,

"안 그럼 대한적십자사에서 자격증 빼앗아 갈걸요?"

듬직하네. 이 남자. 문득 그 장면이 다시금 떠오른다. 폭우 속에서 물벼락을 맞고 처참하게 뒹굴던 그때, 불쑥- 하고 튀어나오던 새하얀 손이. 물에 빠진 나를 구해 줄 사람이 내 인연이라고 했다. 나와 결혼할 사람. 평생을 함께할 사람. 당신은 어떨까. 내가

물에 빠지면, 당연히 구해 주겠지? 자격증도 있으니까. 당신이었
으면 좋겠는데. 이제 당신으로 방향을 정하고 싶은데. 괜히 또 머
릿속이 혼란스러워져 새아는 소파에 앉아 몸을 기댔다.

"숙제해 왔어요?"

아, 사진 찍어 오기 숙제! 그의 말에 새아가 가방에서 필름 카메
라를 꺼냈다. 그간 조금 답답했다는 얼굴로.

"액정이 없으니까 내가 잘 찍었는지 아닌지 모르겠어요. 여러
장 찍을 수도 없으니까 답답하고."

"에이, 옛날엔 다 그랬는데? 기억 안 나요? 사진관 가서 뽑았
잖아."

"……맞아, 그랬지. 서른여섯 방 소중하게 찍고, 소중하게 필름
간직하고, 사진관 가서 현상하고 인화하고, 앨범에 꽂고."

말하다 보니 그때 그 냄새가 떠오른다. 사진관 사장님에게서 반
투명한 봉지에 담긴 사진들을 건네받을 때. 그 사진들에서 나던
냄새가.

"편리하다고 좋은 건 아니에요. 그게 아날로그 매력이잖아요.
좀 느린 거."

그러고 보니, 그러네.

"옛날엔 다 그랬는데. 비디오방 가서 완전 고심고심해서 비디오
빌려 오고, 갖다주고, 인기 있는 건 예약 걸고, 연체 되서 벌금 물
기도 하고, 좋아하는 장면은 테이프 늘어질 때까지 보기도 하고."

"넷플릭스는 따라올 수 없는 맛이 있죠?"

"편지 쓸 때도 문구점 가서 이쁜 편지지 골라서 이쁜 펜으로 열심히 써 갖고 우표 사다 붙이고, 우체통에 넣고, 또 답장 올 때까지 기다리고."

"메일로 그 느낌이 살까?"

"음악 고를 때도 그랬어요. 음반 가게 가서 헤드폰으로 청음 해 보고, 고심고심해서 앨범 사 와서 첨부터 끝까지 몇 번이나 들었었는데."

"멜론은 그 느낌을 낼 수가 없죠."

추억이란 게 참 소중했는데. 반드시 정성을 들여야 하니까. 그만큼 오랫동안 생각해야 했으니까.

"좀 불편했지만 예쁜 시절이었던 것 같아요."

"빨라진 만큼 뭔가 잃어버린 것 같지 않아요? 아무렇게나 난사한다고 그게 다 사진은 아니거든."

"한 장 한 장, 소중하게 찍고 간직해야 사진이다?"

"야, 척하면 척이네. 우리 코드 너무 잘 맞는다. 그때, 남자 보는 기준 뭘로 하기로 했더라?"

나랑 잘 맞나? 그거였지. 자꾸 엄마 기준 끌어오지 말고, 내 기준을 찾으라고 했었지. 그는 나와 잘 맞는 것 같다. 특히 이런 아날로그 코드가.

이 남자와 결혼하면 어떨까? 이렇게 매 순간순간을 소중히 여기는 남자라면? 새아의 머릿속에 또 자동적으로 예식 설계가 그려지기 시작했다.

서울의 아날로그, 레트로한 장소들을 골라 다니며 한 장 한 장 웨딩 사진들을 찍는 거야. 익선동의 올드한 한옥에서 레트로풍의 웨딩드레스와 예복을 입고, 적은 수의 하객들이 꽃을 뿌려 주는 가운데 필름 사진기로 한 장 한 장 결혼의 순간을 담아내면서. 아아아, 자동 회로 그만. 후, 이제 뭐만 생각하면 결혼이야. 의심이 되는 건 이거다. 내가 정말 이 사람이 좋아서 끌리는 건지 결혼이 하고 싶어서 이 사람이 좋아 보이는 건지 그걸 잘 모르겠다. 지혁의 그 말이 떠오른다. 당신이 잊고 있는 게 있는데 그게 바로 사랑이라고.

'그렇게 결혼이 하고 싶다면서, 왜 맨날 사랑은 뒤로 두지? 그 결혼이라는 욕심이 새아 씨 눈을 가리고 있을지도 몰라요. 자꾸 잡생각이 끼어드니까 그게 잘 안 되는 거지. 사랑이 먼저지, 결혼이 먼저는 아니잖아. 그렇게 사랑하지도 않는 사람 아무나 골랐다간 진짜 인생 망해요.'

그땐 아니라고 경기하듯 쏘아붙였지만, 지금은 자기도 모르게 스스로에게 되묻게 된다. 나는 조예찬을 사랑하고 있나?

새아가 이런저런 복잡한 상념에 빠져 있는 동안 예찬은 필름 카메라의 렌즈에 대해서 열심히 설명 중이었다.

"자, 봐요. 어떤 렌즈를 끼느냐에 따라서 피사체가 다르게 보이죠?"

같은 카메라지만 두 개의 다른 렌즈가 끼워져 있다. 예찬은 아예 사진 두 장을 꺼내어 비교했다.

"이건 좀 현실적이지만 또렷하고, 이건 좀 낭만적이지만 흐릿하고. 뭐가 더 느낌이 좋아요?"

"……낭만적이고 흐릿하게 세상을 보면, 정확한 판단을 내리기가 어렵지 않을까요?"

"뭐, 르포 사진 찍을 게 아니라면?"

또다시 고민이 되었다. 난 지금 어떤 선택을 해야 할 때일까? 현실적으로 또렷하게 세상을 보고 냉철한 판단을 내려야 할 때일까? 아니면, 이렇게 흐릿하게 세상을 보면서 낭만에 빠져 있을 때일까?

"인간은 원래 자기가 보고 싶은 것만 봐요. 초점이 자동적으로 보고 싶은 거에 맞춰진다고. 사진기는 그걸 도와줄 뿐이고."

예찬의 추천은 낭만 렌즈였다.

"그러니까 이왕이면 낭만에 둘러싸인 예쁜 세상에서 살아요. 이 세상 소풍 온 것처럼. 놀러 온 것처럼."

새아는 다시 한번 낭만 렌즈가 껴져 있는 카메라에 눈을 대어 보았다.

"와, 이건 초점 빼고는 다 날아가네요."

"그게 바로 낭만이니까."

예찬은 예쁘게도 웃었다. 낭만을 말하는 그는 아름다웠다. 이렇게까지 섬세하고 감성적인 남자를 만나 본 적이 없다. 그러니까 세계적인 대스타 작가님이 된 거겠지? 새아는 그런 그의 모습에 신중하게 초점을 맞추고 찰칵— 사진을 찍었다. 그 소리와 함께 따뜻하고 다정한 예찬의 미소가 가슴 안으로 밀려드는 것 같았다.
가끔은 마음이라는 것도 그랬다. 카메라 속에 든 필름처럼, 어떻게 현상될지 모르는 사진처럼, 아주 천천히 그리고 느리게 결론이 날 때가 있다.

3

아는 오빠만 수천 트럭

시끌벅적한 맥주집, 다람과 유준이 바에 앉아 주문한 맥주를 마시고 있을 때였다.

"친한 동생 아니면 뭐? 술친구?"

어쭈, 이게 멘토링 끝나니까 은근히 말 놓네.

"꼭 그런 걸 정해야 돼?"

"여친 없잖아요, 오빠."

순간, 너무나 당돌하게 들리는 한마디에 유준은 머금고 있던 맥주를 파아아– 뿜을 뻔했다. 당황한 그가 사레들린 것처럼 켁켁대고 있는데 다람은 지나치게도 태연했다.

"에엥? 뭘 그렇게 놀래? 고백받은 것처럼?"

어느덧 쿵쿵쿵— 가슴이 뛰고 있었다. 이유는 알 수 없지만 그냥 조마조마하다. 다람이 이렇게 깜빡이도 없이 훅훅— 들어오는 게.

"아니, 여친 있으면 나 뭐라고 소개할 건데요? 이제 나 교육생 아니니까, 멘토 멘티, 그런 딱딱한 거 말고."

유준은 켁켁 대던 숨을 겨우 진정시키고서야 말했다.

"……꼬맹이?"

아무래도 너에게 가장 적당한 호칭은 그거 같은데.

"에이, 꼬맹이와 키다리? 그건 이상하잖아요."

"왜, 꼬맹이 맞잖아, 너."

"와, 키 크다고 너무 유세다." 그렇게 둘이 티격태격하고 있는데, 맥주값을 계산하고 나가려던 한 커플이 다람에게 다가와 아는 체를 했다.

"어? 다람아! 오랜만이다!"

그녀가 오랫동안 알고 지내던 커플이었다.

"오오! 언니, 오빠 오랜만이에요. 오늘 여기서 데이트하고 있었어요?"

그 커플은 옆에 있던 유준을 보고, 다람에게 은근한 목소리로 물었다.

"옆에 누구야?"

오오, 우리 다람이, 드디어 남친 생겼니? 오오오, 엄청 훈남이신데? 딱 요새 미남 스타일이시다. 요새 인스타 인기남들 다 이렇게 생기지 않았나? 인상도 서글서글하고 어깨도 넓으시고, 호감형이시고. 키 차이가 좀 나 보이긴 해도 너랑 되게 잘 어울리는데? 그러나 다람은 어깨를 으쓱하며 이렇게 답했다.

"아는 오빠요."

이게 이게, 그렇게 부르지 말래도. 그렇다고 다람에게 직접적으로 면박을 주기엔 앞에 분들이 다 초면이시다. 호칭은 마음에 안 들지만 어쩔 수 있나. 안녕하세요, 하고 대충 웃을 수밖에.

"야, 너는 아는 오빠가 왜케 많아? 나는 뭐라고 소개할 건데?"

남자 쪽이 발끈하며 묻자, 다람은 대수롭지 않게 답했다.

"뭐, 아는 오빠죠, 누구겠어."

"너 아는 오빠만 수천 트럭이지? 그거 은근 어장 관리다?"

"아는 오빠를 아는 오빠라 그러지 뭐라 그래. 그럼, 오늘부터 오빠랑 맞먹을까요? 야, 형식아!"

푸흡- 언니는 빵-터졌는데 유준은 살짝 미간을 구겼다.

'야, 진유준!'

복도 끝에서 자신을 불러 철렁하게 했던 게 바로 오늘이었다. 그런데 그렇게 대놓고 이름 부르는 거, 아무한테나 그러는 거였어? 야, 이거 은근 여우네.

"그러지 말고 다람아, 우리 볼링 치러 가는 데 같이 갈래?"

"에이, 커플끼리 노는데 우리가 왜 껴요?"

"왜에, 너네도 남녀니까 짝이 맞잖아. 내기 볼링 하자."

그, 그럼 나도 가야 한다는 뜻? 유준은 난감한 표정을 지으며 살짝 뒤로 빠졌다.

"저, 저는 괜찮은데."

별다른 승부욕도 없고, 귀찮기도 하고. 그냥 얼른 들어가서 자고 싶은데.

"아, 볼링 잘 못 치세요?"

언니의 질문에 유준은 다시 한번 몸을 사렸다.

"뭐, 아주 못 치는 건 아닌데, 굳이……."

그러나 이 언니의 한마디에 유준은 마음을 바꾸었다.

"아! 다람아, 너한테 물어볼 거 있었는데. 우리 내년에 날 잡았거든. 아는 플래너 있으면 소개해 달라고."

이에 유준이 벌떡- 자리에서 일어나 먼저 볼링장으로 안내를 한다.

"가시죠. 오늘 한번 즐거운 게임을 해 볼까요?"

"까놓고 말해요. 볼링 잘 쳐요, 못 쳐요?"

장갑을 끼는 다람의 두 눈이 열정으로 불타오른다.

"너는?"

"나는, 자신 있어요! 어떤 팀이든 패배로 이끌 수 있는, 패배의 여신!"

헉? 뭐어어? 패배의 여신? 너 볼링 못 치는구나?

"근데 여기 왜 오자고 했어? 내기는 왜 걸었어?"

"꼭 이겨야 기뻐요? 같이 노는 게 좋은 거지?"

"특이하네, 나는 질 게임은 안 하는데."

"오늘 볼링 하면서 친해진 담에 고객으로 만드는 거야! 오케이?! 아, 그럼 너무 티 나게 져 주면 안 되는데."

그렇게 다람이 목을 딱딱 꺾으며 프로의 자세로 볼링공을 던지는데…… 그 말은 실화였다. 다람의 실력은 진정 거지 같았다. 너 진짜 패배의 여신이구나. 티 나게 질까 봐 같은 걱정은 하지 않아도 될 것 같다. 우리는 큰 점수 차로 지게 될 것 같다. 던진 공이 거의 옆 레인으로 갈 뻔했는데 다람은 경기 분석가처럼 냉철하게 공의 방향을 분석하고 있다. 저, 저기, 기본이 전혀 안 되어 있는 것 같은데.

흐음, 이렇게 발릴 수는 없지. 유준은 더욱더 심혈을 기울여 공을 던졌다. 예전 실력이 바로 나오기를 바라면서 맞아라, 맞아라, 맞아라, 핀에 맞아라! 공을 던지고 손을 모아 간절히 빌었지만…… 또르륵- 본인의 공도 또랑에 빠지고 말았다.

"간만에 하니까, 적응이 잘 안 되네."

에헴에헴, 감을 찾기까지는 시간이 좀 걸릴 것 같았다. 그러나 옆 커플은 밥 먹고 맨날 볼링만 치는지 매번 스트라이크를 빵빵 처대면서 아싸아싸 기뻐하고 있다. 유준의 두 눈에 슬슬 승부욕이 입고되기 시작했다. 예비 고객님이고 뭐고 이렇게 지기는 싫다! 몇 번의 삐그덕 끝에 그가 슬슬 감을 찾고 있는데,

"진유준! 진유준! 진 실장! 진 실장!"

옆에서 들리는 다람의 응원이 조금 정신 사납다. 아우, 집중 좀 하게 가만히 좀 있어 봐. 그러다 스트라이크를 치면 누구보다도 방방 뛰며 다람의 두 손을 붙잡고 좋아하는 유준이었다. 꺄아아아- 천장에 헤딩할 것처럼 뛰며 속도 없이 좋아하다가 조금 움찔한다. 이 꼬맹이 앞에서 너무 감정 표출을 한 것 같아서.

"이 기세를 이어! 바람을 가르며!"

다람이 심기일전 공을 던졌지만 공은 뒤로 갈 기세. 아슬아슬하게 핀 하나를 겨우 넘어뜨리고 배시시 잘도 웃는다.

"히히, 좋았어. 발전하고 있어."

쓰, 쓸데없이 좋게 평가하지 말란 말이야. 드디어 최종 라운드가 되자, 유준은 이빨을 꽉 깨물었다. 이미 점수 차가 많이 벌어져 있었지만 이것은 자존심의 문제다. 이 최강 커플, 우리를 뭐 호구미끼 정도로 보고 낚싯바늘에 대롱대롱 매달려고 하는 모양인데, 우리도 꿈틀할 수 있다는 걸 보여 주겠드아!! 그냥 지지는 않겠드아!! 그렇게 피구왕 통키가 불꽃 슛을 쏘듯, 온 우주의 에너지를 모아 공을 던지는데-

"으아아아악!"

공은 바로 앞에 떨어졌고, 유준의 팔도 떨어졌다.

"으악! 오빠, 왜 이래요? 좀비야?"

파, 팔이 빠진 것이었다.

"어떻게 해? 이기려고 너무 무리한 거 아니야?"

"괘, 괜찮아요."

어떻게든 공을 다시 들려고 했지만, 어깨 쪽으로 밀려오는 극심한 통증에 바닥에 철푸덕— 뒹굴고 말았다. 그가 아예 팔을 못 쓰게 된 가운데 다람은 직접 그의 볼링화를 갈아 신겨 주고 목에 유준의 가방을 대롱대롱 매달고 거의 업는 듯한 자세로 그를 부축하여 응급실에 데려다 놓았다.

♫

다음 날, 지혁이 성진 건설 회의실에 등장했다. 상후는 그의 등장이 의외라는 듯한 얼굴이었다.

"어? 너 이제 여기 출입 돼?"

대역 죄인의 성진 건설 출입금지령, 이제 풀린 거야?

"아니."

그, 그러면 아직 사도세자 시추에이션?

"그룹사 미팅 건으로 온 거야."

"그룹사? 로안 지배 구조에 뭐 문제 있어?"

"그거야 보면 알 거고. 이것 좀 면밀히 검토해 줘."

지혁이 상후에게 두툼한 서류 뭉치를 내밀었다. 예전에 명희가 그에게 주었던 것이었다.

"잘됐다. 나도 너한테 할 얘기가 있었는데."

상후는 아예 회의실에 제대로 자리를 잡으며 말했다.

"지한이 형 때문에."

지한이 형? 순식간에 지혁의 눈빛이 민감하게 변했다.

"형…… 연락돼?"

꿀꺽- 꽤 많은 감정이 담겨 있는 한마디였다.

"응, 지한이 형 한국 잠깐 들어올 것 같아서. 너는 형 볼 생각 없어?"

뭔가 이상하다. 형의 입국 소식을 내가 아닌 다른 사람의 입에서 듣게 되다니. 내가 친동생인데.

"내가, 형을?"

"안 볼 거야?"

지혁의 얼굴이 급격히 어두워졌다. 형하고 연락 끊긴 지가 벌써 몇 년이더라. 내가 형한테 연락을 얼마나 했었는데. 아직도 그때가 생생하다. 연락을 하다 하다 결국 화가 나 음성 사서함에 대고 고래고래 소리를 쳤을 때가.

"형? 어떻게 나한테까지 연락을 끊어? 나까지 이대로 연 끊고 살 거야? 형, 이러고 나가면 여자 하나 땜에 가족이고 핏줄이고 다 갖다 버린 것밖에 더 돼? 내 연락은 받아, 형! 주소만 말해 줘, 내가 찾아갈게! 응?!"

그 말을 심지어 이메일로까지 써서 보냈었지. 그러고 나서 현타가 왔다. 아무리 형제지간이라지만, 이건 너무했다. 내가 잘못한 것도 아닌데, 나한테까지 이렇게 할 필요는 없잖아.

"내가 형을 왜 봐. 형이 나 보고 싶대?"

"음……. 그런 말은 안 했는데?"

쳇, 나 보고 싶어 하지도 않는 사람을 뭣하러 반갑다고 꼬리 흔들며 반겨?

"됐어, 말어."

그럼 나도 됐어. 형이 나 안 보고 싶으면 나도 별로 안 보고 싶어. 지혁은 그렇게 뒤돌아섰다. 아닌 척하려 했지만 왠지 가슴이 심란해지는 건 어쩔 수가 없었다. 그렇게 싱숭생숭한 마음으로 로안에 복귀하는데 대표실에 뜻밖의 손님이 와 있었다.

♩

"아, 조예찬 작가님 오셨는데 잠깐 시간 되세요?"

소파 자리에서 영희가 예찬을 극진히 모시며 차를 대접하고 있었다. 엥? 조예찬이 여긴 왜?

"왜요, 무슨 일이시죠?"

"조예찬 작가님, 전시 취재 건이요. 로안에서 협조하기로 했거든요."

"그게 무슨 기획인 줄 알고? 난 결재한 적 없는데?"

"대표님 안 계신 동안 제가 오케이 했어요. 세계적인 작가님 작품에 도움이 될 수만 있다면, 이게 얼마나 영광이에요. 기획안은 뭐 지금 보시면 될 것 같고. 저기 책상에 뒀으니까."

그럼 앞으로 조예찬이 사진을 찍는단 핑계로 이 로안을 거침없이 활보하게 될 거란 뜻이야? 쳇쳇. 내가 지금 그걸 허락할 기분이 아닌데. 이제는 내가 저분을 보면 조건반사적으로 피가 거꾸로 솟고 그런다고. 이새아가 하두 조예찬 스튜디오로 날름날름 도망을 가서. 오죽하면 거까지 가서 토끼 사냥하듯 잡아 들고 왔겠어.

"그런 게 어딨습니까. 전면 재검토하고 다시 사장 결재 드리겠습니다."

"사람 앞에 두고 예의는."

삐딱한 지혁의 반응에 영희가 입을 삐죽였다.

"아이고, 그럼 다음에 올까요?"

그 사이에서 민망해진 예찬이 살짝 어색한 웃음을 터트리자 영희는 이마저도 스윗하다는 듯 두 눈이 하트가 되어 물었다.

"그런데 우리 작가님은 결혼 생각 없으세요?"

엣헴엣헴- 아닌 척했지만 귀가 두 배쯤은 더 커져 이 얘기를 듣고 있는 지혁이었다.

"날짜만 잡아 오시면 저희가 전폭적으로다가 지원해 드릴 텐데."

"아, 그래요? 진짜죠? 약속, 하신 겁니다~."

하면서 환해지는 예찬의 얼굴이 지혁은 마음에 들지 않았다.

"그럼 얼른 데려와야겠네요."

이게 무슨 뜻이야. 누굴 데려와, 어딜 데려와. 뭐, 나도 전폭적으로다가 지원은 해 줄 생각이기는 해. 딱 한 여자만 아니면. 영희와 예찬이 화기애애하게 웃고 있는 가운데, 지혁은 책상에 있던 전시 기획안을 한 장 한 장 넘기며 본격 트집을 잡기 시작했다.

"〈결혼의 민낯〉이라는 전시 콘셉트가 최상류층을 타깃으로 하는 우리 로안 이미지에 맞나? 안 그래도 초호화 결혼식에 반감 갖고 있는 사람들 많아요. 결혼식 하루에만 억대씩 쓴다 그러면 상대적 박탈감도 들고 자격지심도 드니까. 그런 걸 취재까지 해서 로안에 득 될 건 없을 것 같은데. 이런 취재 기획 말고 로안 홍보 사진이면 허락해 드릴게요. 뭐, 사진은 워낙 잘 찍으시니까."

이에 맞서는 예찬의 눈빛도 만만치는 않았다.

"그런 사진 찍어 드릴 생각은 없는데요."

"그때 찍어 주셨잖아요. 전세련과 권지혁의 홍보용 결혼사진 한 장."

"그땐 특별한 사람 부탁이라서요."

"어머, 세련이가 작가님 모시려고 부탁까지 했어요? 나름 노력했네, 전세련."

지혁은 너스레를 떨었지만, 예찬은 오히려 직진을 했다.

"이새아 팀장님 부탁이었습니다. 저번에 제 스튜디오까지 오셔서 손목 채 가셨던."

이에 눈을 번쩍 뜨며 관심을 가지는 건, 영희였다.

"어머, 우리 대표님이 그러셨어요?"

오마나오마나, 그런 삼각관계가 있었어? 이 드라마 꿀잼이로구만? 팝콘각이네, 그려!

"우리 작가님 뒤끝이 좀 긴 편이시네. 어쩌지? 나도 짧은 편은 아닌데. 일에다가 개인감정도 팍팍 섞는 편이고. 죄송하지만, 로안에 불리한 취재에 대해선 허락해 드릴 수가……."

바로 이때, '똑똑-' 대표실에 놀랍게도 새아가 나타났다. 지혁의 두 눈이 튀어나올 듯 커진 건 물론이었다. 이, 이새아 씨가, 여기, 갑자기 왜?

"……저, 미팅 시간 됐는데, 회의실에 아무도 안 계셔서요." 하며 두리번거리다가, 그녀를 보며 반갑게 웃고 있는 예찬을 발견했다.

"어? 작가님이 여긴 웬일이세요?"

"나, 취재 허락 때문에요. 새아 씨는요?"

"아, 여기서 웨딩 쇼 열리는데 총책임자가 바뀌었거든요. 기존 분께서 부상을 좀 입으셔서……."

그 시각, 유준은 팔에 깁스를 한 채 입원해 있었다. 아주 뚱한 표정으로.

"오늘 모델 캐스팅이 있거든요."

그 시각, 지혁의 얼굴은 환해져 있었다.

"아! 그럼, 오늘 이 팀장님이랑 나랑 바쁘겠네요?"

드디어 둘이 같이할 일이 생긴 것이었다. 크야아아아! 이게 얼마나 바라고 바라던 기회인가. 그렇게 여름날 강물 빛처럼 번쩍번쩍 웃고 있는 지혁을 보고 영희는 확신했다.

"맞구만, 뭘. 숨길 생각이 없으시네."

웨딩 쇼라, 예찬은 여기에 조금 관심이 간다는 표정으로 새아에게 물었다.

"여기서 웨딩 쇼가 있어요?"

"네! 작가님도 오실 거죠?"

"그게 초대받아야 되는 거지, 아무나 그렇게……."

지혁의 딴지에,

"이제 제가 총책임자여서요. 초대자 명단은 제가 관리합니다."

새아는 권위를 내세웠다.

"작가님, 꼭 와 주실 거죠? 헤헷."

에헴에헴, 이제 지혁이 걸 수 있는 딴지는 이것뿐이었다. 그는 예찬의 전시 기획안을 비장하게 들고서 말했다.

"그래도 이 전시 기획 취재는……."

그의 말을 새아가 상큼하게도 가로챘다.

"어머, 취재도 여기서 해요? 그럼, 나도 로안 자주 와야겠네. 취재 도와드리려면."

지혁은 썩은 표정으로 하려던 말을 바꾸었다.

"……됩니다."

4

어머, 아직도
나 포기 안 했어요?

로안에서 원하는 것을 모두 얻어 낸 예찬이 심지어 새아의 정겹
고 친절한 배웅까지 받으며 사라진다. 이를 지켜보는 지혁의 심사
가 고울 리 없었다. 사실은 조금 궁금하긴 했다. 우리가 못 만났던
그간의 시간 동안, 조예찬이랑 뭐 좀 더 가까워진 건 아닌가. 혹
시, 사귀게 되었다거나, 더 나아가…… 날짜를 잡는다거나. 그러
나 새아가 예찬에게 이렇게 깍듯하게 대하는 걸 보니 왠지 아직 그
렇게까지 친한 사이까지는 아닌 것 같다. 말을 놓는다거나, 혹은
막 대한다거나, 이런 낌새가 전혀 없다. 아직은 예찬과 거리가 있
는 느낌. 지혁은 내심 안도하며 새아와 함께 그랜드홀로 들어갔다.

"네네, 모델들 워킹 따라서 조명 쏴 주시구요. 음악은 제가 미리 파일 보내 드린 거, 그걸로 할게요. 네네, 매니저님, 동선은 이렇게 할게요. 요 앞에서 턴하는 걸로. 모델들에게 이렇게 전달해 주세요."

홀에서도 새아는 프로페셔널했다. 인이어를 끼고 조명 감독님과 매니지먼트 관계자들에게 가쁘게 내용을 전달한다. 한두 번 모델 캐스팅을 진행해 본 솜씨가 아니다. 주례 단상이 있는 자리에 커다란 책상과 의자가 준비되어 있었다. 그곳에 새아와 지혁이 앉아 심사를 시작했다. 곧 홀의 조명이 모두 꺼지고, 마치 실제인 것처럼 음악이 깔리고, 조명이 움직이고, 모델들의 화려한 워킹이 시작된다. 눈부신 스포트라이트가 이를 따르는 건 물론이다. 워킹은 너무나 완벽한데 새아는 뭔가 부족한 듯 마이크로 계속 요청을 한다.

"웨딩 워킹은 이보다 훨씬 느려야 돼요. 지금보다 훨씬 천천히 걸어 주세요. 어차피 드레스에 가려서 발이 안 보이니까, 보폭을 최대한 좁게 해 주세요. 여기 패션쇼 아니라 웨딩 쇼예요. 그렇게 무서운 표정으로 공격적으로 걸으면 이혼 도장 찍으러 온 줄 알아요. 드레스, 메이크업 다 화사하게 갈 거니까 다들 봄꽃처럼 은은하게 웃어요. 음악, 조명 다시 가고 워킹도 다시 갈게요."

그리고 프로필을 들고는 묻는다.

"칠 번 모델, 어떤 것 같아요?"

"음, 너무 마르지 않았나?"

"모델들이 다 말랐지, 그럼 글래머인 줄 알았어요? 오늘 본인 여자 취향 찾는 자리 아니니까 글래머 찾을 거면 딴 데 가요."

"에이, 그런 쪽이 취향이었으면, 이새아 씨한테 매달렸겠나. 그렇게 죽도록?"

그 말에 빈틈없이 프로페셔널하던 새아의 태도에 살짝 균열이 갔다. 흔들림을 숨기려 그녀는 부러 센 척을 했다.

"어머, 아직도 나 포기 안 했어요?"

"그렇다고 그렇게 비싼 척할 필요는 없는데."

"우리 좀 깔끔하게 일만 합시다. 네?"

"매달린다고 돌아봐 줄 것도 아니면서, 너무하시네."

"이거 이거 질척거려서 일을 할 수가 있나. 어떻게, 책임자 또 바꿔요?"

"짝사랑 받는다고 거 갑질이 너무 하십니다?"

"어머, 누가 갑질이에요? 아직도 내가 튕기는 걸로 보여요?"

"아뇨, 철벽 치는 걸로 보입니다."

그리고 지혁은 조그맣게 속삭였다.

"오기 생기게."

"뭐라구요?"

지혁은 못 들은 척 능청을 떨며 마이크를 들고 다음 순서를 진행했다.

"자, 다음분 워킹해 주세요."

이어지는 워킹에도 지혁은 여전히 모델들의 너무 마른 몸매가 불만인 모양이었다.

"흠, 다들 너무 말랐네. 메인 모델이 가상 결혼식 서야 하는데, 어째 현실적인 느낌이 없어요."

듣고 보니, 지혁의 말에도 일리가 있었다. 패션 관계자들을 모시고 하는 행사가 아니라 결혼을 앞둔 신랑, 신부들을 모시고 하는 행사였다. 모델들이 입은 웨딩드레스를 보고 나도 입고 싶다는 느낌이 들어야 하는데 이렇게 경이적으로 마른 모델들을 실제로 눈으로 보면 왠지 더 거리감이 느껴질 것 같기는 했다.

"그럼 가상 결혼식 진행할 메인 모델을 실제 신랑, 신부로 모시면 어때요? 지금껏 로안에서 예식 진행했던 분들로요."

새아의 제안에 지혁은 무릎을 탁− 쳤다.

"좋은데요?"

역시 우리 총책임자님, 일 잘하시네. 아이디어도 좋고. 내가 반했던 그대로의 모습이다.

"그럼 오늘은 여기서 메인 뽑는다고 생각하지 말고, 주얼리, 드레스, 예복에 어울리는지 위주로 봐요."

이번엔 남자 모델들의 순서가 이어졌다. 순식간에 그간의 심각한 분위기가 반전되었다. 뾰로롱− 지극히 잘생긴, 비현실적일 정도로 이목구비가 완벽한 꽃미남들이 한 명 한 명 턱시도를 입고 걸어오기 시작하자 새아의 텐션이 점점 올라가기 시작한 것이다.

"어머어머, 일 번도 멋있고, 이 번도 멋있고, 삼 번도 멋있고?!"

어라? 이 여자 보시게?

"누가 여기서 사심을 채우나? 아깐, 나보고 본인 취향 찾지 말라더니?"

헤헤헤, 모델들의 워킹을 보는 그녀의 두 눈꼬리가 헤실헤실 풀어져 방긋 웃는 레트리버가 되고 말았다. 어라? 이 아가씨, 잘생긴 남자 왜 이렇게 좋아해?

"하핫, 실제 신랑을 쓸 필요가 있나. 굳이? 여기서 메인 골라요, 우리."

아주 홀렸구만 홀렸어. 남자 모델들이 멋있게 입장할 때마다, 새아가 배실배실 웃으며 번호 옆에다가 볼펜으로 몇 겹의 하트를 그려 넣는다. 유독 진한 하트들을 보자 그녀의 선호도가 대략 읽혀진다.

"취향이 기생오라비 쪽이에요?"

이에 아랑곳없이, 새아는 마이크를 들고 "삼 번 모델, 오 번 모델, 다시 들어오세요." 하고 요청했다.

"헤헷, 좋잖아요, 왜."

"쳇, 아무리 봐도 나보다 나은 인물이 없는데."

"그럼 마지막 번호로 저기서 걸어 볼래요? 한번 처참해져 볼래요?"

"내가 왜? 뭐가 딸려서?"

"여기 나이 안 보여요? 여기 어디 팔십 년대생이 있어?"

"야, 이렇게 어려 갖고 무슨 신랑 모델을 한다고."

"일단, 삼 번, 오 번은 확정이고. 하, 이분이 꼭 신랑 했으면 좋.

겠는데."

"누, 누가 누구 신랑을 해?"

확정된 모델들이 다시 워킹 준비를 하고 있는 사이, 새아의 휴대폰에 메시지가 왔다. 예찬이 로안 근처에서 기다리고 있으니 이따가 데려다주겠다는 거였다. 어이구, 어이구, 이 한가한 놈 보소. 지금 어디 카페에서 죽 때리고 있는 거야? 방긋 웃으며 알겠다고 답을 하는 새아를 보자, 지혁은 마음이 조금 무거워졌다.

"둘이 썸 타요?"

뭐, 그냥. 그녀는 답을 얼버무렸다.

"딱 보니까 썸인데?"

"신경 끄시고 캐스팅에 집중하시죠?"

"나한테 끌렸던 것만큼 마음이 확 가지는 않나 보지?"

내가 누구한테 끌려요? 새아의 목소리가 살짝 날카로워졌다.

"일단 조예찬 씨는 나한테 밀당을 안 해요. 당신처럼. 북한에 펼치는 햇볕 정책처럼 잘해 주기만 한다고. 나한테."

햇볕 정책이라니, 갑자기 무슨 디제이 시절 얘기야.

"내가 밀당 걸었다고 생각하나?"

"인간관계에서 그렇게 얕은수 쓰고 그러지 않는다는 거죠. 진심 대 진심으로, 진짜 잘해 주고 싶은 마음 그대로, 계산 없이, 순수하게!"

"내가 진심이 아니었다고, 누가 그러는데?"

"……!!

"우산 없이 나간 사람 걱정되서 압구정 온 바닥 헤매고 돌아다닌 사람한테 진짜, 너무한다."

……그였다. 새아가 물벼락 맞고 만신창이가 되어 있을 때, 불쑥 나타나 하얀 손을 내밀었던 검은 실루엣. 그땐 잠시 조예찬으로도 보였다. 그러나 눈을 비비고 비벼 다시 보아도, 그 남자는 권지혁이었다. 일어나라고, 이렇게 비 오는데 우산도 없이 여기서 뭐 하는 거냐고, 그가 손을 내밀어 나를 일으켜 주었다. 빗속에서 멍멍하게 지나가는 자동차들 헤드라이트 사이로 타로술사 언니의 말이 귓가에 아득히 일렁거렸다.

'물에 빠졌을 때 손 내미는 사람이 인연이야.'

그일까? 진짜, 권지혁일까? 이 사람이 내 인연이라고? 이후, 새아는 제 모든 에너지를 그 사실 하나를 부정하는 데에 썼다. 지혁의 교육생 기간이 끝난 뒤엔 웬만해서 그의 연락을 받지 않았다. 그렇게 멀리하면 멀어질 거라 생각해서. 일대일 과외로 이루어지는 조예찬의 필름 클래스에 더더욱 열심히 참여했던 이유도 그 때문이었다. 나의 인연은 조예찬이길 바랐기에. 소울 설명희 대표가 로안의 웨딩 쇼 총책임을 맡아 보지 않겠냐고 제안했을 때도 새아는 고개를 흔들었다. 커리어 욕심 하면 누구보다도 빠지지 않는 그녀였지만 다시 권지혁과 엮이고 싶지 않다는 생각이 먼저였다.

그러나 팔이 부러져 병원에 입원해 있는 유준의 사진이 날아오자 온몸에 소름이 돋았다. 거부할 수 없는 강력한 운명의 힘을 느낀 것이다. 그럼 이제 내가 가야 하는 건가. 웨딩 쇼의 총책임자로? 오늘 가방을 들고 로안의 앞에 섰을 때도 그랬다. 내가 결국 여기 오는 게 운명인 건가. 인연과 운명은 결국 정해져 있는 건가. 아니야, 아닐 거야. 권지혁 이놈에겐 결혼 생각이 없는데, 어떻게 나와 평생 인연이 돼. 그럴 리 없어. 이놈이 나한테 어떤 상처를 줬는데. 그러나 간만에 그를 보자 이 남자는 변함없이 나한테 이렇게 매달리고 있다. 아직도 짝사랑은 진행 중이라고. 사랑받으면서 갑질하지 말라고. 그렇게 자꾸만 나를 흔든다.

"걱정 안 해요, 조예찬하고 당신."

문득 지혁이 조금 의외의 말을 했다.

"왜? 곧 재미없어질 거니까. 밀당도 없이 퍼 주기만 하는 사랑 받다가, 금방 질릴걸. 당신, 굉장히 능동적인 여자거든. 자기 일, 자기 운명, 다 스스로 개척하는 스타일이잖아. 그냥 일방적으로 받기만 하는 사랑으론 부족해. 서로 끌리고, 서로 느낌이 통해야지."

"아니, 내 인연은 그쪽이야!"

새아는 이를 부정하려 홱— 쏘아붙이고 말았다. 그러나, 지혁은 더더욱 단단한 표정으로 말했다.

"아니, 당신은 날 좋아해. 나한테 끌리잖아."

눼에에에? 이, 이 자신감은 대체 뭐야? 누, 누가 당신을 좋아한대?

"아니거든요? 내가 그렇게 남자 보는 눈이 없어 보여요?"

"있으니까, 나지."

"헛소리한다, 진짜."

"남자 모델 캐스팅, 거기 하트 개수대로 최종 확정해요. 왜, 잘 보든데. 남자."

급기야, 그런 지혁에게 감탄까지 하게 되는 새아였다.

"와, 이 근자감은 뭐야? 무슨 짝사랑이 저렇게 당당해? 웃겨, 진짜."

다시 조명이 꺼지고 모델들이 새하얀 스포트라이트 아래에서 다시 워킹을 시작했다. 그런데 어쩐지 그 쨍한 조명이 제 정수리를 비추는 것처럼 머릿속이 하얘지고 모델들의 이목구비가 눈에 잘 안 들어온다. 아까 잘생겼다고 말한 모델들도 이젠 그리 멋있어 보이지가 않는다. 모델들의 확정 프로필들을 정리하며, 다시 일에 집중하고 있는 지혁의 옆모습 때문에.

'곧 하겠는데, 결혼?'

다시금 귓가에 일렁거리는 타로술사 언니의 그 말 한마디 때문에.

"자, 이거 쭉쭉 마시면 돼요, 짜란다 짜란다 짜란다."

"이게 뭔지 알고?"

"이거 마시면 뼈가 쫙―하고 붙는대. 뼛국물이야. 자, 얼른."

다람의 쉼 없는 채근에 유준은 밤비 텀블러에 담긴 그 정체불명의 액체를 꿀꺽꿀꺽 삼켜야 했다. 나도 모르는 사이에 이 병실 침대가 너무 좁아져 있다. 밤비 인형들 때문에. 협탁엔 휴대폰 하나 놓을 공간이 없다. 밤비 굿즈로 가득 차 있어서. 이게 병실인지, 사슴 소굴인지.

"됐고, 이것들 얼른 안 치워?"

"내가 뭐랬어요. 일단 엔돌핀이 솟아야, 팔도 안 아프고, 어깨도 얼른 낫고, 그런 거라고. 이 정도 밤비 에너지면, 아픈 것도 순식간에 다 낫게 되어 있어!"

그, 그거야 니 얘기지. 내가 왜 아기 사슴을 보고 엔돌핀이 솟아? 남자 병실에 이게 뭐야아? 아우, 귀찮게, 진짜. 손을 뻗어 휴지 한 장을 집으려 해도 우수수수 굿즈들이 바닥으로 떨어진다. 대체 여기에 밤비 스노우볼이 왜 필요한 건데? 그러던 유준이 잠시 멈칫했다.

"근데 여기 니 최애템들 다 갖다 놓으면, 너는 어디서 에너지를 받아?"

밤비 덕질이 너의 에너지라며.

"내가 여기 있으면 되죠."

아, 그런 방법이?

"아이, 됐어. 여기 안 있어도 돼."

"사람이 그러면 쓰나요."

"……미안해서 그래? 너 땜에 다친 것 같아서?"

"음, 그게 꼭 내 잘못인가?"

뭐어어? 구십 년대생은 죄책감이란 게 없습니까?

"아니, 본인 승부욕이 과해서 다친 걸 왜 내 탓을 해? 내가 뭐랬어요. 우리 패배하자고 했잖아. 패배를 이끌고 다니는 패배의 여신이 바로 나라고. 게임이 험난하고 상대가 막강하면 맞서 싸우지 말고 질 각오로 덤벼요. 그럼 즐길 수 있잖아. 끝끝내 제 강박을 못 이긴 거지. 그래서 매사 저렇게 힘주고 다니는 거고. 그래서 제 힘에 못 이겨 팔이 이렇게 된 거고."

트, 특이한 관점이네. 매사 패배자 마인드로 접근하라니.

"뭐, 우리 세대가 세상이랑 싸우면 이겨요?"

놀랍네. 자네, 승부욕 같은 건 없나?

"죽었다 생각하고 십 년 버티면 이길 날 오겠지. 이십 대엔 자꾸 뭘 이기려 들지 않기로 했어요."

어린 양이여, 생각보다 삼십 대에도 뾰족한 수가 없다네.

"혹시 귀찮으면 좀 치워 드려요?"

어, 어. 여기 여기 인형들 다 가져가, 하려다가 유준은 말을 말았다.

"아냐, 치우는 것도 귀찮다. 그냥 둬."

"왜요, 진짜로 밤비 에너지가 막 전송되고 그러나?"

"꿈에서 사슴이 나를 풀처럼 뜯어 먹을까 봐 겁나네요."

뭐, 또, 굳이 딴에는 힘내라고 정성을 다해서 꾸며 준 거니까. 옆에 있던 다람은 휴대폰의 캘린더를 펼쳐 보며 중얼거렸다.

"후, 오늘 저녁에 재즈 콘서트 보러 가려 그랬는데. 안 되겠네."

"누구랑? 썸남이랑?"

"아는 오빠랑."

와, 그 아는 오빠 트럭엔 지금 몇 명의 인구가 탑승 중인 거니? 그러다 다람이 전화를 받으며 밖으로 나갔다. 그 재즈 콘서트 같이 보러 간다는 오빠인가.

– 응, 오빠. 나 오늘 충무로 갈 일 있었는데, 오빠네 카페 가서 커피 얻어먹으려고 연락했지. 근데, 못 가게 됐어. 미안해, 담에 갈게. 아하하! 그럼~ 내가 오빠네 커피 얼마나 좋아하는데.

복도에서 전화를 받았지만 내용이 다 들렸다. 심지어 다른 오빠다. 경이적이네, 이 꼬맹이.

– 아, 아는 오빠가 나 때문에 다쳐 가지고.

뭐어어어? 그 말에 유준은 이를 빠드득– 갈았다. 그놈의 아는 오빠, 진짜! 그 아는 오빠 트럭에서 나는 언제쯤 내릴 수 있는 거냐?

5

당신은
왜 비혼을 고집해?

이곳은 가평의 프레스티지 스위트. 가든파티를 콘셉트로 한 스몰 웨딩 장소로 각광받고 있는 곳이다. 차에서 내리자마자 새아는 턱이 떨어질 뻔했다.

"어떡해! 너무 이뻐어!"

사진으로 미리 보기는 했지만 이렇게 예쁜 곳일 줄은 몰랐다. 동화 속 정원에 아리따운 집 한 채가 지어져 있었다. 아기자기한 정원의 조경에, 스몰 웨딩을 진행할 수 있는 널따란 가든까지. 정말, 너무너무 아리따운 곳이었다. 어떻게 한국에 이런 곳이 있나 싶을 정도로. 여기서 사진 찍으면 진짜 외국에서 스몰 웨딩 한 것처럼 나오겠다. 날씨만 좋으면 분위기 진짜 대박이겠다. 펜션의 울타리 안으로 들어가자, 통통하게 살이 찐 갈색 푸들이 도도도도- 마치 벨보이처럼 달려와 두 사람을 맞는다. 예식 장소 헌팅을 나온 새아와 예찬을.

"아이구, 귀여워, 귀여워, 너무 예쁘다."

서비스 정신 투철한 귀여운 관종 강아지의 모습에 새아는 바로 필름 카메라를 꺼내 들었다. 애교 떠는 그 모습을 찰칵- 찍고 싶은데, 아직 초점 맞추는 것도, 앵글 잡는 것도 익숙하지가 않다. 하지만 이런 곳에서는 사진을 안 찍을 수가 없다. 곳곳에 피어 있는 예쁜 꽃과 나무와 독채 펜션을 새아는 이리저리 열심히 각도를 옮겨 가며 열심히도 촬영했다. 오히려 옆에서 예찬이 웃음을 터트릴 정도.

"내가 일하는 거 방해하는 거 아니에요?"

"아니에요. 어차피 여기 헌팅 왔어야 하는데 데려다준 것만으로도 고맙죠."

찍은 사진을 바로바로 확인할 수 없는 건 여전히 아쉽기만 하다. 이 아리따운 웨딩 아치와 저 멀리 펼쳐져 있는 북한강과 소담하게 펼쳐진 잔디밭을 기가 막히게 담아내고 싶은데. 흐음, 내가잘 찍고 있는 걸까? 새아가 계속 어정쩡한 자세로 사진을 찍자 예찬이 아주 조심스럽게 방향을 다시 잡아 준다.

"앵글을 그렇게 잡지 말고, 이렇게."

바닐라 컬러의 니트에 베이지색 슬랙스를 입은 예찬은 지금 이

곳과 너무너무 잘 어울렸다. 뉴질랜드 출신이라 그런가. 역시 목
가적인 분위기가 참 잘 어울려, 이 남자는.

"어어! 가만있어 봐요."

어느덧 새아의 뷰파인더가 예찬에게로 향했다.

"나 말고 풍경 찍어요. 예쁘잖아."

"나는 인물 사진 찍을 일이 더 많거든요? 가만히 있어요. 연습
하게."

찍는 건 잘해도 찍히는 건 어색한지 예찬은 쑥스러워하며 뒷목
을 긁었다. 보드라운 햇살 아래, 그 모습도 참 수줍고 귀엽게만 보
였다.

"거기, 바위에 잠깐 올라가서 찍어 봐요."

예찬의 조언대로 위치 선정을 하자 사진의 구도가 훨씬 좋아졌
다. 그야말로 자연 속에서 찍는 잡지 화보 느낌 그 자체. 역시 보
지도 않고 척척이시다. 우리 사진 선생님은.

"와, 차이가 뭘까?"

"관찰력?"

"그건 어떻게 키워요?"

"세상에 대한 애정으로? 모든 걸 다 애정 어린 눈으로 바라봐
요. 이 꽃도, 풀잎도, 나무도, 바위도, 하늘도. 세상에 안 예쁜 게
없어."

그런 그의 말도 예뻤다. 세상을 보는 시선 자체가 포근한 사람
이다. 그의 곁에 있으면 날 선 내 마음도 몽글몽글 편안해진다. 권

지혁이랑은 너무 다르지. 그놈은 꼭 화를 내게 만들잖아? 어젠 또 뭐라 그랬더라. 조예찬한테 받는 사랑으론 성에 안 찰 거라고? 말도 안 되는 소리. 내가 아직 당신을 좋아한다고? 그거야말로 푸들이 풀 뜯어 먹는 소리. 아무리 생각해도 나의 방향은 이쪽인 것 같다. 물에 빠지면 구해 줄 남자가 인연이라 그랬나. 정 급하면 저기 북한강에 몸을 던져 보지 뭐. 레스큐 자격증에, 라이프 가드까지 있는 조예찬이 날 안 구하고 빠져 죽게 내버려 두겠어? 그래, 난 저 강물에 다이빙이라도 할 용의가 있다 이거야.

톰 아저씨의 오두막 같은 빈티지한 느낌의 카페에서 둘은 바닐라라떼와 바나나주스를 시켰다. 말이 예식 장소 헌팅이지, 딱 교외로 데이트하러 나온 커플의 모습이었다. 예찬도 장소가 너무 예쁘다며 싱글벙글했고, 심지어 음료까지 너무 맛있어서 새아의 기분도 한껏 업이 되었다.

"여기 창가 자리에 앉아 봐요. 내가 여기서 인생샷 찍어 줄게요."

예찬이 필카가 아닌 휴대폰 카메라를 들었다. 그리고 라떼를 마시는 새아의 모습을 숲속의 오두막 요정처럼 신비스럽게도 담아냈다.

"와, 감각 보소. 이건 진짜 경탄밖에 안 나온다."

많이도 아니고 딱 한 장 찍어 정확하게 인생샷을 뽑아내는 예찬을 보며,

"그래요? 이것도 인화해서 앨범에 꽂고 싶다."

그 사진을 싱글벙글 – 하염없이 예쁘게만 바라보는 그를 보며,

자꾸 욕심이 솟기 시작한다.

……결혼해서도 이렇게 살고 싶다. 시간 날 때마다 남편과 함께 교외로 나가서 자연 속을 함께 걷고, 소중한 추억 만들고, 이렇게 예쁜 카페에서 정겨운 대화도 나누었으면 좋겠다. 그렇게 남편과 이 세상 소풍 온 듯, 정겹게 살고 싶다. 저번에 예찬이 말했던 것처럼, 사랑하는 사람과 보내는 시간을 가장 소중하게 여기면서. 그와 함께라면 일상이 예술이 될 것 같다. 매 순간 아름다워질 것 같다. 그의 섬세한 감성과 예술적 안목을 평생 존경하며 경탄하며 살 수 있을 것 같다. 서비스직으로서 사람들에게 받았던 스트레스를 내려놓고 그의 곁에서 쉴 수 있을 것 같다. 그는 아무래도 너무 적합하다. 결혼할 사람으로, 또 남편감으로.

"아, 금욜 저녁에 회식 있다면서요?"

그는 지금 인간 바닐라라떼. 나에게 오롯이 집중하는 그 눈빛도, 미소도, 아찔할 정도로 따뜻하고 스윗하다.

"왜요?"

"끝나고 데리러 가도 돼요?"

"늦게 끝나면요?"

"어차피 스튜디오에 있을 거니까 연락 줘요."

이건, 내 회식이 끝날 때까지 기다리겠다는 얘기잖아. 그럼 너무 미안한데.

"에이, 그러지 말고 먼저 자요."

"또 보고 싶어서 그런 거니까……."

"……!"

"끝나면 연락해요."

어느 순간의 그는 이렇게 망설임도 없이 직진을 한다. 밀당 없이, 계산 없이, 순수하게.

"뭐, 생각해 볼게요."

그런 그에게 오히려 살짝 내숭을 떨게 되는 건 왜일까. 고개를 돌려 아기자기한 저 가든을 보자 또다시 저절로 예식 설계가 그려지려고 한다.

이런 장소라면 정말 엑스 스몰 웨딩, 마이크로 미니 웨딩 정도가 딱이겠지? 정말 가까운 친구 몇 명과 양가 부모님, 딱 그렇게만 함께. 아주 소중한 사람들, 아주 적은 수의 인원이 모인 만큼 저 펜션에서 밤 늦게까지 피로연을 하는 거야. 아예 일박 이일로 목숨 걸고 열심히 노는 거지. 이제는 툭하면 자동으로 그려지는 머릿속 예식 설계도 내버려 두기로 했다. 나의 이 결혼 욕심을 외면할 필요가 없다. 정말로 결혼 생각이 있는 남자를 만난다면. 그리고 그게 정말 결혼으로 가는 길이라면.

♪♪

청담동 이자카야, 웨딩 쇼에 참여하기로 한 업체 대표들이 모여 회식을 하고 있을 때였다. 들뜬 사람들이 시끌벅적하게 떠드는 가운데 로스주얼리 서 사장이 새아의 잔에 술을 따라 주며 말했다.

"아우, 총괄 디렉터님. 잘 좀 부탁드리겠습니다. 모델 캐스팅은 어떻게 잘되었어요? 우리 목걸이는 목이 길어야 잘 어울리는데."

새아는 사교성 있게 방긋 웃으며 말했다.

"당근이죠. 웨딩 짬밥이 몇 년인데. 주얼리 노출은 걱정 마세요."

이번엔 메이크업 아티스트 진영이 말을 걸었다.

"이번 모델 중에 무쌍 있어요? 동양적인 메이크업인데, 꼭 해 보고 싶은 콘셉트가 있어서."

"아, 있었는데, 이름 뭐였더라. 잠깐만요, 모델 에이전시 SNS에 프로필 있을 거야. 응응, 여기 있다. 이런 마스크 어때요?"

"오오, 너무 좋아. 한복 쪽으로는 메인 모델급인데요? 윤아란 원장님! 이 모델, 드레스 H라인으로 해서, 난초같이 청아한 걸로 입혀 줘요."

"오오, 디자인 딱 있어! 어울리는 거."

역시 척하면 척! 아란의 맞장구에 새아의 얼굴이 더더욱 환해졌다.

"이 바닥 프로들이랑 일하니까, 너무 좋네. 합이 너무 좋다."

저편 끝자리에선 지혁이 술을 마시면서 사람들과 웃고 어울리고 있었다. 하하핫- 그의 호탕한 웃음이 들리자 문득 진영 부원장이 살짝 목소리를 낮추며 속삭였다.

"근데 저 로안 대표님이요, 눈물의 파혼남인지, 희대의 단짠남인지…… 원래 결혼하기 전에도 여자 있었다던데요?"

푸흡- 새아는 마시던 물을 용가리처럼 뿜을 뻔했다. 그, 그게 나는 아니겠죠? 나, 나는 고작 삼 일 만났는데?

"응응, 나도 들었어요. 결혼식 전세련이 파투 낸 걸로 다들 알고 있잖아요. 근데 사실 물밑 작업이 다 있었대요."

으, 으응? 아란이 전하는 소식은 새아도 처음 듣는 얘기였다.

"그 매니저를 직접 들쑤셨다던데? 전세련이랑 튀라고 티켓까지 주면서?"

"······!!!!!!!!"

추, 충분히 그랬을 놈이다. 권지혁은. 설마 티켓까지 마련해 주었을 거라 예상하지는 못했지만······ 어떻게든 무슨 수를 써서라도 결혼식을 파투 내려던 그였으니까.

"대체 어떤 여자길래, 전세련을 버리고 갔을까? 저번에 전세련 광고 메컵 해 줬었거든요. 완전 저세상 미모야. 연예인들 메컵 그렇게 많이 해 줬는데 그중에서도 진짜 이뻐."

"막, 일반인 여신 아닐까요? 연예인 뺨치는?"

새아는 앞접시로 나온 스테인리스 플레이트에 잠시 제 얼굴을 비추어 보았다. 저, 전세련이랑 비할 바도, 일반인 여신도, 전혀 아닌데. *끄응.*

"자세한 건 담당 플래너가 알지, 우리가 알아? 권 대표, 진짜 여자 있어요?"

아란과 진영의 시선이 동시에 새아에게로 몰렸다.

"아핫, 아니에요. 여자는 무슨. 솔로예요. 저 사람."

그래요오? 그 말에 아란과 진영의 눈에 시커먼 흑심이 차오르기 시작했다.

"그럼 이번 계기로 내가 한번?"

"어헛, 찬물도 위아래가 있는 법!"

진영과 아란이 그렇게 티격태격하고 있는 사이, 새아는 물을 꿀꺽꿀꺽 삼켜 아까 사레들렸던 걸 내리고 있었다.

"그나저나 이 팀은 남친 생겼어요? 저번에 전남친 결혼식에서 멘탈 탈탈 털렸다더니?"

푸흡- 또다시 뿜을 뻔했네. 내가 아까 프로들이랑 일해서 좋다고 그랬나? 그 말 완전 취소. 이건 뭐 웨딩 업계 프로가 아니라 입소문 프로들일세.

"이 바닥 소문 도는 속도 보소. 어디서 들었어요?"

"결론만 말해요. 남친, 있어요? 없어요?"

뭐, 굳이 말하자면······.

"썸남 정도?"

이에, 진영이 쌍수를 들며 환영했다.

"얼른 사겨! 뭐해! 시집가! 경쟁자 한 명 치우자, 얼른."

"그쪽에서 고백을 해야 사귀죠. 나 밀당 못하는 거 알잖아요."

"딱, 시그널을 줘야지. 적극적으로다가. 그것도 다 물밑 작업이 있다? 고백 받아 내는 것도 스킬이야."

"그래, 빈틈을 딱 주란 말이에요. 너무 물샐틈없이 군 거 아니에요?"

그, 그랬나? 빈틈이라. 그래, 예찬에게 빈틈을 주면 바로 고백

받을 것 같기는 했다. 그만큼 요새 분위기 좋았던 두 사람이니까. 그런데 그 조절까지 내가 하라고? 흠, 밀당 갑은 생각보다 많은 권한이 있구만?

"에이, 내가 어련히 알아서 잘하겠지. 우린 웨딩 쇼나 잘하자구요."

"웨딩 쇼날 데려와요, 꼭!"

"하핫, 부끄럽게."

"알죠? 이 팀장님 결혼식엔 완전 프로들이 대기 중인 거?"

"아이, 그럼요. 다 같이 한 잔해! 한 잔해!"

그렇게 대충 무마하고 "짠!"을 외치는데, 그러다 어느새 업체 대표들이 총책임자인 새아에게 잘 부탁한다며 한 잔씩 따라주는 분위기가 되었다. "아 네, 쇼 예쁘게 준비할게요, 네네, 제가 잘 부탁드려야지요." 그렇게 꾸벅꾸벅 고개를 숙이며 잔을 부딪치다가 새아는 자기도 모르게 조금 빠르게 술을 마시고 말았다. 밤은 깊어지고, 술자리 또한 깊어졌다. 어느덧 각자 이야기를 하는 분위기. 새아의 옆에 앉았던 사람들도 화장실을 갔다가 한두 명씩 자리를 옮겨 그녀의 옆자리가 비고 말았다. 남은 사람들도 많지 않을 때였다.

그러다, 그가 내 옆자리로 왔다. 언제나 존재감 갑인 그놈, 권지혁이. 어째 오늘은 질척거리지 않는다 했다. 사람들이 많은 자리라 새아가 불편해할까 봐, 지금껏 일부러 끄트머리에 앉아 있었던 것 같다. 남은 사람들만 작은 테이블에 모이다 보니, 결국 여기까지 오게 되었지만. 평범하게 이 자리에서 튀지 않게 무난하게 대화를 이어 나가면 되는데…… 머릿속의 그 의도와는 달리 새아는 옆으로 온 지혁에게 상당히 공격적으로 질문을 하고 말았다.

"당신은…… 왜 그렇게 비혼을 고집해?"

6

아무리 매달려 봐.
당신, 나 영원히 못 잡아

"당신은, 왜 그렇게 비혼을 고집해?"

왜 갑자기 그 말이 그렇게 다이렉트하게 툭– 튀어 나갔는지는
모르겠다. 말은 안 했지만, 내심 오랫동안 궁금했나 보다.

"아우, 깜짝이야. 이렇게 깜빡이도 없이 훅 들어올 거예요?"

별다른 인사치레도 없이, 오늘 새아가 지혁에게 건넨 첫마디가
그것이었다.

"얘기 안 해줄 거면, 일어나고."

"쳇. 이 여자, 밀당하고는……."

그러게. 나는 왜 비혼주의일까. 나는 왜 비혼을 고집할까. 가장

먼저 떠오르는 그림은 아버지가 형수님의 뺨을 때렸을 때였다. 그 엄청난 완력 때문에 형수님이 바닥에 쓰러져 있을 때. 놀란 형이 바로 형수님을 감싸 안았고 지혁은 너무 놀라 얼음처럼 굳어져 있었다. 그때 제니 형수가 인사를 하러 왔었나. 위아래가 딱 떨어지는 정장 투피스 차림이었던 것 같다. 바리바리 선물까지 들고 왔었고.

다시 생각해도 있을 수 없는 일이었다. 아무리 그녀가 며느릿감으로 마음에 안 든다 한들 치매가 오지 않고서야 인사하러 온 손님을 그렇게 대할 수는 없다. 제니를 끌어안은 지한이 끓어오르는 분노로 소리쳤다.

"아버지……!"

"어디서 근본도 없는 애를 데려와서!!!"

아버지는 그게 이유가 된다고 여기셨나 보다. 사람이, 사람을 때릴 이유가.

"제니가 지금 아버지 직원으로 보이세요? 지혁아. 아버지, 직원들 손찌검하는 버릇 아직도 못 고치셨니?"

"……!!!"

"본인 열 받는다고 쇠 파이프로 비서진들 때리는 거! 못 고치셨냐고?!"

"……!!!"

"너 아버지 옆에서 지금껏, 그거 안 막고 뭐 했어?"

"내가, 말리면 고쳐지셔, 이게? ……형이면 저 버릇, 고칠 수 있겠어?"

미치도록 제 자신이 무력하게 느껴지는 순간이었다. 화가 나시면, 정말 머리가 꼭지가 돌도록 화가 나시면, 아예 문까지 잠그고 비서진을 쇠 파이프로 때리셨다. 덜컹덜컹– 아무리 문을 열려고 해 봐도, 비서진들이 윽윽– 제대로 말도 못 하고 퍽퍽퍽– 맞아 쓰러지는 소리만 들렸다. 지금이 어느 때인데 아직까지 군대식 문화로 기합을 주고, 때리고, 고함을 치시고. 이러다 정말 큰일 난다고 어떻게든 말리려 했지만 아버지와는 아예 말이 통하지 않았다. 성과가 안 났으니 맞아도 싸다는 것이다. 그 문 앞에서 지혁은 정말 얼마나 많은 좌절을 했던가.

"으아아악!"

분에 못 이긴 석범이 리모콘을 던져 TV에 와장창 금이 갔다. 펑펑 울고 있던 제니 형수가 소리를 지르며 더더욱 몸을 웅크렸다. 지한도 울면서 분노로 외쳤다.

"난 이런 집안에 내 여자 못 들입니다."

"뭐, 이 자식아?"

"선물 들고 인사 온 사람 패는 건 길거리 양아치도 안 합니다. 이렇게 근본 없는 집안에, 시아버지가 가정 폭력 휘두르는 집안에 어떻게 내가 시집을 오라고 합니까? 난, 그렇게 못 합니다!"

"그거 한 대 때렸다고 무슨 가정 폭력이야?"

"지금이 몇 년도인지 모르세요?"

"……!!!!"

"지혁아. 아버지, 저 버릇 다 고치시기 전까지 아들 부부 찾지 말라고 전해 드려."

지한이 아예 나갈 기세로 일어나자, 이번엔 제니가 그에게 매달리며 말렸다.

"지한 씨, 이러지 마. 왜 날 부자지간 의절하게 하는 나쁜 년으로 만들어."

그러나 지한은 흔들림이 없었다.

"그리고 지혁아. 저렇게 공산당 독재자처럼 멋대로 구시다가, 언제 정말 큰일 나. 니가 막아 내. 어떻게든."

그렇게 형은 형수를 데리고 집을 나갔다. 그 뒷모습에서 지혁은 알았다. 형은 진짜 이 집안으로 다시는 안 돌아올 것이다. 사랑하는 여자에게 폭력을 휘두른 이 집안에. 그 이후, 형의 당부대로 나는 아버지를 막아 냈던가. 아버지의 분노 조절 장애를 내가 감당할 수 있었던가. 아니었다. 사달은 더욱 크게 벌어졌다. 오죽하면 로안을 홍수 진창으로 만들지 않았던가. 만약 아버지 마음에 들지 않는 여자를 데려온다면, 우리 집은 또다시 난리가 나겠지. 아마도 나 역시 형의 전철을 밟아야만 할 것이다. 이 집안을 완전히 떠나거나, 건설에서의 모든 것을 포기하고 아버지와 연을 끊어야 하거나. 역시나 두려운 일이었다. 우리 집에 사랑하는 여자를 들이는 것. 이 모든 말을 할 수가 없어 지혁은 이렇게만 말했다.

"그냥, 이타적인 이유라고 할게요."

"……?!"

"이타적인 비혼주의, 이상한가?"

이상하지, 그럼 안 이상해요? 새아는 딱 그런 표정이었다.

"나도 나만 생각하면 결혼하지, 결혼할 수도 있지. 근데 누군가를 내 가족으로 만들고 싶지가 않아. 그렇게 상처 주고 싶지가 않고. 또 가족이 된 누군가를…… 잃고 싶지가 않고."

저번에 본가에 갔을 때 아버지는 말씀하셨다. 니가 결혼 생각 없는 거, 안정적인 울타리를 만들어 주지 못한 내 잘못이라고. 의외로 쉽게 잘못을 인정하시고는 말씀하셨다. 이제는 달라지겠다고, 사랑하는 여자 데려와 보라고. 그 말에 당장 생각난 사람은 새아였지만…… 그래서 압구정 온 바닥을 헤매며 그녀를 찾았지만…… 빗속에 처참하게 나뒹구는 그녀의 모습에서 겹쳐진 건, 바닥에 쓰러져 있던 형수 제니의 모습이었다. 아주 조금의 가능성으로라도 그녀를 비참하게 만들고 싶지 않았다. 단 영 점 일 퍼센트의 확률로라도 내가 사랑하는 여자를 불행하게 만들고 싶지 않다. 아버지의 말씀에 마음이 흔들렸지만 결혼 생각은 다시 새하얗게 사라지고 말았다.

"만약에…… 진짜로…… 사랑하는 여자가 생겼어. 근데, 지금 그 여자를 놓치면 그 여자는 딴 데로 시집갈 기세야. 그러면 놓치기 싫잖아. 딴 데 시집가서 행복한 거 보면 눈꼴 시리지 않겠어요?"

조금 취해서 그런지 그녀의 말은 꽤 직설적인 편이었다.

"……왜 그런 걸 물어보죠?"

"웃기잖아요. 날 좋아한다고 그렇게 노래 노래 부르는 사람이,

무슨 확신도 없고, 약속 하나도 못 해 주고. 그러면서 뭘 그렇게 간절하게 매달려? 그러면서 무슨 마음이 있다 그래?"

"이새아 씨, 나 두고 딴 데로 시집가려고?"

꿀꺽— 어쩌면 조금 마음을 먹은 날이었다. 조예찬으로 방향을 정한 날.

"나를 버리고 가시는 님은, 십 리도 못 가서 발병 날 텐데."

"그럼 나를 업고 가시는 님이 있겠지."

"내가 말하지 않았나? 이새아 씨가 원하는 거, 결혼이 아니라고?"

"너님이 비혼주의라고 남들도 다 그런 줄 알아요? 나는 보다시피, 결혼병 말기예요. 투병 수준이라고. 쉽게 치유할 수 있는 클래스가 아니야."

"왜 나를 똑바로 못 보지? 결혼이라는 프레임 씌워서 보지 말라고, 저번에도 얘기했는데."

지혁의 그 말에, 새아는 코웃음을 쳤다.

"아무리 매달려 봐."

"……!"

"그래 갖고 당신, 나 영원히 못 잡아."

♪♪

술이 질긴 사람들만 살아남았다. 남은 이들이 이차는 어디 가지, 주종은 뭘로 하지, 이자카야 앞에 모여 있을 때, 예찬의 차가 스르륵- 도착했다. 그리고 그가 모습을 드러냈다. 누가 봐도 호감형인 그 남자, 유명인 조예찬. 예찬이 새아 쪽으로 다가오자, 진영과 아란이 호들갑을 떤다. 그 썸 타던 남자가 조예찬 작가님이었어? 대박, 대애애애박!

"술 많이 마셨어요?"

예찬은 새아를 먼저 데려가겠다며 사람들에게 꾸벅- 양해를 구했다.

"아이고, 그래야죠, 그래야죠. 데려가세요."

그리고 새아는 보란 듯이 지혁의 앞을 스쳐 지나갔다. 차라리 지혁이 포기했으면 좋겠다는 마음에서였다. 나는 이제 조예찬에게로 갈 테니 이상한 미련과 오기로 매달리지 말라고. 자꾸 날 좋아한다 헛소리만 뺑긋뺑긋하지 말고, 확신도 없고, 약속할 마음도 없으면 이제 나를 그만 포기하라고. 차에 탄 새아가 예찬에게 말했다.

"우리, 한 잔 더 할래요?"

언니들이 그랬다. 고백은 받아 내는 거라고. 이제 이 썸을 종식시킬 때가 왔다.

"아우, 나 지금 심쿵했어. 어디서요?"

"예찬 씨 작업실에서?"

"그럼 오늘 좋은 거 까야겠네."라고 운전대를 잡는 예찬이 손을 살짝 떨고 있었다. 아주 살짝 식은땀을 흘리는 것도 같았다.

"어? 긴장했다, 긴장했어! 예찬 씨 무슨 생각하는지 다 보인다."

새아는 그렇게 웃으며 깔깔댔다. 그런 순수한 예찬의 모습이 참 귀여웠다. 권지혁이 그랬나. 조예찬, 재미없어질 거라고. 그럴 리가. 절대로. 긴장하면서 운전하는 거 봐. 얼마나 귀여워. 당신은 모를 거야. 내가 얼마나 유순하고 순둥한 남자를 원하는지.

♩♩

지혁은 예찬의 차가 사라지는 걸 끝까지 보았다. 아주 조그만 점이 되어 없어질 때까지. 아까 새아가 했던 그 말이 귀에서 울렁거린다.

'아무리 매달려 봐. 그래 갖고 당신, 나 영원히 못 잡아.'

아마도 그럴 것이다. 나는 그녀를 잡을 수가 없다. 저번처럼 손목을 채갈 수도 없고, 조예찬의 앞에 서서 대립각을 세울 수도 없었다. 그는 썸남이지만 나는 아무것도 아니니까. 뭐, 과거의 원수 정도? 하지만, 마치 수프를 끓이는 것처럼 보글보글 거품이 솟아오르며 속이 끓는다. 뜨끈하게 열이 올라와 얼굴이 다 붉어진다. 그가 문득 전화기를 들었다.

― 어, 상후야. 형, 언제 온다고?

― 갑자기 왜?

― 형 좀 봐야겠어.

전화를 끊고 나서 지혁은 혼자서 속삭였다.

"들어 봐야겠어. 결혼이, 그렇게 좋은 건지."

♪♪

"이건 사과 담가 놓은 샹그릴라구요. 이건 양파, 이건 오렌지, 단 거 좋아하죠? 그럼 뭘로 따야 하나?"

예찬은 왠지 모르게 안절부절, 전전긍긍이었고,

"예찬 씨 입맛에 제일 맛있는 걸로 줘요."

새아는 소파에 기대 편안하게도 있었다. 그제야 알 것 같았다. 그렇게 밀당 갑이 되고 싶었는데…… 갑, 별거 없네. 좀 더 여유 있는 사람, 좀 덜 조급한 사람이 갑이 되는 거네.

"그럼, 사과 샹그릴라로 할게요. 여기에 안주는 뭐가 어울리려나."

"귀엽다, 예찬 씨."

이런 말을 쉽게 하는 것도 내가 갑이라는 증거였다. 진짜 떨리면, 이런 말도 잘할 수가 없을 테니까. 예찬은 평소보다 조금 어렵게 안주와 플레이트를 준비해 내어놓았다.

"오늘 술자리에선 무슨 얘기 했어요?"

"나 썸남 있다고."

"……!!!!!"

예찬은 또다시 부쩍 긴장을 하며 손을 말아 쥐었고,

"썸, 아닌가?"

새아는 여전히 여유로웠다.

"아이, 아이, 그게…….."

"그냥 사진 선생님이라 그럴 걸 그랬나요? 전시 취재 도와주는 사이?"

그에게선 새아가 세상 다시 없는 밀당의 요정이다. 그의 마음이 새아의 마음보다 더 큰 걸 이미 알아 버렸으므로. 모두 들켜 버렸으므로.

"사진 어떻게 나왔는지 궁금하다."

"……!"

"우리 사진 구워 볼까요?"

♪♪

두 사람이 암실에 들어갔다. 붉은 등만 켜 놓은 어둑어둑한 암실로.

"약품 작업은 어려우니까, 내가 할게요."

여기저기에 알 수 없는 약품이 가득 담겨 있었고, 그 약품에서 묘한 냄새가 났다. 조명이 이래서인지, 냄새 때문인지, 완전히 다른 공간으로 차원 이동을 한 것도 같았다. 예찬은 현상 과정을 열심히도 설명하며 복잡한 작업들을 하나하나 보여 주었지만 새아가 보기에 가장 인상적이었던 건 이거였다. 현상액에 인화지를 담그고, 지그시 가만히 기다리는 시간. 거짓말처럼 현상액 너머에서 오두막 카페에서의 모습이 천천히 드러나기 시작했다. 새아가 창가에 앉아 있던 그 모습이다.

"너무 신기하다."

그 사진을 오래, 오래, 오래, 가만히 바라보니 창문에 비친 카메라 든 예찬의 모습이 보인다. 마치 영원히 곁에 있어 줄 것만 같은 든든한 그 모습이.

"오늘 무슨 렌즈였죠?"

"……낭만 렌즈."

예찬은 여전히 긴장을 하고 있었다.

"사진이 이렇게 흐릿했다가 선명해지는 거구나. 내 인생도 그랬음 좋겠다. 흐릿한 부분 없이, 다 선명해졌음 좋겠다."

"뭐가 그렇게 흐릿한데요?"

"음, 썸이란 것도 흐릿한 거죠? 아직 뭐가 결정된 건 아니니까?"

"그럼 어떻게 하면 선명해지지?"

새아가 고개를 들자, 부지불식간에 그가 키스를 했다. 이곳 암실에서 이 붉은 등 아래에서 미세한 떨림으로.

7

키스한 다음 날

예찬의 입술이 닿자마자, 새아는 움찔했다. 정말 이러고 싶진 않았지만 가장 먼저 연상이 되는 건, 온 세상을 모두 재편하는 것만 같았던 지혁의 키스였다. 우리 집 담벼락 앞에서의 그 키스. 자꾸 다른 남자가 생각나는 게 싫어 눈을 질끈 감고 예찬에게 집중해 보려 했지만 그럴수록 머릿속에 선명해지는 결론은 하나였다.

'……이 느낌이 아니다.'

예찬의 성격만큼이나 그의 키스는 달콤 사르르 할 줄 알았는데, 나에겐 지나치게 섹시했던 지혁의 키스가 너무 강렬했나 보다. 예찬의 키스는 짜릿하지 않았다. 심장이 쿵- 떨어져 내리지도 않았다. 그냥 뭔가 불안하고 조마조마하기만 했다. 그가 입술을 떼고 그녀를 바라보는데 새아는 자기도 모르게 시선을 피하고 말았다. 이 동공 지진을, 이 혼란스러움을 들킬까 봐.

"……목말라서 그런데, 물 좀 마셔도 될까요?"

약간 어색해하던 예찬은 물을 갖다주겠다며 암실에서 나갔고, 그 틈을 타 새아는 휴대폰을 꺼내어 택시를 불렀다. 건네준 물을 꿀꺽꿀꺽 마시고, 이제 그만 가 봐야겠어요, 어설프게 인사를 하고, "데려다줄 필요 없어요, 괜찮아요." 하고 스튜디오 바로 앞에 도착한 택시를 탔다.

그리고 나서야 마음껏 혼란해질 수 있는 시간을 얻었다. 어쩌지? 이거 뭐지? 왜 그의 입술에서 맹맹한 생수 맛만 나는 거지? 왜, 느낌이 안 오는 거지? 앞으로 그와 잘해 보기로 방향을 정했었다. 운명의 남자가 혹시 권지혁이 아닐까, 싶은 순간도 있었지만 아무리 생각해도 내 주변에 결혼에 있어 예찬보다 더 완벽한 사람도, 더 잘 맞는 사람도 없었다. 아니, 내 주변뿐만 아니라 그는 어디에다가 내놔도 완벽한 남자다. 그가 날 데리러 왔을 때, 진영과 아란의 눈빛이 떠오른다. 아마 예찬의 곁에서 난 평생 그런 부러움의 시선을 받게 될 것이다. 그를 놓치면 나는 절대로 절대로 그보다 더 좋은 사람을 만날 수 없다.

그렇게 착한 사람인데, 나에게 잘해 주기만 하는 사람인데, 왜 이렇게 느낌이 없었을까. 키스가 어색했던 건, 그리고 이렇게 황급히 도망 나와 버린 건, 아직 그가 친하게 느껴지지 않아서일 거야. 시간이 지나 조금 더 가까워지면 괜찮을 거야. 그녀는 어두운 차창을 바라보며 생각했다. 조금 더 시간을 갖고 천천히 그를 알아 가야겠다고.

♪♪

"결혼이란 거, 필 꽂혀서 될 일은 절대 아니더라구."

백화점의 브런치 레스토랑에서 새아가 결혼을 준비해 주었던 신부들, 지금은 새댁이 된 여자 넷이 수다를 떨고 있었다. 네 명 다 친한 친구였는데 한 명의 소개로 이분들 모두와 인연을 맺게 되었다. 어쩌다 보니 여기 앉은 사람 중 싱글인 건 새아뿐이었다.

"내가 남자들을 좀 만나 봤잖아? 나쁜 남자랑도 연애해 보고 착한 남자랑도 연애해 봤는데 결국 결혼은 재미없다 싶을 정도로 착한 남자랑 해야 돼."

그 말에 친구들이 모두 고개를 끄덕이며 동조했다.

"필 꽂혀서 결혼했다가 이혼하는 커플이 얼마나 많아."

"그러니까."

"나는 이 남자가 손 딱 잡았을 때! 이게 뭔가 싶었다니까? 너무 아무 느낌이 없어서?"

"정말?"

"내가 망설이고 있을 때, 우리 플래너님이 쭉쭉 밀어붙여 줘서 얼마나 고마웠는지 몰라. 그래서 내가 아직도 이렇게 밥 사잖아.

소개도 엄청 많이 해 주고."

그때는 제가 두 분 파혼하면 계약 파기될까 봐 신랑님의 없는 장점까지 끌어다가 포장을 했던 거예요. 세상에 그만한 남자 없다구요. 차마 그 말은 할 수 없으니 새아는 이렇게만 말했다.

"아니에요, 제가 더 고맙죠."

그래도 두 분이 지금 이렇게라도 잘살고 있으니 얼마나 다행이에요. 그렇게 밀어붙였다가 이혼한 커플이 있는데, 그땐 죄책감이 정말 어마무시했답니다.

"근데 우리 플래너님 무슨 고민 있어요? 딱 보니까 있는 얼굴인데?"

"음……. 저도 같은 고민이죠. 필 꽂히는 남자 아니면 같이 있으면 편안한 남자, 둘 중에서."

이에 모인 친구들 모두가 자동적으로 투표를 시작했다.

"내 선택은 무조건 후자!"

"나도, 나도!"

"결혼은 편안한 사람이랑 해야지."

"그럼, 그럼."

결론은 영 대 사, 모두 열화와 같이 후자를 지지했다.

"결혼해 봐. 평생 긴장하고 살 거 아니면 편안하고 같이 있을 때 행복하게 만드는 남자, 그게 짱이야."

"진짜 솔직히 말해서, 성욕은 잠깐이야. 결국 부부간의 우정, 의리, 이런 걸로 사는 거라니까?"

"필 꽂히는 남자는 대개 바람둥이고, 결혼해서도 매력이 넘치고 다른 여자들 눈에도 그렇게 보이고 그럼 훨씬 더 가능성이 많은 거지. 다른 여자들한테 눈 돌릴 확률."

"지금은 모험, 스릴 이런 게 재미있을지 몰라도 결혼할 때만큼은 무조건 안정 지향적이어야 돼. 자기 인생 갖고 도박할 순 없잖아."

"그 필 꽂히는 남자랑은 연애만 해. 연애만."

"아냐, 그러다 그 벤츠남이 떠나갈 수도 있잖아. 일단 후자부터 잡아."

이제는 결혼 선배가 된 네 신부들이 아주 전폭적으로 편안한 남자를 결혼 상대로 지목했다.

"그런데 그 후자남이랑 스킨십을 했을 때 별로 느낌이 안 오고 그러면요?"

"플래너님, 내가 우리 신랑 보고 첨부터 느낌이 왔겠어요?"

그녀의 신랑은…… 대머리였다.

"여자들이 그러잖아. 키 작은 건 용서해도 숱 없는 건 용서 못한다고. 그때는 그랬지. 내가 무슨 부처도 아니고 어떻게 평생 용서만 하고 살아. 키 작고 숱까지 없는 남자를. 다시는 안 봐야지 했는데? 몰랐지, 그땐. 나중에 키 작고 머리카락 없는 게 그렇게 귀여울 줄은."

신랑님이 좀 귀여운 스타일이긴 했다. 마치 주호민 작가님처럼.

"나도 그랬어. 우리 신랑, 키만 멀대같이 커서 쑥맥 같고 그냥,

뭐, 다음 소개팅 잡아야지, 이 정도였는데? 겪어 보니까 알겠더라고. 이런 놈이 진국이구나, 지금껏 내가 보는 눈이 없었구나."

새아의 얇고 넓은 귀가 덤보처럼 펄럭거린다. 우리의 결혼 선배들은 아주 확실한 확신이 있었다. 필 꽂히는 남자 만나면 인생 조진다. 왠지 그녀들의 말이 정답일 것 같았다. 굳이 이를 어기는 일이 바보처럼 느껴질 정도로. 그래, 시간을 갖고 천천히 알아 가는 거야. 아직 모르는 거야. 예찬과 좀 더 가까워질 시간이 필요해.

♩

"이 팀은 속 괜찮아? 나는 하두 마셔서, 속이 막…… 나이 들었어. 라떼는 밤새워도 끄떡없었는데."

어느덧 오후가 되었는데도 로스주얼리 서경식 사장의 얼굴은 흙빛이었다. 우리 사장님, 간이 좀 안 좋으신가? 안색이 영.

"우리 디렉터님은 그러고 나가서 한 잔 더 했대요."

옆에 선 지혁이 팔짱을 끼고 심드렁하게 말했다.

"헉? 어떻게 알았어요?"

새아가 휘둥그레진 눈으로 그를 보자,

"진짠가 부네."

지혁은 그렇게 중얼거렸다. 뭐, 뭐야? 지금 떠본 거야? 하긴, 그렇게 예찬의 차를 타고 갔으면 그냥 가만히 집에 가진 않았을 거라 충분히 예상이 가능하다. 쳇쳇, 내가 저놈 드리블에 또 당하고 말았네.

"닥치고 주얼리부터 골라 봐요."

오늘 웨딩 쇼에 선보일 주얼리들을 고르기 위해 이곳 로스주얼리에 왔다. 내키지는 않지만 권지혁과 둘이.

"이게 이번 시즌에 제일 미는 디자인이죠?"

"핫핫, 어떻게 알았대? 그 가상 결혼식에서 예물 교환할 때 반지 클로즈업 좀 잘해 줘. 신부가 반지를 낄 때 그냥 끼면 안 돼. 조명 각도를 보고 카메라 쪽으로 광채가 한 번 번쩍하게."

"어후, 그렇게까지 해야 돼요?"

지혁이 놀라자 새아가 설명을 덧붙였다.

"원래 주얼리 모델이 더 어려워요. 게다가 전문 모델이 하는 게 아니니까, 연습을 더 해야지. 제가 신랑, 신부님들 리허설 충분히 시킬게요."

"알지? 이 광채에서 신랑, 신부들 눈이 확 돌아가게. 안 그럼, 나 웨딩 쇼 스폰 금액 환불 요청할 거야."

장난스럽게 얘기했지만 웃어넘길 수는 없었다. 로스주얼리는 이번 웨딩 쇼에서 가장 주요한 협력사였으니까.

"자, 연습해 보자. 반지를 그냥 보여 주면 안 되고 손목을 로테이션해야 돼. 이 팀이 한번 껴 봐."

"제, 제가요?"

"안 그럼 누가 가르쳐 줘?"

문득 지혁이 세련과의 결혼식 준비에서 예물을 고르러 왔을 때가 떠오른다. 그때 반지가 너무 예뻐서 정말 얼마나 싱숭생숭했는데. 내가 얼마나 절망스러웠는데. 새아가 어색한 듯 손을 숨기자 지혁이 자기가 해 보겠다며 손을 내밀었다.

"됐어요, 남자 다이아는 깨알만 해서 보이지도 않아요."

"여자 거 줘 봐요. 새끼에 끼면 되지."

"그러다 안 빠지면 권 대표, 손가락 잘라야 돼요."

"그럼 잘라서 이 팀 주죠. 줘 봐요."

테이블에 올려져 있는 반지는 총 네 개였다. 예전에 '여기서 제일 못생긴 걸로 주세요.' 했던 지혁은 이번에 아주 섬세하게, 심혈을 기울여 반지를 고르고 있었다.

"이게 예쁜가? 아닌가? 흠, 잘 모르겠네. 이제 낫나? 이게 낫나?"

지혁의 손에 껴 봐서는 어떤 반지가 제일 예쁜지 알 수가 없었다. 결국 새아가 손을 내밀었다.

"이게 제일 낫네요. 딱 로스주얼리 스타일이기도 하고."

"음, 이건 얼마예요?"

지혁이 가격을 묻자 서 사장은 말없이 계산기에 숫자를 적었다. 새아의 입은 떡 벌어지는데, 지혁은 그럴 만하다는 듯, 고개를 끄덕인다.

"다이아를 몇 등급 끼느냐에 따라서, 여기서 플러스 알파 천차만별인데, 기본적인 거로 하면 이 정도야."

"그날은 가품으로 주실 거죠?"

"진품 줬다간, 더 사달 나."

저번엔 내 것이 아닌 반지를 끼고 있는 느낌이 너무 싫어서, 일 초라도 빨리 빼 버리고 싶었는데 이번은 느낌이 좀 달랐다. 심플하면서도 유려한 느낌이 마음에 쏙 들었다. 트렌디하면서도 쉽게 질릴 것 같지 않은 디자인. 이번 웨딩 쇼에서도 꽤 각광받을 것 같다. 어쩐지 저번처럼 격한 거부감이 들지 않고, 이제는 이런 반지가 진짜 내 것이 되었으면 좋겠다는 생각도 든다. 진짜 결혼할 때가 되어서 그런가. 생전 없던 반지 욕심이 다 생기네. 그런 새아의 눈빛을 눈치챘는지 지혁이 던지듯 묻는다.

"왜요, 빼기 싫어요? 사 줘요?"

물론 새아의 표정이 속옷에 오징어를 넣은 것처럼 급변한 건 물론이다.

"에엥? 내가 권 대표님한테 반지를 왜 받아요?"

"사심 없이 우정링 어때요?"

"우리의 우정이 그렇게 값비싼지 몰랐네요, 내가."

"이제라도 알았으면, 그냥 끼고 가시던가."

"아우! 아우! 이 요망한 주둥이!"

그리고 진짜 반지가 빠지지 않아, 세 사람은 끙끙거리며 잠시 실랑이를 벌였다.

"어우, 어우, 이 팀장, 권 대표한테 시집가야겠는데?"

"잔말하지 말고, 얼른 좀 빼 봐요."

"반지가 주인을 알아보나 보죠."

"조용히 안 해요?"

그렇게 한바탕 난리를 벌이며 겨우 반지를 뺀 뒤, 두 사람은 예물숍을 나왔다.

♫

그런데 엘리베이터에서 내려오는 내내 지혁이 자꾸 뭔가를 물어보려다가 망설이는 눈치다.

"아, 뭔데요? 물어볼 거면 물어보고 아님 말고."

괜히 막 신경 쓰이게 하는 거 있잖아. 물어보려다 말고 물어보려다가 또다시 망설이고.

"뭐요?"

"나한테 뭐 궁금한 게 있나 본데?"

이놈 자식, 빠른 눈치에 뭘 또 알아챈 거 아니야?

"어제 조예찬이랑 무슨 일 있었나, 그게 궁금해요?"

"본인이 찔려서 그런 건 아니고?"

"찔릴 게 뭐가 있어요? 내가?"

"술 마셨다면서요. 그럼 마셨나 보지. 그걸 알아 달라고 안달하는 거예요, 지금?"

"내, 내가 언제 안달을 했다고?"

그렇게 티격태격하면서, 예물숍 건물을 나오는데 찌어어-기 도로 끝에서 예찬이 편의점 쪽으로 향하는 게 보인다.

'흐아아악-'

새아는 화들짝 놀라 바로 숨을 곳을 찾기 시작했다. 아, 이 좁디좁은 청담동 바닥. 뭐만 하면 마주쳐. 권지혁이 여기 서 있으면 또 무슨 헛소리를 할지 모르니 일단 그를 붙잡고 지하 주차장 쪽으로 다다─ 들어가 몸을 숨긴다.

"왜 그래요? 어제 술 먹고 진상이라도 피웠어요?"

얼결에 주차장에 함께 숨은 지혁이 망을 보느라 두더지처럼 고개를 삐끔삐끔 빼고 있는 새아에게 묻는다.

"좀 그렇잖아요. 키스한 다음 날, 아무렇지 않게 인사하기가……."

……라고 말해 놓고, 아차 싶었다. 구, 굳이 그에게 할 말은 아니었는데. 새아가 아연한 표정을 감추지 못하고 그를 바라보자 그의 표정은 더했다. 지혁의 눈에서 열불이 오르고 있었다.

8

둘이 어제
키스했구나?

둘이 어제…… 키스했구나? 그, 그렇지. 썸남과 충분히 그럴 수 있지. 그런데 나는 왜 이걸 알아 버렸지? 왜 알아 버려서 이렇게 괴로워지고 말았지? 로안 대표실로 돌아온 지혁은 양손의 손톱을 세워 벽을 긁을 뻔했다. 왠지 굉장히 비통한 비지엠을 듣고 싶다.

빰- 빰빰빰빰-

〈오페라의 유령〉의 테마곡 정도가 어울릴 것 같다. 이, 이건 괴로운 정도가 아니다. 끔찍하다. 나는, 나는, 나는, 너무 질투가 난다. 나는 지금 인간 활화산이 되어 버렸다. 전교생이 모여 벌이는 캠프파이어의 불이 내 속에서 활활 타오르고 있다. 일이 손에 잡힐 리가 없다. 온 데다가 주먹질을 하고 싶은 심경이다.

키스를 한 거면, 이제 썸 단계는 벗어난 거 아닌가. 이러다가 진짜로, 진짜 날짜 잡는 거 아니야? 입술과 목구멍이 바싹 마르고 손끝이 바들바들 떨리며 초조해진다. 내가 저번에 뭐라 그랬더라. 센 척한다고, 조예찬은 신경 안 쓰인다고 그랬나. 신경이 안 쓰일…… 리가. 내가 여자라도, 조예찬처럼 세계적인 작가님이 나 좋다고 따라다니면 당장 넘어가겠다. 젠장. 아니, 이새아 씨, 당신은 왜 그렇게 결혼이 하고 싶은 건데? 왜 이렇게 결혼에 미쳐 있는 거야? 아무리 괴롭게 벽을 긁어 봐도 머리를 쥐어뜯어도 답은 없었다.

어느덧 또다시 미팅 시간이 되었다. 가상 결혼식 건으로 섭외된 신랑, 신부가 상담실에서 기다리고 있었다. 그 상담실에 들어가자마자, 지혁이 따지듯이 물었다.

"아니, 두 분은 왜 그렇게 결혼이 하고 싶으셨어요?"

영희와 신랑 신부가 벙찐 것은 물론이였다. 인사도 없이 한 질문이 결혼이 왜 하고 싶었냐니. 결혼을 대체 왜 했냐는 듯한 질문이었다. 영희가 조르르 다가와 지혁의 옆구리를 쿡- 찌르며 속삭인다.

"그게 웨딩홀 대표가 할 말이에요?"

지혁에게는 인상을 팍 쓰던 영희가 신랑, 신부에게는 더없이 화사한 얼굴로 말한다.

"아하, 두 분이 어떻게 만나게 되셨는지 궁금하다는 뜻이래요."

일단 인사가 먼저였다.

"작년에 저희 로안에서 베스트 커플로 꼽히셨던 김동일, 심이슬 부부입니다. 여기는 신임 사장님이신 권지혁 대표님."

그제야 셋은 악수를 나누었다.

"우리 이슬 신부님 결혼식, 진짜 난리 났었잖아요. 신부님, 너무 예쁘다고. 이제 결혼한지 일 년쯤 되셨으니까 웨딩 쇼날은 리마인드라고 생각하시고 행진하시면 돼요."

"저야 너무 좋죠. 드레스도 또다시 입어 보고."

"근데 신부님, 임신 중이신데도 티가 안 나네요? 워낙 마르셔서 그런가."

"아직 삼 개월인데요, 뭐. 이제 포동포동해지겠지요."

그렇게 세 사람이 웃고 떠들고 있는데 아직 지혁의 얼굴만 심각하다. 아까의 그 궁금증을 해결해 줘야 표정이 풀릴 거라 생각했는지 신랑 동일이 만남썰을 풀어놓기 시작한다.

"원래 이슬이가 저랑 만나다가 헤어지고 런던 유학을 가 버렸거든요."

이슬은 그때의 기억이 떠오르는지 수줍게 피식- 웃고. 지혁은 세상 누구보다도 진지한 얼굴로 심각하게 경청 중이다.

"근데 SNS에다가 토마스랑 찍은 사진을 보란 듯이 딱! 올린 거예요."

"쿡, 브라이언이거든?"

"아무래도 이거 안 되겠다 싶어 가지고 제가 바로 런던으로 날아가서……."

"결혼하자 그랬어요?"

지혁의 눈은 지금 독수리마냥 부리부리했다.

"아뇨, 일단 이슬이네에 눌러앉았죠. 받아 줄 때까지. 그때 안 잡았으면 토마스랑 같이 살았을 거야?"

"거긴 룸 셰어를 워낙 많이 하니까?"

"이러니 어떻게 해요. 데리고 들어와야지. 근데 자기는 결혼할 거 아니면 한국 안 들어가겠다고……. 결국 질투의 힘이죠. 거기서 토마스랑 살림 차리는 걸 두고 볼 순 없잖아."

하하하핫— 그 말에 다들 웃고 유쾌한데 지혁은 여전히 혼자 심각했다.

"우리 신랑님이 안 잡았으면……."

"네에?"

"진짜 거기서 토마스랑 살았을 거예요?"

"아마두요?" 신부님은 어깨를 으쓱하며 쉽게도 대답하셨다.

"하하하하— 이래서 타이밍이 중요하다니까요."

"우리 신랑님 너무 잘하셨다. 이쁜 신부님 꼭 잡아야지, 런던에 눌러앉으셨으면 어떡해."

그러나 지혁은 혼자 뿌리 깊은 한숨을 쉬었다. 하아아아아- 답은 이미 정해져 있었다. 타오르는 답답함으로 복도를 걸어가고 있는데 상후에게 메시지가 왔다.

'형도 너 만나겠다는데?'

지혁은 그 자리에 우뚝하니 멈춰 서고 말았다.

병원은 지루할 정도로 심심했다. 넷플릭스, 웨이브 보는 것도 하루 이틀이지, 나중엔 드라마, 예능 보는 것도 물린다. 테이블에 올려놓았던 태블릿PC를 치우자 옆에 쿠션처럼 놓여 있던 밤비 인형이 또르르- 굴러간다. 유준은 헤드록을 걸듯, 밤비 인형을 껴안고 멍하니 창가를 보았다. 그러고 보니 최근 몇 년간 이렇게 쉬어 본 적이 없었다.

대학교 때부터 알바를 쉰 적이 거의 하루도 없었다. 서너 개의 알바를 동시에 하면서 몸이 축난 적도 있었다. 그리고 밤이나 새벽이면 영어 학원에 가서 점수를 땄다. 대기업에 입사해 보겠다 서류를 쫙 뿌렸지만 불러 주는 데가 없었다. 중소기업에 입사해 보겠다 몇 번의 면접을 보았지만 최종적으로 불러 주는 데가 없었다. 영업직이고 뭐고, 가릴 때가 아니었다. 문과생이 취직하기엔

이 사회의 문이 너무 좁았다. 결국은 여기 소울 웨딩 플랜에 들어왔다. 남들은 남자가 웨딩 플래너 하는 거, 좀 그렇지 않냐고 했지만 가릴 때가 아니었다. 여긴 기본급이 적고 인센티브가 컸다. 그래서 나만 열심히 하면 부자가 될 줄 알았는데. 그동안 쌓아 왔던 학자금의 빚을, 뭉텅뭉텅 갚아 낼 줄 알았는데. 내 신용 등급도 차근히 올릴 줄 알았는데 시즌, 비시즌에 따라 월급은 매번 롤러코스터를 탔고 그 무한 경쟁의 세계 속에서 더더욱 쉴 시간이 없었다.

드디어 어딘가 한 군데 다치고 나자 인생의 공백이 찾아왔다. 지금껏 외로움을 느낄 새도 없이 벅차게만 달려왔는데 처음으로 빈틈이 생겼다. 그제야 조금 자각이 되려 한다. 외로움이라는 감정을. 괜히 좀 허전한 기분에 매점에서 아이스크림을 사 먹고 돌아오는데 한 초딩이 병원 로비에 앉아 밤비 가방을 메고서 아이스크림을 먹고 있다.

"이게 더 맛있는데, 히힛."

유준이 먹고 있는 아이스크림을 살짝 비웃으면서.

"너 그 밤비 가방 어디서 샀어?"

당연히 엄마나 아빠, 이모 삼촌 정도가 나올 줄 알았는데…….

"남자친구가 사 줬어요."

의외의 인물이 거론되었다. 요새 초딩 남친 경제력이 그 정도니?

"밤비 좋아해?"

"네!"

"오빠 병실에 밤비 엄청 많은데."

"진짜요? 몇 호인데요?"

우리 꼬마 숙녀는 검사실 들어간 엄마에게 또박또박 문자를 남기고서 유준을 따라갔다. 그녀에게 이곳은 진정 아기 사슴 천국이었다. 꺄아아아아아! 안녕! 밤비들아! 하나하나 인형들을 꾸욱- 안아 주고 볼을 비비고 아낌없이 애정을 표출하는 꼬마 숙녀. 그녀의 해맑은 웃음에 문간에 기대어 아이스크림을 먹고 있던 유준에게도 배시시- 미소가 번졌다.

"아저씨, 나 이거 주면 안 돼요?"

"안돼, 아끼는 거래."

"여자친구 거예요?"

"뭐, 아는 동생."

그런 호칭을 쓰고 싶진 않았지만 어쩔 수 없었다. 이미 다람에게 나는 '아는 오빠'의 카테고리 안에 들어가 있지 않은가.

"사진 있어요?"

"니가 아는 동생 사진을 왜 봐."

하면서도 유준은 다람의 사진을 찾았다. 저번 교육받을 때 다른 플래너들과 다 같이 찍은 단체 사진이 있었다. 사진을 쭈우욱- 확대하자,

"이쁘다아~ 왜 안 사귀어요?"

꼬마 숙녀가 다람이 예쁘다고 좋아한다.

"이쁘면 다 사귀냐?"

"이 정도 해 준 거면, 아저씨 임청 좋아하는 거 아니에요? 난 이거 하나에도 홀랑 넘어갔는데?"

"사 준 거 아니야. 빌려준 거야."

"엄청 아끼는 거를?!"

유준이 뭐라 답을 하려는데 우리의 꼬마 숙녀가 남친의 전화를 받고 밖으로 나간다.

— 어? 오빠. 별거 아니야. 그냥, 아는 오빠 병실에 놀러 왔어.

허어어얼? 방금 전까진 나보고 아저씨래매. 내가 언제 아는 오빠가 됐냐? 여자들 다 똑같네. 꼬마 숙녀는 가야 한다는 듯 전화를 받으며 손을 흔들었고 이대로 빈손으로 보내기가 아쉬워, 엄지손톱만 한 밤비 피규어를 선물로 주었다. 귀여운 꼬마 숙녀를 보내고 유준은 침대에 누워 휴대폰을 들었다.

'그 쪼그만 밤비 피규어, 얼마야?'라고 쓰려다가,

'오늘은 몇 시에 올 거야?'라고 쓰려다가,

'뭐 하냐?'

한마디를 보냈다. 그 세 글자를 보내고도 괜히 마음이 몽글몽글해져 살짝 초조하게 답을 기다리고 있는데…… 간호사가 들어와 혈압을 재고는 말했다.

"검사비는 오늘 수납하셔야 돼요."

순간 속이 먹먹해졌다. 이번 달 일하지 못한 만큼 월급이 깎여 있을 것이다. 그리고 검사비는 일단 카드로 막아야 할 것이다. 내 주변에 아주 잠시 불어왔던 봄바람이 싸늘하게 식는 소리가 들렸다. 내 주제에 뭐, 두근거리고 살아.

♪♪

카페 주차장에 차를 세우고 발레파킹을 맡기는데 가슴이 두근
거린다. 내 기억 속에 형은 언제나 지나치게 멋있는 남자였다. 인
생 롤모델, 닮고 싶은 표본 그 자체. 지혁이 수능 끝나고 집에 왔
을 때, 그 넓은 집에 그를 기다리고 있는 사람은 지한뿐이었다.

"야, 양주 까자. 술은 어른한테 배우는 거야."

그렇게 형한테 술을 배웠다. 이 집안에서 지금껏 공부하느라 고
생 많았다고 격려해 주는 사람도 형뿐이었다. 지혁이 아직 건축과
대학생일 때, 형은 벌써 현장에서 근무하고 있었다. 형이 끼적끼
적 방구석에서 그리던 그림들이 어느덧 번듯한 미술관이 되어 있
었다. 지혁의 입이 떡 벌어졌다.

"멋있지 않냐, 꿈꿔 왔던 걸 현실로 이루어 낸다는 게?"

멋있지 않을 수가 있나. 그 건물은 진짜 대한민국에서 제일 멋
있었다. 그해, 형이 국내외를 통틀어 건축상 몇 개를 받았더라. 대
학생 지혁도 열심히 방구석에서 건축물을 그렸다. 언젠간 이게 현
실이 될 날을 기다리면서. 나도 꼭 건축가가 되어야지. 형이야말
로 슈트를 대충 걸쳐도 멋있는 핵인싸 존잘 재벌 이세의 원조였
다. 호방한 성격에, 인간관계 좋고, 사람 잘 챙기고, 리더십 있고,
능력 있고, 남자가 봐도 너무너무 멋있고. 그런데, 그런데,

"형?!"

지혁은 카페에서 형을 못 찾을 뻔했다.

형의 머리에 토끼 귀 머리띠가 씌워져 있었던 것이다. 혀, 형? 무, 무슨 유치원 선생님도 아니고 왜 그러고 있어? 보지 못한 몇 년 동안, 형은 좀 늙었다. 방글방글 웃상이 되긴 했지만, 예전의 귀티와 카리스마는 사라지고 없었다. 좀 주책없어 보인달까? 이 나이에 토끼 귀가 웬 말이야? 그에게로 가까이 다가가 보니 옆에는 육아 용품이 든 쇼핑백이 가득했다. 딸랑이, 포대기, 아기 신발, 아기 옷, 아기 양말, 장난감 등 새로 산 물건들을 보며 싱글벙글하고 있던 중에 지혁과 마주친 것이었다.

"어, 지혁아!"

"형! 꼴이 이게 뭐야!?!!!"

9

나 마음에 없는
소리 잘한다

"봐 봐, 역시 공주님이라 그런지 예쁘지 않냐?"

형은 초음파 사진을 보여 주며 뭐라 뭐라 연신 설명하는데 지혁의 눈에는 외계인 초상화로밖에 안 보인다. 도대체 어디에 사람의 윤곽이 있다는 건지 모르겠다.

"신기하지, 어떻게 벌써 나랑 이렇게 닮았냐?"

"전혀 모르겠는데."

"봐 봐, 나랑 완전 판박이잖아."

"그래도 딸인데 형수님 닮는 게 낫지 않나?"

"그치, 그건 그래. 히힛"

지한은 히죽히죽 웃으며 그 날에 동조했지만 지혁은 아직도 그런 형이 적응되지 않았다. 청담동 핵인싸 재벌 이세는 어디 가고 딸바보 딸등신이 여기 앉아 있는가. 오랜만에 만나서 국내외 건설 경기나, 해외 유명 건축가들의 동향이나, 건축 설계 트렌드, 이런 거에 대해서 논할 줄 알았더니…… 육아용품 언박싱을 하고 있을 줄이야. 형은 즐겁게도 아기 장난감을 흔들어 보고 만져 보고 있는데 지혁의 미간은 좀처럼 펴지지가 않았다.

"형, LA에선 어떻게 지내?"

"뭐, 이러고?"

"한국 안 들어올 거야?"

"내가 왜? 뭣하러?"

"그럼 LA에서 계속 그렇게 백수처럼 살겠다고?"

지혁은 답답했다. 형은 이러고 있을 사람이 아닌데.

"언제까지 그렇게 범죄자처럼 도피하고 살 거야. 성진 건설 장남이 백수로 논다고 지라시까지 돌아. 이제 아기도 태어난다며. 아빠가 책임감이 있어야지. 대체 언제까지 놀려고."

허나 지한은 의외의 반응을 보였다.

"뭔 소리야, 나 일 해. 교포 대상 한국어 강사!"

아우, 무슨 직업 같은 걸 얘기해.

"아잇, 한국말 할 줄 알면 다 한국어 강사래."

"한국 들어오면 내가 아빠 노릇 할 수 있을 것 같냐?"

"뭐?"

"해외 건 있으면 빵빵이 몇 달, 일 년에 삼분의 이는 외국 나가 있고, 한국에 있어도 임원직이면 야근에 주말 출근에 집에 제대로 들어갈 수나 있기는 해?"

"그거야 당연한 거잖아. 재벌 이세 남들한텐 꿀 빠는 것처럼 보여도, 임원으로서 성과 못 내면 나가 죽어야 된다, 이건 형이 나한테 당부했던 거야. 남들보다 더 많이 가진 만큼 우린 더 죽도록 일해야 된다고."

그래서 지혁도 여기까지 올 수 있었던 것이다. 지한이 가르친 대로, 제대로 성과 내는 임원으로, 노력형 재벌 이세로.

"형, 능력이 썩고 있는 게 아까워서 그래. 성진 건설 평사원으로 입사해서 형 자력으로 승진했고, 실적으로 증명해서 그 자리까지 갔어. 우리 사촌들 중에 형이 젤 능력 있는 거 모르는 사람 없다고. 알잖아. 형이 한 건 따올 때마다 고용 창출이 몇 명인데 건마다 건설 경기가 살고 돈이 돌고……."

"너 어째 아버지처럼 말한다?!"

"……!"

"그럼 그 결혼은 왜 깼냐? 아버지 뜻대로 결혼해서 살지."

역시 형은 알고 있었다. 아니, 온 국민이 알지. 전세련과의 결혼이 그렇게 깨진 거. 솔직히 아무리 깨질 결혼식이라도 나는 형이 식장에 와 볼 줄 알았다. 그래도 동생 놈이 결혼한다는데. 욱하는 마음에 지혁은 더더욱 목소리를 높였다.

"그렇다고 한국에 있는 거 다 버리고 도망가서 살면 행복해? 일이고 기족이고 다 버리고 가서 행복하냐고!"

"안 보여? 대박 행복해!"

이에 지한도 목소리를 높였다.

"매일매일 밥 차리고, 청소하고, 빨래하고, 설거지를 하다가도
행복해. 마당에 잔디 깎으면서도 행복하고, 거기서 바비큐 구워
먹으면서도 행복하고, 그러다 지나가는 이웃들에게 웃으며 인사
하고 고기 나눠 주는 것도 행복해. 얼른 한국 와서 임원길 걸으라
고? 그럼 뭐해. 집에 가야 행복한데, 집에를 못 들어가는데. 내가
내 가정 행복하게 해 주지도 못하고 내가 행복할 수도 없는데 일
이 무슨 소용이야. 고용 창출이야 더 뛰어난 임원들이 하면 되는
거고, 건설 경기야 그때그때 흐름이 있는 거고, 나까지 죽어라 일
안 해도 돼. 차라리 그 시간에 오늘 저녁에 제니랑 뭐 먹을까 고민
하는 게 낫지."

"형!"

"너야말로 그런 거 다 포기해 버린 거 아니야? 제 여자 하나 행
복하게 해 줄 자신이 없어서, 그게 무서워서 결혼 안 하겠다고 버
티는 거 아니냐고!"

혀어어엉!!! 진짜 왜 그래?

"알지? 형이 내 워너비이자 롤 모델인거. 어른 같지도 않은 어
른들 중에서 나한텐 형이 제일 어른이었고! 누구보다도 형을 존경
했고! 그래서 나는, 형처럼만 살면 되는 줄 알았어. 형만 따라가
려고 그랬다고! 근데 이게 뭐야? 갑자기 스케일이 왜 이렇게 작아

졌어?"

"그럼 이대로 살아. 이게 내가 찾은 행복의 길이니까."

그 말을 마치고, 지한이 자리에서 벌떡 일어났다.

"어디 가?"

그는 주렁주렁 핑크색 쇼핑백을 챙기면서 말했다.

"어딜 가긴. 형제끼리 오붓하게 술 한잔해야지."

"……!"

"이것 좀 같이 들어 봐."

논현동 이자카야. 오늘따라 몇 잔 넘기지도 않았는데 쉽게 술기운이 오른다. 둥둥 떠다니는 취기에 둥실둥실 떠오르는 건, 우리의 유년이다.

"형, 우리가, 엄마가 진짜 많았잖아."

아주 어릴 적 정말 엄마처럼 굴었던 그 누군가.

"근데, 엄마 엄마 부르다 보니까, 나도 그 사람이 진짜 엄마인 줄 알았나 봐. 그리고 그 사람이 트렁크를 끌고 나갔을 때. '엄마, 어디가?' 치맛자락을 잡으니까, 그 여자가 그러더라. '누가 니 엄마야?' 세상 누구보다도 차갑게. 결혼이란 건, 언제든지 그렇게 깨어질 수 있는 거구나. 쉽게 변해 버리면 그만인 거구나, 싶었어."

그 정도 다 떼지 못했는데 석범은 새장가를 들기 위해 로안을 세우고 무지마지하게 성대한 결혼식을 올렸다. 그러려고 로안을 세운 거였다.

'일루 와, 니 엄마랑 사진 찍어야지.'

그 나이에도 모든 게 얼마나 가식적으로 보이던지. 어차피 변할 거면서 그렇게 헛된 약속을 하는 게. 나중엔 남보다도 못한 사이가 되어 고함을 치고 싸울 거면서, 니 재산, 내 위자료 나누며 하극상을 벌일 거면서.

"결혼을 왜 해. 깨져 버리면 그만인데. 어차피 깨져서 돌이킬 수 없는 상처만 남길 건데. 뭣하러 자꾸 희망을 거냐고."

혼잣말 같던 지혁의 넋두리를 가만히 듣던 지한도 그때의 기억을 떠올렸다.

"그 아줌마, 얘기하는 거지? 너 초등학교 때……."

그래도 우리 집에 가장 오래 머물렀던 사람. 그래도 엄마라는 역할에 가장 어울렸던 사람.

"그 아줌마, 우리 집에 돈 보고 들어온 여자였어."

"……뭐?"

"너한텐 엄청 잘해 줬겠지. 어리니까. 근데 뒤로는 우리가 사고사로 죽으면 보험금이 얼마인가, 재산은 어떻게 가로채나, 그 고민만 하던 여자였어."

그때쯤 중학생이던 지한은 그 당시 아버지와 그 여자가 무슨 일로 싸웠던 건지 알고서 충격을 정말 많이 받았다.

"근데 엄마 없이 우리가 너무 힘들어하니까. 그래서 아빠가 결혼한 거야. 우리한테 좋은 엄마, 만들어 주려고."

"형은, 아버지랑 그렇게 싸워 놓고, 편들어 주고 싶냐?"

"지혁아, 이거 다 누가 사 주셨겠니?"

핑크색 쇼핑백에 담긴 아기 딸랑이와 머리핀, 꼬까옷과 인형들을 호, 혹시?

"지분 정리는 핑계고 이거 사 주려고 한국까지 부르신 거더라."

"⋯⋯! 아, 아버지가?"

지혁은 기함했다. 아버지가, 이걸 사 주셨다고?

"니가 결혼 안 하겠다고 고집 피우는 거 이해해. 근데 남자가 좋은 건 아니잖아. 결혼 안 한다고 연애도 안 할 건 아니잖아. 만나는 여자가 나중에 결혼을 원하면 어떻게 할 거야?"

"아버지가 형수님한테 어떻게 했는지 아는데 내가 어떻게 결혼을 해."

"아버지는 바뀌셔."

"그 양반이 어떻게 바뀌셔."

"아버지가 이거 직접 고르셨어."

뭐어어어? 마, 말도 안 된다. 아버진, 절대로 이런 거 사 주실 캐릭터가 아니다. 그렇게 독재자 같이 완고하고 고집 센 양반이, 어떻게 핑크핑크 딸랑이를⋯⋯!

"그냥, 내가 장남이고, 나한테 더 기대가 크셨으니까 내가 더 세게 후두려 맞았다고 생각해. 너 땐 안 그러실 거야."

지혁이 뭔가 반박을 하려는 시점에서 형수님께 영상 통화가 걸려 왔다.

　－ 어머, 도련님!

　－ 아, 안녕하세요!

　지혁은 얼떨결에 휴대폰 액정에 대고 꾸벅 인사를 했고, 지한은
아버지가 사 주신 딸랑이를 보여 주며 자랑을 했다. 아버지 얘기
를 듣는 제니 형수의 얼굴도 꽤나 편안해 보였다. 이 두 부부는 아
버지를 용서한 걸까? 그렇게나 결혼을 반대했던 아버지를? 형은
만삭이 된 형수님의 상태를 살뜰하게도 챙겼다. 완전히 사랑꾼이
되어 버린 형의 모습이 조금 낯설긴 했지만…… 그래도 좋아 보였
다. 형이 웃는 게. 그리고 형수님이 웃는 게. 지금껏 한국 안 들어
오고 미국으로 도피해서 사는 형이 쫄보이고 겁쟁이인 줄 알았는데,
지금은 그런 파국을 봤다고 결혼 안 하겠다고 버티는 내가 더 쫄
보이고 겁쟁이인 것 같았다.

♪

　그렇게 형과 인사를 하고 돌아와 집에 누워서 떠올린 사람은,
또다시 새아였다. 짝사랑은 참 이상한 거였다. 하루라도 빼놓는
날이 없었다. 사랑꾼이 된 형으로 인해 마음이 조금 말랑말랑해진
날이었다. 그래서인지 당신이 더 보고 싶었다. 전화하면 받을까,
지금 시간에. 용건은 없는데 보고 싶은 것 말고는. 망설이고 망설
이다가 어쩌다 툭- 하니 전화를 걸어 버렸는데…….

108

– 여보세요?

다행히도, 그녀가 전화를 받았다.

– 이 시간에 웬일이에요?

겨우 생각해 낸 용건은 이것이었다.

– 내일 웨딩 쇼 잘하자고.

– 그럼 잘해야죠. 것 땜에 전화했어요?

– ……갑 되어 보니까 어때요?"

– 넹?!

– 밀당 갑 되어 본 적, 별로 없다면서. 호구였다면서. 근데 내가 이렇게까지 매달리니까 어때요? 역시 갑이 좋아요?

– …….

– 나는 신경 안 쓰여요?

새아는 답이 없었고,

– 나, 이새아 씨 좋아하는 거 그만할까?

그렇게 답이 없는 휴대폰에 지혁은 그렇게 말했다. 살짝 울컥하는 마음으로.

– 그만할래. 너무 힘들어. 괜히 나답지 않은 생각이나 하게 되고. 허구한 날 나만 흔들리고 억울하고 쫌 그래.

– 진작 그만뒀어야지, 지금껏 내 얘긴 뭘로 들었어요?

– 내일부터 소개팅이나 하고 다녀야겠다. 이새아 씨, 나 여자 좀 소개해 줘요. 되게 외로워.

– 뭐라고 소개해요? 비혼주의자라 그러고?

- 비혼주의자였는네, 한 여자 때문에 무너졌다고. 그래서 아무 여자나 막 만나고 다닌다고.

- ……!

- 나 마음에 없는 소리 잘한다.

- ……!

새아가 답을 하지 않는 사이 지혁은 이렇게 말하고 전화를 끊었다.

- 잘 자요, 철벽녀.

아우, 이 남자, 아닌 밤중에 또 심란하게 만드네. 뭘 또 이렇게 불쌍하게 그래? 하여튼 복잡하게 해. 사람 마음 헤집어 놓는 덴 뭐 있다니까. 이번엔 예찬에게서 전화가 걸려 왔다. 아까와는 달리 살짝 멈칫하던 새아였다.

- 여보세요?

- 이 시간에 웬일이에요?

질문은 같았다.

- 아니, 그냥, 내일 웨딩 쇼 잘하라구요.

대답도 비슷했고, 심지어 뉘앙스도 비슷했다. 예찬도 별 용건 없이 그녀가 보고 싶어 전화한 것이다.

- 그럼 잘하지, 말아먹을까 봐?

- 내일 몇 시에 갈까요?

- 쇼 시작에 딱 맞춰서 오는 게 편해요. 그 전에 오면 내가 못 챙겨 주니까.

– 그럴게요. 졸리겠다. 늦게 전화해서 미안해요. 얼른 자요.

예찬은 새아를 배려하며 짧게 전화를 끊었다. 그때의 키스 이후, 새아가 예찬에게 아주 살짝 거리를 두는 걸 그는 알아챘을까? 알아채고도 모르는 척, 계속 친한 척을 해야 하는 게 을의 자세일지도 모른다. 밀당 호구일 때 나도 그랬으니까. 남자가 나를 조금 밀어낸다 싶을 때도 아랑곳하지 않고 모르는 척하고, 만나고 그랬었다. 그랬다가 진짜로 멀어질까 봐. 멀어지고 싶지 않아서. 이러나저러나 을은 이렇게나 괴로운 것이었다. 아니, 사람과 사람 사이 마음을 주고받는 건 여전히 어렵고 어렵기만 하다. 쉬운 일이 하나도 없었다.

휴대폰 통화 목록엔 두 사람의 이름이 떠 있었다. 권지혁과 조예찬, 조예찬과 권지혁.

10

대리 신부는 내 운명

　오늘 새아는 핑크색 셋업 슈트를 입었다. 튤립 같은 예쁜 핑크
다. 꽤 멀리 있는데도 꽃향기가 느껴지는 것 같다. 양팔을 걷어 올
리고 바쁘게 로안을 돌아다닌다. 정신없이 바빠 보이지만 이럴 때
더 빛이 나는 그녀다. 총책임자로서 이 큰 행사를 완벽하게 준비
하고 있는 지금, 그녀는 미치도록 눈부시다. 나도 바쁘지만, 나도
해야 할 일들이 많지만, 이 넓은 홀에서도 고개를 들면 일 초 만에
그녀를 찾을 수 있다. 보지 않고도 그녀를 보고 있기에, 내 모든
게 그녀에게로 흐르기에.

　문득 어제 형이 했던 말이 떠오른다.

'아버지는 바뀌셔. 내가 장남이고, 나한테 더 기대가 크셨으니까 내가 더 세게 후두려 맞았다고 생각해. 너 땐 안 그러실 거야.'

저번에 본가에 갔을 때 들었던 아버지의 말씀도 떠오른다.

'나도…… 니 억지로 결혼시키려고 한 거, 미안하다. 담번엔 니가 좋아하는 사람 데려와 보렴. 니 형수한테 내가 심했던 거, 나도 안다. 그땐 내가 너무 눈이 높아서.'

상후도 나에게 그랬었지.

'살면서 부모도 변해. 계속 바뀌시고, 배우시고. 첫째 땐 그악스러워도, 둘째 땐 또 그냥 넘어가고 그래.'

나도 모르게 상상이 이어진다. 만약에 정말로 아버지에게 새아를 소개한다면…… 그때의 아버지 얼굴은 어떨까. 제니 형수를 데려왔을 때처럼 이것저것 뒷조사를 해 보시고, 맘에 안 든다, 저리 꺼져라, 있는 소리 없는 소리 다 하면서 포악해지실까. 아니면 세련과의 결혼식 날처럼 방긋방긋 웃어 주실까. 정말로 그녀를 나의 가족으로 만들 수 있을까. 이런 생각까지 해 본 건 진정 처음이었다. 어떤 타인을 내 가족이라는 바운더리 안으로 들여놓을 생각을 했던 게.

바로 그때, 저편에 예찬이 도착했다. 지혁이 보기에 새아는 그저 환하게만 웃으며 예찬을 친절하게 맞고 있었다. 어느 자리에 앉아라, 어느 곳이 사진이 잘 나올 거다, 그랜드홀 이곳저곳을 열심히도 가리키며 설명해 주고 있었다. 심장이 막 아파 왔다. 내가 지금 저 여잘 놓치면 저 여잔 저 남자에게로 가겠구나. 그 자각이 들어시. 속에 거친 파도가 일기 시작한다. 누구보나도 간절히 결혼을 원하는 그녀다. 그녀 앞에 결혼에 너무 적합한 남자가 있다. 심지어 그녀를 너무 좋아하는. 그녀가 그 남자를 선택하지 않을 이유가 없다. 당신을 좋아하지만 결혼은 못 하겠다고 버티는, 나 같이 못난 놈을 선택할 이유가 없다. 오늘 그랜드홀의 꽃장식이 유독 화려했다. 초대된 예비 신랑, 신부들의 마음을 홀리기 위해서, 그들에게 이곳 로안에서 결혼하고 싶은 마음이 들게 하기 위해서였다.

그 안에서 지혁도 생각이 바뀌어 간다. 그동안 머릿속에 자리 잡았던 뿌리 깊은 관념들이 차차 뒤집어지고 있었다.

유니폼은 타이트하고, 스타킹은 불편하고, 하이힐은 지옥 같았다. 어쩔 도리가 있나. 신입 막내가 힘들다고 하이힐을 집어던질 수도 없고. 테이블 세팅부터, 단상 정리부터, 이거 가져와, 저것 좀 갖다줘, 온갖 잡일과 심부름은 모두 다람의 몫이었다.

"의자가 부족하다구요? 네! 준비할게요."

귓바퀴를 울리는 무전에 홀 뒤에 의자를 쌓아 놓는 창고에서 하나하나 의자 덮개를 씌우고 있는데, 누군가 그녀의 곁에 밤비 슬리퍼를 툭- 던졌다.

"어?"

"……어, 꼬맹이."

"나 여기 있는 거 어떻게 알았어요?"

유준이었다. 그가 어깨에 깁스를 하고서 등장한 것이었다.

"척하면 척이지. 막내가 어딨겠냐."

갑작스러운 그의 등장이 반갑기도 하고, 한편으로는 좀 미안하기도 하다.

"어제는 일이 있어서, 미안해요. 기다렸어요?"

"아는 오빠랑 뮤지컬 봤대매."

"도저히 취소가 안 돼서."

"아냐, 맨날 올 필요 없다 그랬잖아."

두 사람이 묘한 평행선을 그린다. 그렇게 더 가까워지지도 멀어지지도 않고 서 있는 두 사람이다.

"뒤에서 일할 땐 슬리퍼 신고 있어. 안 그럼 끝나고 쓰러져."

"아, 쇼 보고 갈 거죠?"

"아니, 병원에서 잠깐 나온 거야. 들어가 봐야 돼."

"쇼 끝나고 병원으로 갈게요."

"됐어, 피곤한데."

유준은 그렇게 시크하게 다람을 챙겨 주고는 떠났다.

'이 밤비 슬리퍼는 어디서 구해 왔담.'

다람은 그런 뒷모습을 가만히 바라보고만 있었다.

그랜드홀에선 여러 번의 리허설이 진행되었다. 주얼리 노출 이슈 때문이었다. 카메라 각도부터 동선까지 프로 모델이 아닌 일반인 신랑, 신부가 소화하기엔 조금 난이도가 있었지만 그래도 부부가 잘 따라와 주는 편이었다.

"네! 이걸로 리허설 마칠게요. 수고하셨어요."

작년 로안의 베스트 커플로 꼽힌 만큼 정말 선남선녀인 두 사람이었다. 드레스와 턱시도를 입은 두 사람을 대기실로 불러 최종 유의해야 할 사항들을 다시 짚어 주고 있는데 '우욱―' 갑자기 신부님이 헛구역질을 하기 시작한다.

"……! 신부님, 괜찮으세요?"

순식간에 새아의 눈이 똥그래졌다.

"괘, 괜찮아요. 초기 입덧인가 봐요. 우읍―"

"이모님, 뒤에 드레스 지퍼 내려 주세요."

우읍― 우읍― 이건 드레스를 입고 있을 정도의 상태가 아니었다. 부리나케 가운으로 갈아입고도 신부는 한참이나 변기통을 붙잡고 있었다.

"조금 있으면 괜찮아질 거예요. 우읍―"

그러나 신부의 입덧은 도무지 진정되지 않았고 새아는 정각이 가까워져 오는 시곗바늘을 바라보며 초조해하고 있었다.

"신부님, 여기 대기실 소파에 일단 좀 누워 봐요."

그런데 그녀를 돌봐 주던 이모님이 다급하게 새아를 불렀다. 신부가 하혈을 한 것이다.

"신부님!"

"이슬아!"

이번엔 신랑 동일의 얼굴이 하얗게 질렸다.

"일단 병원 가자."

신부가 너무 고통스러워하며 배를 움켜쥐어서 응급차를 기다릴 시간이 없었다. 그렇게 신랑이 신부를 업고 병원으로 향하는 데…… 홀에서는 전문 사회자의 목소리가 울려 퍼졌다.

"곧 가상 결혼식이 시작될 예정이오니 모두 자리에 착석해 주시기 바랍니다."

어떡하지? 지금이라도 모델들 중 메인을 선발한다고 해도 그 복잡한 동선을 디테일하게 설명할 재간이 없었다. 그때 예찬은 홀의 주요 동선에 서서 테스트 사진을 찍고 있었다. 그는 웨딩 쇼 시작 직전, 무전기를 꽂은 스태프들이 살짝 술렁술렁하는 분위기를 감지했다. 혹, 무슨 일이 생긴 건 아닌가 싶어 두리번거리고 있는데 사회자는 무전을 듣고 뭐라 뭐라 끄덕인 이후, 예정대로 웨딩쇼를 진행했다. 화려한 오프닝 영상이 프로젝터에 재생되고.

"오늘 웨딩 쇼에서 가장 심혈을 기울여 준비한 첫 번째 순서는 바로 가상 결혼식입니다. 비록 가상이긴 하지만 오늘 떨리는 마음으로 이 자리에 선 신랑, 신부에게 큰 박수를 쳐 주시기 바랍니다."

드디어 식이 시작되었다.

"신랑, 신부 입장!"

사회자의 우렁찬 목소리에 동시 입장을 하고 있는 사람은 다름 아닌 권지혁과 이새아였다.

"······!!!!!!!!!!"

예상치 못한 두 사람의 등장에 예찬은 천 톤짜리 둔기에 맞은 듯한 충격을 받았다. 제 눈앞에 펼쳐지는 광경을 도저히 믿을 수가 없었다. 이새아 그녀가 웨딩드레스를, 권지혁 그놈이 턱시도를 입고, 두 손을 맞잡은 채 입장을 하고 있는 이 모습이 어찌 실화라고 믿어지겠는가.

♩♩

"뭐라구요?!"

웨딩 쇼 시작은 십 분 앞으로 다가왔는데 가상 결혼식에 설 신랑, 신부가 없었다. 새아에게 드레스를 입으라고 말했던 사람은 다름 아닌 영희였다.

"그럼, 어떻게 해요? 당장 쇼는 시작이고 동선을 아는 사람이 없는데."

으형형, 나 로안과 무슨 악연이 있길래 여기만 오면 이렇게 대리 신부를 해야 하는 거니. 대리 신부는 내 운명인 건가. 으형형, 웨딩 쇼 총책임자가 드레스 입고 가상 결혼식까지 진행한다는 얘기 들어 봤어? 으으으, 생각만 해도 쪽팔리네, 이거. 하지만 쪽팔

림은 거기서 끝이 아니었다.

"……!"

대기실의 커튼이 열리자, 턱시도를 입은 지혁이 나타난 것이다. 새아는 기함했다. 아니, 기함한 정도가 아니라 턱이 빠져 땅에 닿을 뻔했다. 오, 마이, 갓! 영희가 지혁을 들쑤셔 턱시도를 입힌 것이었다. 그, 그럼, 지금 권지혁과 내가 버진로드에 서야 한다는 뜻? 드레스 이모님은 이제 새로운 상황도 아니라는 듯 익숙하게 새아의 탈의를 도우려 했다. 그때 그 이모님이시다. 윤경훈의 결혼식, 새아를 십 분 만에 세상에서 가장 아름다운 신부로 돌변시켜 주었던 그분.

♩

버진로드 위, 드레스를 입은 새아가 수줍은 신부처럼 고개를 푹– 숙이고 눈을 내리깔고 있다. 수줍어서가 아니다. 정말 쪽팔려 죽을 것 같아서다. 새아를 알아보는 이는 관계자들뿐이었지만,

"총괄 디렉터님, 여기서 뭐해요?"

피식피식–하는 사람들의 얼굴이 더더욱 새아를 부끄럽게 했다. 그와는 반대로, 초대된 신랑, 신부들 거의 모두가 지혁을 알아보았다. 오늘 가상 결혼식, 여기 웨딩홀 사장님이 직접 시연하나 봐, 왜, 그분 있잖아, 전세련이랑……. 술렁술렁 대면서 폰카를 들어 두 사람의 입장을 열심히도 찍어댄다. 새아는 도저히 고개를 들

수가 없는데 놀랍게도 지혁은 위풍당당했다. 고개 꼿꼿하게 펴고 진짜 신랑처럼 신나는 걸음으로 입장하고 있다. 아니, 대체 이 사람은 무슨 생각으로 이렇게 당당한 거야? 결혼이라면 기겁을 하고 도망가던 사람이 턱시도 입고서 왜 이렇게 좋아해? 어느덧, 웨딩 쇼 총괄은 영희가 담당하고 있었다. 그녀가 사회자에게 건네준 멘트에 따라 권지혁의 소개가 이어졌다.

"오늘 신랑은 모두가 아는 얼굴이죠? 희대의 단짠남, 눈물의 파혼남! 바로 로안의 권지혁 대표님입니다! 오늘의 가상 결혼식만큼은 절대 파투가 나면 안 될 텐데요. 이번에도 신부님이 역주행하려고 하면 다들 무슨 수를 써서라도 막아 주시기 바랍니다."

그 멘트에 모두의 웃음이 터졌고, 몇몇의 직원들은 환호했고, 커다란 응원의 박수도 쏟아졌다. 역대급 파혼남이 여기 로안에서 신랑으로 등장하는 것 자체가 재미있는 쇼라고 여겨졌나 보다. 지금이라도 도망갈까, 절체절명의 고민을 하고 있던 새아에게는 퇴로가 막힌 셈이었다. 유준은 다시 병원에 돌아가야 한다는 것도 잊은 채 그 모습을 입이 떡 벌어진 채 바라보고 있었다. 마치 새아가 권지혁에게 시집가고 있는 듯한 그 모습을.

'쇼킹이다, 진짜.'

그런 얼굴을 하고 있는 유준과 눈이 마주치자 새아의 수치스러움은 극에 달했다. 정수리에 구멍이라도 내서 이 낯뜨거움을 식히고 싶었다. 물론 더더욱 얼굴을 쳐다볼 수 없는 사람은 따로 있었다.

"자, 이번엔 예물 교환의 순서가 있겠습니다."

드디어 때가 왔다. 이 가상 결혼식에 반드시 둘이 서야만 했던 이유. 딱 두 사람만이 이 동선과 카메라 각도를 알고 있었기 때문이다. 지혁에게 로스주얼리의 반지 케이스가 전달되었다. 거기엔 새아의 손가락에서 빠지지 않았던 바로 그 반지가 들어 있었다. 케이스가 열리고 반지가 영롱한 광채를 드러내자, 새아는 더더욱 이상한 기분이 들었다. 내가 이 자리에 드레스를 입고서 권지혁과 서 있는 것도 너무너무 이상한데 심지어 권지혁이 골라 준 반지까지 껴야 한다니. 심지어 지혁은 아주 능청스럽게 신랑 역할을 완벽하게 소화하고 있었다. 진짜 신랑인 것처럼 자연스럽게 그녀의 손을 들어 손가락에 반지를 끼우고 있다. 카메라에 그 모습이 매우 잘 잡히게. 새아 역시 자연스럽게 손목을 돌려 반지의 번쩍이는 광채가 렌즈에 닿을 수 있게 연출했다.

문득 귓가에 타로술사 언니의 그 한마디가 멍멍하게 울려 퍼진다. 물에 빠졌을 때 구해 준 사람이 인연이라고. 이 사람일까, 진짜 권지혁이 내 운명일까. 그 아득한 의구심에 갈대처럼 휘청휘청 흔들리던 나날들이 주마등처럼 스쳐 지나간다. 이제는 그녀가 반지를 끼워야 할 차례였다. 이모님께 잠시 부케를 맡기고, 그의 손가락을 잡는다. 이건 쇼인데도, 그냥 다 가짜인데도, 진짜인 것처럼 손이 후들거린다. 아니, 진짜라면 이렇게 떨지는 않겠지. 그에게 반지를 끼우는 게 이렇게 어색하지는 않겠지.

어느덧 카메라가 타이트하게 다가와 새아의 표정을 담는다. 다시 수줍은 신부인 척 연기를 해야 할 때였다. 그렇게 새아는 그의 손가락에 반지를 끼워 주었다. 이 모습을 영원히 박제하겠다는 듯 카메라의 플래시들이 번쩍번쩍- 번개처럼 쏟아졌다. 결국, 떨리는 와중에도 해야 할 일은 완벽하게 해낸 두 사람이다. 저 멀리에서도 서 사장의 입가에 미소가 번지는 게 보인다.

"자, 이번엔 혼인 서약서를 읽는 순서가 이어지겠습니다."

혼-인-서-약-서-

그 말에 새아의 가슴이 철렁했다. 저번에 내가 혼인 서약서 읽어 보라고 윽박질렀을 때가 떠올라서. 그때 권지혁이 그 종이 한 장에 얼마나 극혐을 하며 진저리를 쳤던가. 오늘은 어떨까. 오늘도 그럴까. 다람이 갖다주는 책자를 열자 김동일 심이슬 부부가 직접 손으로 쓴 혼인 서약서가 보였다. 권지혁은 놀랍게도…….

11

당신에게 영원한
사랑을 맹세합니다

지혁은 놀랍게도 그 혼인 서약서를 차근히 읽어 내려가기 시작
했다. 예전 새아의 집에서 이 종이를 강시 부적처럼 취급할 때와
는 달랐다. 거기엔 동일이 이슬을 위해서 쓴 진심의 메시지가 적
혀 있었다. 거기에 이슬이라고 쓰여져 있는 이름을, 지혁은 새아
라고 바꾸어 불렀다.

"새아야. 새아를 처음 만났던 그 순간이 잊혀지지가 않아.

마치 봄날의 목련꽃처럼 새하얀 옷을 입은 네가 정말 너무너무
아름다웠거든. 원래 결혼할 생각이 전혀 없었는데, 너를 만나면서
'그냥 혼자 살아도 괜찮겠다.' 싶었던 마음이 싹 사라지더라고. 자

꾸 욕심이 생겼어. 네 옆에서 너의 모든 기쁨과 슬픔과 행복과 아
픔을 함께하고 싶다는 그 마음으로 간절해졌어.

드디어 오늘은 내 오랜 소망이 이뤄지는 날이야. 현명하고 사랑
스러운 아내를 맞이하고 싶다는 그 기적 같은 소망이. 이렇게 예
쁜 새아가 내 아내가 된다니, 사실 아직까지 믿겨지지가 않아. 아
직 좀 얼떨떨하지만 그래도 새아한테 꼭 약속하고 싶은 게 있어.

난 새아를 사랑하기로 정했어. 평생 사랑하기로. 무슨 일이 있
어도, 그 어떤 일에도 흔들리지 않고 변함없이 사랑하기로. 이건
다른 사람에게 하는 다짐이 아니야.

내 스스로에게 하는 다짐이고 내 아내, 새아에게 하는 변치 않
을 약속이야. 내 모든 사랑을 너에게 다할게. 힘든 일이 있어도,
나보다 더 힘들지 않게 할게. 평생 외롭지 않게 지켜 줄게. 생이
끝날 때까지 함께할게."

그리고서 지혁은 한쪽 손을 들고 선서하듯 외쳤다.

"기적보다 더 아름다운 내 사랑, 새아에게 약속합니다. 당신을
평생토록 사랑하기로 정했습니다. 당신에게 영원한 사랑을 맹세
합니다."

그 말들은 들은 새아는 몇 번이고 귀를 의심했다. 이런 말을 권
지혁의 목소리로 권지혁이 하고 있다는 게 믿어지지가 않았다. 이
건 가짜인데, 그냥 가상 결혼식에 대타로 선 것뿐인데, 그런데 왜
이렇게 울컥하는 거지? 이 모든 얘기가 왜 이렇게 진심인 것 같
지? 도대체 그의 속은 뭐지? 그 어떤 일이 있어도 흔들리지 않고

사랑하겠다니, 평생토록 사랑하기로 정했다니, 맹세를 하겠다니. 정말 기분이 너무너무 이상했다. 결혼할 남자에게 너무나 듣고 싶었던 말을 지금 그가 하고 있다. 나에게 하는 말이 아닌데도 나에게 하는 말 같다. 이 들쑥날쑥한 감정이 도저히 정리가 되지 않는다. 하지만 혼란해할 시간도 없이 바로 그녀가 혼인 서약서를 읽을 차례가 되었다. 이슬이 동일에게 쓴 것이었다. 새아는 몇 번 목소리를 가다듬고 마이크를 들고 제 몫의 혼인 서약서를 읽어 내려가기 시작했다.

"오빠. 오빠는 날 보면서 서서히 결혼을 결심하게 되었다고 했지만, 나는 오빠를 만나자마자 필이 왔어. 이 남자, 너무 괜찮다. 너무 잘생기고, 너무 멋있다. 오빠를 처음 만나고 돌아온 밤, 자기 전에 손 모아서 기도를 했어. 이 남자와 결혼하게 해 주세요.

하지만 오빠가 막상 청혼을 했을 땐, 행복하면서도 가슴이 짠했어. 이 사람이, 내 생의 마지막 사랑이구나. 내 온 정성을 다해야 할 진짜 끝사랑이구나, 싶어서.

세상에 오빠만큼 날 아껴 주고 사랑해 줄 사람은 없을 거야. 오빠만큼 내 가슴을 댕댕 울리게 할 사람은 없을 거고, 끝끝내 가슴 설레게 하고, 또 이렇게 벅차오르게 하는 사람은 없을 거야. 너무 소중한 사람이라서, 너무 예쁜 마음으로 날 대해 줘서, 그래서 나는 오빠를 정성스럽게 사랑하고 싶어. 너무 보고 싶어서 투정을 부린 날도 있었고, 가끔은 카톡 답장을 하지 못한 채로 잠들어 버린 날도 있었지만, 그래도 언제나 오빠 변함이 없었어. 그 꾸준한 사랑에 보답하는 길은 내가 조금이라노 더 정성스러운 마음으로, 오빠를 대하는 거라고 생각해."

새아 역시 한쪽 손을 들고 말했다.

"과분할 정도로 멋지고 잘생기고 똑똑하고 사랑스러운 내 남자, 권지혁에게 약속합니다. 내 온 진심을 다해 가장 정성스러운 마음으로 사랑하겠습니다."

어떻게든 또박또박─ 쓰여 있는 문구들을 읽어 나가긴 했지만, 원래의 신랑 이름이 쓰여 있던 그 자리를 지혁의 이름으로 바꾸어 부르면서 새아의 혼란스러운 감정은 극에 달했다. 여기에 쓰여 있는 추억은 내 것이 아니고, 권지혁과 그런 연애를 했던 적도 없고, 이 모든 것들이 진짜가 아닌데도, 그런데도 심장이 너무나 떨려 왔다.

지혁은 할 말이 더 있다는 듯 사회자에게 제스처를 취했다. 그리고 마이크를 받아 들더니,

"지금까진 희대의 파혼남이었지만, 앞으로는 희대의 사랑꾼으로 거듭나겠습니다."

그 한마디를 덧붙였다. 물론 혼인 서약서엔 없는 말이었다. 모두가 박수를 치고 환호를 하는 가운데 새아는 옆으로 자리를 옮기며 지혁에게 속삭였다.

"대체 무슨 속인 거예요?"

"별거 아니에요. 당신을 사랑하기로 정했다는 거."

"……네에에에?"

"거기 쓰여 있는 그대로, 해 볼게요. 내가."

도무지 영문을 알 수가 없었다. 이 남자, 갑자기 또 왜 이래?

"결론을 내린 거죠. 한 여자를 잡기 위해서는 못 할 일도 없겠구나. 결혼이란 거, 어려울 것도 없겠다. 이런 약속들로, 당신을 붙잡을 수만 있다면."

"……!!"

내 몸이 징이 된 것처럼 엄청난 울림이 찾아왔다. 방금 전의 그 느낌이 맞았다. 권지혁은 진짜 진심으로 그 혼인 서약서를 읽었던 것이다. 그의 모든 말이 청혼처럼 들렸다. 앞으로 영원히 함께하겠다는 약속처럼 들렸다. 이게 진짜였다니, 새아는 그대로 얼음이 되어 버렸다. 옆에선 축가가 시작되었다. 형식적으로라도 박수를 쳐야 하는데 새아는 혼란해진 이 속을 전혀 감추지 못하고 있다. 양 귀에 노래가 전혀 들어오지가 않는다. 찰칵- 바로 그 표정이 예찬의 카메라에 담겼다. 멀리서 찍었기에, 지금껏 새아의 자세한 표정을 볼 수 없었지만 사진을 확대해 보고 나니 여실히 보인다. 갈대처럼 흔들리고 있는 그녀의 모습이. 내가 좋아하는 여자다. 정말 너무너무 좋아하고 있는 여자다. 그 여자가 지금 자신에게 무지막지하게 상처를 주었던 남자 곁에서 웨딩드레스를 입고 있다. 그게 진짜든 아니든 간에 지금 내 기분을 뭐라고 설명할 수 있을까. 당장이라도 그만하라고 고함을 치고 깽판을 치고 싶은데, 전세련의 결혼식 때처럼 새아의 손목을 잡고 뛰쳐나가고 싶은데…… 그럴 상황이 아니라는 게 더 웃기고 황당했다.

시진 속, 웨딩드레스를 입은 새아는 여전히 눈부시게 아름다웠다. 그 흔들리는 눈빛까지도.

"네. 어느덧 오늘 결혼식의 마지막 순서인 신랑, 신부 두 사람의 행진을 준비하고 있습니다. 하객 여러분께서는 모두 자리에서 일어나 신랑, 신부가 함께하는 첫 발걸음을 축복하고 응원해 주시길 바랍니다."

드디어 마지막 순서가 남았다. 이모님이 지혁의 팔에 팔짱을 끼워 준다. 그리고 돌아서서 사람들 앞에 선다. 여전히 고개를 들고 앞을 똑바로 볼 수가 없는 새아였다. 저편에서도 쇼킹한 표정 그대로 서 있는 예찬의 모습이 한눈에 들어왔기 때문에. 정말 얼마나 쇼킹할까. 얼마나 기절초풍을 했을까. 감히 상상도 되지 않을 지경이다. 지금이라도 쥐구멍에 들어가 숨고 싶지만, 웅장한 음악과 함께 행진이 시작되었다. 지혁은 진짜 신랑처럼 여기저기 손을 들어 호방하게 인사까지 하면서 힘찬 걸음을 이어 나갔다. 입구 쪽 웨딩 아치 아래에 나란히 선 둘에게 다람이 꽃잎까지 뿌려 주는데 예식 전체를 스케치하던 사진 기사님이 둘에게 뽀뽀신을 요청했다.

"자, 신랑, 신부님 뽀뽀!"

"아우, 가상 결혼식에 무슨……."

새아가 부끄러워하자, 기사님이 요구를 바꾸었다.

"그럼, 신랑님이 신부님 볼에 쪽!"

주문이 떨어지자마자 지혁이 그녀의 볼에 냉큼 입을 맞추고 포즈를 취한다. 새아가 부끄러워하는 표정 그대로 사진이 찰칵찰칵 찍혔다. 아니, 여기 왔던 모든 사람들의 휴대폰에 이 인증샷이 남았을 것이리라. 저기 서 있는 예찬의 카메라만 빼고. 새아의 얼굴이 시뻘겋게 붉어졌고, 지혁은 만족스럽다는 듯 몇 번의 포즈를 더 취했다. 다음 순서로, 모델들의 웨딩드레스 쇼가 이어질 예정이었다. 오히려 사람 없이 텅 빈 로비를 지나 새아는 드레스 자락을 이끌고 황급히 신부 대기실로 숨었다. 그렇게 고개 숙인 채 뛰어가는 그녀의 모습을 지혁은 가만히 바라보았다.

♪♫

입장 전 버진로드 앞에서 새아에게 손을 내밀 때, 그녀는 바들바들 떨고 있었다. 마치 이게 진짜 식이라도 되는 것처럼. 그토록 결혼을 원하던 여자다. 이 모든 게 정말로 가짜처럼 느껴질 수는 없다. 전세련과의 결혼식을 위해 신랑으로 이 자리에 섰을 때는 그렇게 끔찍하고 답답하고 마치 공황장애가 찾아올 것 같았는데, 새아의 옆에선 그렇지가 않았다.

그제야 확신이 들었다. 나는 평생 결혼하지 않을 것이다. 당신이 아니라면. 철석같던 비혼주의에 금이 가는 순간이었다. 오직, 그녀, 단 한 명 만이 내 결혼 공포증을 치유할 수 있을 것이다. 나는 오직 그녀여야만 한다. 입장 전에 떨고 있는 새아의 모습을 보자 오히려 안심을 시켜 주고 싶은 마음까지 들었다. 그래서 지혁

온 식장에서 부러 너 호방하게 굴었다. 살짝 능청까지 떨어 가면서. 이제 비혼주의라는 아집 따윈 완전히 휴지통에 구겨서 던져 버렸다고 말할 수 있는 그 찰나에…… 지혁은 죽방을 맞았다.

예찬이 그의 턱에 주먹을 날린 것이었다.

"당신, 뭐 하는 거야?!"

텅 빈 로비에 예찬의 고함이 쩌렁쩌렁 울려 퍼졌다. 여기서 큰 소리를 내긴 좀 그래, 지혁은 잔뜩 붉어진 얼굴의 예찬을 옆에 있던 예약실로 데리고 들어갔다.

"지금 뭐 하는 짓입니까?"

"오늘 가상 결혼식에 설 신랑, 신부가 빵꾸 나서 이 팀이랑 나랑 대타 섰어요. 동선 아는 사람이 둘 뿐이어서. 그게 그렇게 화낼 일인가?"

"그러면서 사심 채운 건 아니고?"

"그럴 수도 있고."

"……! 당신, 내가 우습지?"

예찬은 바로 지혁의 멱살을 잡아 쥐었다. 생전 곱기만 했던 예찬의 눈빛이 사납게 변해 있었다. 그러나 지혁은 여기에 쫄지 않았다.

"가끔?"

"뭐!?"

"이새아 씨랑 당신, 잘될 것 같애요? 아무리 해 봐, 평생을 들이대도, 당신 이새아 씨 껍데기밖에 못 가져. 기회가 없다고, 당신!"

"이미 기회 날린 건, 당신 아니야?!"

예찬의 얼굴이 붉으락푸르락했다. 그가 주먹질을 한다면 몇 대 더 맞아줄 의향도 있었다. 내가 생각해도 많이 깐죽댔다 싶기도 했고. 그런데 신부 대기실에서 옷을 다 갈아입은 새아가 예약실에서 들려오는 심상치 않은 소리를 듣고 화들짝 놀라 안으로 들어왔다.

"둘이 뭐 해요?"

그녀가 들어오자, 예찬은 잡았던 지혁의 멱살을 놓고 거친 숨을 내쉬며 차오른 분노를 어떻게든 진정시키려 했다.

"새아 씨, 오늘 내 차 타고 집에 가요."

화낼 만하다. 지혁의 부은 턱을 보아하니 이미 예찬에게 한 대 맞은 것 같다. 맞을 거면 내가 맞아야 한다. 죽방은 나한테나 날리세요.

"조 작가님, 오늘 많이 놀라셨죠. 그게……."

참담하지만 그지 같더라도 해명을 해야 했다.

"새아 씨가 그랬죠. 우리 썸이라고. 썸남 주제에 내가 이렇게까지 화를 낼 일인가 싶은데, 자격이 있나 싶기도 한데, 그래도 화가 나네요. 나와요. 우리 얘기 좀 해요."

예찬이 새아의 손목을 붙잡고 나가려 하는데, 지혁이 그를 붙잡았다.

"가긴 어딜 가요. 웨딩 쇼 총책임자가. 가상 결혼식만 하면 끝입니까? 앞으로 줄줄이 순서가 몇 갠데. 설 본한테 맡겨 두고 도망갈 거예요?"

"가요, 내 차 타고."

새아가 다시 두 사람 가운데에 꼈다. 가자는 예찬과, 일을 마무리하고 가라는 지혁.

예찬의 차에는 커다란 꽃다발이 있었다. 오늘 웨딩 쇼가 끝나고 나면, 그녀에게 꽃을 주며 고백하려고 했다. 사귀자고. 내 연인이 되어 달라고. 그러나……

12

희대의 파혼남,
권지혁 재혼설!

그러나 지금 새아는 이 자리에서 예찬을 따라갈 수가 없었다. 예찬에게 이런 모습을 보인 건, 정말 너무너무너무 미안한 일이다. 삼 일 밤낮을 석고대죄해도 모자란다. 그가 화가 난 이유도 정말 너무너무너무 이해가 된다. 왜 하필 내가 예찬을 이 자리에 초대해 가지고 이 꼴을 보게 만들었나, 제 발등을 허벌나게 찍어 버리고 싶은 마음이었지만 이미 상황은 벌어졌고, 남은 건 손이 발이 되도록 비는 것뿐이었다. 그런데 지금은 빌 시간이 없었다. 사실 얼른 홀로 나가서 드레스 쇼가 잘 진행되고 있는지 체크해야 했다. 당장이라도 새아를 끌고 나가고 싶은 예찬의 마음은 백번 천번 일겠지만 나는 지금 권지혁을 따라가야 했다. 이 웨딩 쇼를 마무리해야 했다.

"이따 다 끝나고, 그때 우리 얘기해요. 그래도 돼요?"

예찬의 눈빛에 원망이 일었다. 배려가 습관인 남자인데 이것까지 배려해 주기는 힘들었나 보다.

"아니다, 나 이거 정리까지 다 하고 나면 너무 늦게까지 기다려야 되겠다. 미안해요. 우리 내일 마저 다 얘기해요. 기다리지 말고 먼저 가요. 내가 내일 다 설명할게요."

순딩순딩 유순했던 이 남자를 이런 격한 얼굴까지 하게 만들어서 증말 죽을 만큼 죄송스러웠지만 그렇다고 일이 몇 시에 끝날지도 모르는데 계속 기다리라고만 할 수도 없는 노릇이었다. 귀에 꽂은 인이어에서 이 팀 어딨냐는 채근이 몇 번이나 들려왔다. 더이상 지체할 수가 없었다. 미안해요미안해요미안해요, 새아는 그 말을 주문처럼 외우며 예찬을 돌려보내야 했다.

♪

차에 타자 전하지 못한 꽃다발이 덩그러니 앉아서 묻는다. 왜 혼자 왔냐고. 오늘 내 주인 되실 분은 어디 가셨냐고. 마른세수를 하며 잠시 핸들에 얼굴을 묻었다. 앞으로 어떻게 해야 할지 갈피를 잡을 수가 없었기에. 맨 처음 새아를 만났을 때부터 한 발짝 늦었다. 분명 같은 공간, 같은 순간에 함께 그녀를 바라보았는데, 권지혁이 일 미터 정도 예찬의 앞에 있었다. 아마 영 점 일 초 정도는 먼저 그녀를 발견했을지 모른다. 거기서부터 차이가 벌어진 걸까. 예찬도 그때의 결혼식이 끝나고 새아를 잡으러 가려 했었다. 그러나 포토그래퍼로서 일을 마무리해야 해서 퇴장하는 그녀를 잡아채지 못했다. 폐백 사진까지 다 찍어 주고 주변을 돌아보았을 때, 그 결혼식의 웨딩 플래너였던 새아는 더 이상 자리에 없었다. 나중에야 알았다. 그때 이미 권지혁이 채 갔다는 걸. 다음 날, 그녀를 찾아갔을 땐 이미 늦어 버린 것이다. 그녀의 눈에 다른 사람이 각인되어 있던 걸 기억한다.

'썸남인가, 남친인가.'

그렇게 헷갈려하는 경계선에서 이미 권지혁의 존재감이 뚜렷했다. 분명히 셔터 사이렌을 들었는데, 내 모든 직감과 촉이 그녀를 지목하는데, 계속 타이밍이 안 맞았다. 그런데 그게 모두 타이밍 탓일까. 예찬은 어느 순간, 지혁과 새아 사이에 껴 있다는 느낌을 받았다. 권지혁은 그녀를 쉬이 놓아주지 않았고, 새아도 그런 그를 애써 등지고 나오기가 버거워 보였다. 그 모든 분위기를 예찬은 감지하고 있었다. 일대일 필름 사진 클래스를 하면서도 그녀에게 섣불리 다가가지 않았던 건 그 때문이었다. 시간이 필요한 것 같았다. 권지혁이라는 인간을 완전히 지워 낼 시간. 사랑과 연애, 결혼에 있어 남의 말을 뒤로하고 자기 기준을 세울 시간. 그때는 그럴 수 있을 것 같았다. 새아가 권지혁의 흔적을 모두 지워 내고, 나에게 올 수 있을 것 같았다.

그리고 신호가 왔다.

아주 작은 낌새로도 예찬은 알아챘다. 수평을 이루던 양팔 저울이 한 줌 정도 나에게로 기울었다는 것. 그녀의 마음이 나에게로 쏠리고 있다는 것. 그리고 본능 그대로 새아에게 다가가 키스를 했을 때…… 그녀의 두 눈에 어린 건 혼란스러움이었다. 아직 우리가 그만큼 가깝지 못했던 걸까. 내가 많이 갑작스러웠던 걸까. 다시금 시간이 필요하다 여겼다. 우리가 천천히 가까워질 시간이 필요하다 생각했다. 이후로도 새아와 평소처럼 연락을 했고 그녀도 아침저녁 살뜰하게 연락을 받아 주었다. 여기 웨딩 쇼에 왔을 때도 그녀는 그때의 혼란스러움을 모두 지워 내고 나를 반갑게 맞아 주고 있었다. 우리의 썸이 안정적이라 잠시 착각했다. 오늘 고백을 하면 그녀가 받아 줄 것도 같았다.

그런데 오늘, 무슨 사연에서인지 모르지만 그녀가 권지혁의 옆에 섰다. 새하얀 웨딩드레스를 입고서. 복장이 뒤집어졌다. 속에서 천불이 끓었다. 스스로에게 의구심까지 드는 순간이었다. 그녀가 내 인연이 아닌데 내가 억지로 애를 쓰고 있는 걸까. 계속 타이밍이 안 맞는 게 우연이 아닌 걸까. 그녀가 내게 보여 준 호감들은 거짓이 아니었는데. 우리가 함께했던 시간들도 정말 좋았고, 우린 꽤 잘 맞는다고 여겼는데. 차라리 답을 알았으면 좋겠다. 대체 어디까지 가 봐야 이 사람이 내 연인지 아닌지, 알 수 있는 걸까. 꼭 끝까지 가 봐야 하는 걸까. 아니면 진작 어떤 액션을 취했어야 하는 걸까. 그녀의 마음이 확실해지기를 기다리지만 말고 그녀를 나에게로 확실히 이끌었어야 하는 걸까. 만약에 만약에, 우리가 연이 아니라면 그렇다면 나는 여기서 물러서야 하는 걸까.

♩

결국은 예찬을 두고 권지혁에게로 왔다. 일이었건 무슨 핑계였건 간에 나는 지금 권지혁 곁에 있다. 사실 이후로 쇼가 어떻게 마무리되었는지도 기억나지 않을 만큼 정신없이 반자동적으로 일했다. 하객들이 나갈 때 들고 나갈 선물들을 챙기고, 수량을 다시 한번 확인하고, 모델들이 반납한 주얼리를 확인하고, 그 외 협찬 물건들 반납 현황을 체크하고, 모델들에게 수고했다고 악수하고 안아 주고, 고생해 준 협력사들에게도 꾸벅꾸벅 수고했다고 말하고. 그걸 다 영혼 없이 해냈다. 중간중간 둘을 아는 사람이 오늘 어떻게 된 거냐고 기대감 높은 목소리로 물었지만,

"아우, 오늘 가상 결혼식 신랑, 신부 빵꾸 났잖아요. 말도 마, 쪽팔리니까."

더욱 볼멘소리를 뱉어 내며 이를 무마했다. 다만 설영희 본부장만은 묻지 않고도 알겠다는 표정을 지으며 고개를 끄덕였다. 하지만 일일이 신경 쓸 정신이 없었다. 지혁한테 물어보고 싶은 말이 있지만 예찬에게 해명해야 할 말이 있지만, 그건 일단 내일로 미루자. 오늘은 정말 몸이 부서져 버릴 만큼 지쳤으니 몸도 마음도 제 자리로 돌아온 다음, 그때 이야기하는 걸로 하자.

깊은 밤, 병실의 문에 틈새가 생겨 복도의 빛이 잠시 새어 들어
왔다가 다시 좁아진다. 그 작은 불빛 사이로 등장한 건, 이백삼십
오 사이즈의 밤비 슬리퍼. 유니폼도 갈아입지 못하고, 다람이
왔다. 잠든 척하고 있던 유준은 차마 일어난 기척도 하지 못했다.

　　다람은 망가진 지푸라기 인형처럼 지쳐 있었다. 그대로 유준의
침대에 풀썩- 기대어 잠이 들어 버리고 말았다. 규칙적인 콧김이
들리고 나서야 유준이 고개를 살짝 빼어 그런 다람을 내려다보았
다. 엎드린 품 밑에 밤비 쿠션을 깔아 주어도 모를 만큼 정말 깊게
잠이 들어 버렸다. 왜 여기서 자고 있냐고 깨워서 집에 보낼까, 아
니면 보호자 침대에서 자라고 편하게 좀 눕힐까, 고민을 하다
가…… 엎드린 그녀를 어쩌지도 못하고 이런저런 상념 속에서 새
벽을 맞았다.

　　다행히도 다음 날은 휴일이었다. 너무 피곤해서인지 눈이 떠지
지가 않았다. 일단 자고 싶은 만큼 새아는 실컷 잤다. 지금쯤 일어
나야 되지 않나 싶은 순간을 몇 번이나 넘길 만큼 새아는 길게 잠
을 잤다. 복잡한 이 모든 것에서 도피를 하고 싶었나 보다. 늦게
일어나 대충 고양이 세수를 하고, 배가 고파 비빔밥이나 비벼 먹

자 하고 있는데…… 무음으로 해 놓은 휴대폰에 예찬의 메시지가 쌓여 있었다.

"헉?"

새아는 기함했다. 바, 밖에 기다리고 있었어? 그녀는 입고 있던 추리닝 차림 그대로 밖으로 허둥지둥 뛰쳐나갔다. 놀랍게도 예찬이 수트를 입고서 집 앞에 서 있었다. 넥타이까지 가지런히 매고서.

"허어억! 미안해요, 나 이제 일어났어요."

미안한 일에도 두서가 없어서 뭐부터 사과를 해야 할지도 모르겠다.

"나랑 어디 좀 갈래요?"

꼬르륵- 이 꼴로요? 나 씻고, 화장하고, 옷 갈아입고 나오면 안 될까요?

새아가 곤란하다는 표정을 짓자 예찬은 상관없다는 듯, 그녀를 차로 이끌었다. 내가 탈 자리에 커다란 꽃다발이 놓여 있는걸, 새아는 기가 막히게 눈치를 챘다. 나, 나 어제 수고했다고 꽃 사 온 건가? 그렇다기엔 정장을 빼입으셨는데. 그, 그렇다면 이거 고백각인가? 각이다, 각이다……! 어제 자기는 자격이 없다 말하던 예찬이었다. 우리의 관계가 불확실했기에 화내고 싶을 때 제대로 화도 못 냈다 여겼을 것이다.

어제의 예찬은 밤을 새워 고민했다. 그녀와의 인연을 어떻게 해야 할까. 그런데 그 쇼킹한 꼴을 보고도 도저히, 도저히, 도저히 그녀가 포기되지 않았다. 그리기엔 이미 마음이 너무 깊어져 버렸다. 결국은 내가 너무 주저하고 망설이다가 여기까지 와 버렸다는 결론이 내려졌다. 그래서 이번엔 불도저처럼 밀고 나가 보기로 했다. 그녀를 반드시 잡겠다는 간절한 마음으로. 예찬이 고개를 숙여 조수석 자리에 있는 꽃다발을 꺼내려고 할 때…… 띵동띵동 –
새아의 휴대폰이 울려대기 시작했다.

'야, 너 이 기사 뭐야?'

친구들이 보낸 카톡들이었다. 응? 기사? 웬 기사? 아무 생각 없이 보내준 링크를 클릭하니…….

'희대의 파혼남, 권지혁 재혼설! 피앙세는 파투 난 결혼식의 웨딩 플래너'

입이 떡 – 벌어질 만한 제목이 떠 있었다. 기함, 기함, 그 자체. 이, 이거 지금 나를 얘기하는 거야? 파투 난 결혼식의 웨딩 플래너? 이, 이게 무슨 막장 스토리야? 왜, 왜, 권지혁이 재혼이야. 저번 결혼식 파투 났잖아! 제발, 제발, 조마조마한 마음으로 기사를 내리자…… 아니나 다를까, 웨딩 아치 아래 플라워 샤워를 받으며 지혁이 제 볼에 입 맞추는 사진이 떡–하니 떠 있었다. 사진 속 지혁은 정말로 사랑하는 여자를 대하는 듯했고, 나의 표정은 수줍어하면서도 꺄르르 좋아하는 것처럼 보였다.

오, 마이, 갓! 그 사진들로 포털 메인이 아주 도배가 되어 있었다. 내 얼굴에 어설프게나마 모자이크를 해 준 곳도 있었지만, 그것도 없이 떡하니 쌩으로 띄워 놓은 데도 있었다. 나, 나는 일반인이라고. 그, 그런데 이렇게 얼굴을 까면 어떡해? 몇몇 기사엔 저 번 전세련과 권지혁의 결혼식에서 웨딩 플래너를 맡았다고 올린 프로필 사진이 떠 있었다. 하아, 내가 봐도 이건 진짜 막장이다. 도저히 이 상황을 입으로 설명할 수가 없어 꽃을 주려고 하는 예 찬의 앞에 이 기사를 보여 주었다. 떡— 벌어지는 입을 보아하니 예찬도 기사가 난 줄 전혀 몰랐던 듯했다. 내가 또 이 사람을 쇼킹 하게 했네. 물론 가장 쇼크 먹은 사람은 나였다. 새아는 그 차림 그대로……

13

권지혁 측 황당 재혼설
극구 부인, 사실무근

새아는 그 차림 그대로 당장 뛰어갈 수밖에 없었다.

'눈물의 파혼남은 개뿔, 백퍼 맞바람.'

'여읏시 명불허전 한국 재벌, 양다리 오지네.'

'전세련이 권지혁 여자 있는 거 알고 도망간 거임.'

'웨딩 플래너면 결혼 준비하다가 눈 맞은 거 아님?'

'이거 플래너 무서워서 결혼하겠나.'

'희대의 팜므파탈인가 봄, 전세련 씹어 먹나 봄.'

'피해자 코스프레 콘셉트질 잘 봤구요.'

'그 여자 땜에 로안 수리비 억대 나옴.'

'현실 막장 클라스 보소, 올해 최고의 막장.'

'전세련이 연예인이라 지금껏 말 못 했나 봄, 개불쌍.'

'그 웨딩 플래너란 여자 SNS 안 하냐, 좌표 찍어라.'

이 댓글들을 보고 도저히 가만히 있을 수가 없었다. 로안에서 열린 가상 결혼식이라는 설명이 있었지만 사람들은 기사들의 제목과 사진만 보고 이미 지혁과 새아가 결혼한 걸로 오해하고 있었다. 억울해서 미치고 펄쩍 뛸 지경.

"예찬 씨, 미안해요! 내가, 내가 나중에 전화할게요."

그에게는 말로 다 못 할 정도로 미안하지만, 딴 남자랑 결혼설이 나서 인터넷에 내 얼굴이 다 털리고 난리가 났는데 지금 내가 황송하게 그의 고백을 받으면서 우리가 사귀네 마네 할 때가 아니었다. 그렇게 헐레벌떡 펄쩍펄쩍 뛰어가는데 엄마에게 전화가 온다.

— 여보세요? 새아야? 그 사진 뭐야? 주변 사람들 난리 뒤집어졌어. 니 딸 권지혁 상무랑 비밀 결혼식 했냐고.

뭐라구요? 엄마마저 이 이야기를 신빙성 있게 받아들이고 있다는 게 더욱 놀랍다.

— 아우, 무슨 비밀 결혼식이야. 로안에서 있었던 가상 결혼식 행사야, 내가 엄마 몰래 무슨 결혼을 해?

— 솔직히 말해, 엄마한텐 솔직해야지.

으헝헝, 솔직하고 말 것도 없습니다. 오마님. 내가 무슨 결혼을, 말이 되는 소리를 해요.

– 엄만 지금 누구 말을 믿고 있는 거야? 일단 나도 이게 어떻게
난 헛소리인지 알아보고 있을 테니까, 엄마도 전화기 꺼 놔요. 어
디서 계속 전화 올지 모르니까.

물론 지혁도 같은 방법을 취하고 있는지 전화를 받지 않고 있었
다. 새아가 뛰어가고 있는 곳은 로안 대표실이었다. 추리닝 차림
으로 대표실 문을 벌컥– 열자…… 다행히도 그가 자리에 있었다.

"전화기 왜 꺼놨어요?"

그런데 어쩐지 지혁의 표정이 평소와는 달랐다.

"이게 어떻게 된 거예요? 왜 기사가 이렇게 나요?"

새아는 전투력 만빵이 되어 득달같이 따지고 있는데,

"권지혁 씨 지금 내 혼삿길 막으려고 작정했어요? 나를 붙잡겠
다더니, 이렇게 내 앞길을 막나?"

지혁은 삼 일 밤낮 장례식에서 상주라도 하고 온 얼굴이다.

"……미안해요."

"기사 봤어요? 나 권지혁 씨 덕분에 희대의 개막장 팜므파탈 됐
는데?"

"……진심으로, 미안해요."

계속 지혁이 목소리를 깔자 그제야 새아는 달라진 분위기를 눈
치챘다.

"미안해요, 재벌 아들이라고 해서 이렇게 막돼먹은 기사며 찌라
시며 다 막을 수 있는 게 아니에요."

"……?!!"

144

차분한 듯 보였지만 그도 오늘 굉장히 당황한 듯했다.

"요즘 세상에 언론 막는 것도 불가능하고, 오히려 더 표적이 되면 모를까."

그가 괴로워 한 건, 이것 때문이었다.

"미안해요, 나 때문에 표적이 되어서."

생각보다 진심 어린 그의 사과에 오히려 어버버하게 되는 새아였다.

"어쩌다 그런 기사가 났는진 모르겠지만, 일단 성진 건설 홍보팀에서 해명 기사 내보낼 거예요. 세련이하고도 통화했어요. SNS에 사실이 아니라고 얘기해 주기로 했구요."

"해명 기사는 어떻게 낼 건데요?"

"물의를 일으켜서 죄송하다, 실제 결혼식 사진이 아니라 웨딩쇼 가상 결혼식의 모델로 서서 찍힌 사진이다, 오해를 불러일으킬 만한 짓을 해서 죄송하다, 해당 웨딩 플래너와는 아무 사이도 아니다, 그분은 연예인이 아닌 일반인인 만큼 최대한 언급을 자제해 달라."

그, 그렇지. 아무 사이도 아니지. 우리는. 이제 웨딩 쇼도 끝났고, 볼일도 끝났고. 아니, 잠깐만.

"그러다 무슨 사이였다는 게 알려지기라도 하면 어떻게 해요?"

아주 짧지만 전세련과의 결혼이 추진되기 이전에 삼 일간 연애를 한 적이 있지 않은가. 그게 밝혀지기라도 하면……

"잡아떼야죠. 원래 알던 사이지만, 사귀는 사이는 아니었다."

"……!"

"안 그럼 미친놈밖에 더 돼요? 사귀는 사이였는데 결혼 준비시켰다는 게, 개미친놈, 개막장 아닌가. 그리고 그 결혼식 파투 내고, 또 만나고 있다는 게."

남의 얘기였다면 엄청난 뒷담화 소재였을 것이다. 이 모든 게 나의 얘기라는 게 도저히 믿기지가 않는다.

"기사 댓글 봤어요."

"……!"

"새아 씨 실명이 언급되거나 비난하는 댓글들 모두 명예훼손으로 고소하려고 해요. 새아 씨 동의가 있어야겠지만, 일단 나는 그러고 싶어요."

왜 권지혁이 그렇게까지 어두운 얼굴이었는지 알 것 같았다. 본인에게 쏟아지는 비난보다 나에게 쏟아지는 안 좋은 말들에 더 상처를 입었던 것이다. 모두 본인 때문에 내가 그런 말을 들었다 여겼으리라. 물론 새아도 그런 댓글들에 깜짝 놀랐던 건 사실이지만 또 다른 이슈가 터지면 잠잠해질 일이라 생각했다.

"고소까진 괜찮아요. 일방적인 기사만 보고 오해하는 거니까요. 계속 따라다니면서 사실이 아닌 말을 퍼뜨리거나 지속적으로 악의적으로 구는 사람들만 고소하든가 할게요."

지혁은 그대로 무릎이라도 꿇을 듯한 자세였다.

"미안해요."

그가 이렇게까지 미안해하니 오히려 새아가 뭐라 할 말이 없어질 정도였다.

"나 이제 연락 안 될 거예요. 전화기 꺼 놓을 거라서. 할 말 있으면 이메일 보내고, 홍보팀 해명 기사 관련해서 추가 해명이 필요하거나 법률적으로 고소할 건이 있다거나 하면 말해요. 최대한 불편한 일 없도록 할게요."

"알았어요."

"그리고 앞으로 우리 당분간 보지 말아요."

그, 그래야죠. 나랑은 아무 사이도 아니라고 극구 부인을 할 건데, 같이 사진이라도 찍히면 안 되잖아. 계속 연락하고 있는 것도 그렇고. 맞는 말인데도 괜스레 가슴이 서늘해진다. 아니, 서늘함을 넘어서 가슴이 좀 철렁했다. 문득 어제의 웨딩 쇼에서 지혁이 했던 말들이 생각이 났다. 내 속을 온통 헤집어 놓았던 그 말.

'거기 쓰여 있는 그대로, 해 볼게요. 내가. 결론을 내린 거죠. 한 여자를 잡기 위해서는 못 할 일도 없겠구나. 결혼이란 거, 어려울 것도 없겠다. 이런 약속들로 당신을 붙잡을 수만 있다면.'

그 말의 진의가 무엇인지 한 번은 짚고 넘어가고 싶긴 했었다. 남의 혼인 서약서를 읽으면서 왜 그 말을 나에게 진담이라 했던 건지. 물론…… 이런 상황에서 할 말은 아니었지만.

♪

집으로 돌아가는 길. 괜히 주변 시선이 신경 쓰여 얼굴을 숙이는데, 그새 해명 기사가 나왔다.

'성진 건설, 권지혁 상무와 웨딩 플래너 A씨와는 아무 사이 아니다'

'권지혁 재혼설? 논란의 웨딩 사진, 가상 결혼식 해프닝일 뿐'

'성진 건설, 권지혁♡웨딩 플래너 A씨 황당 재혼설 부인, 사실 무근'

댓글은 굳이 보지 않기로 했다. 그래 봐야 사실이 아닌 말들에 상처만 깊어질 테니까. 그런데 이상하게도 걸으면 걸을수록 오늘 많이도 괴로워하던 지혁의 모습이 선명하게 떠오른다. 내가 상처받았을까 봐 한없이 미안해하던 그 얼굴이. 자신이 지켜 주지 못해 이런 기사가 난 것 같다며 더없이 괴로워하던 그 얼굴이. 하지만 그보다 내가 더 미안해야 할 사람이 있었다. 어쩌면 오늘 나보다 더 상처받았을 사람이다.

♩♪

"예찬 씨도 봤잖아요. 그게 어떻게 비밀 결혼식이에요. 내가 무슨 권지혁이랑 재혼을 해요. 그쪽에서도 해명 기사 바로 내긴 했는데, 이차 기사 터지면, 그때 또 상황 봐서 대응할 거래요. 물론 계속 소울이 언급되거나, 계속해서 제 실명이 언급되면 우리 대표님께서도 기사 낼 거라고 하시구요. 나도 아침엔 사람을 어떻게 이렇게 패륜녀로 매도하나 싶어 정신이 없었어요. 그래서……."

"……"

"그렇게 가게 해서 미안해요. 아침에."

이곳은 조예찬 스튜디오. 그녀가 해명을 해야 할 사람은 따로 있었다. 새아는 아침에 뛰쳐나갔던 차림 그대로 예찬을 찾아와 미안하다 미안하다 빌고 있었다.

"기사를 보고 너무 놀라 가지고. 어제 저녁도 그렇고. 많이 서운했죠? 하아, 서운하지 않을 수가 없어. 진짜 나란 여자 왜 이래?"

예찬은 잠시 뜸을 들이다가 이렇게 말했다.

"서운하죠."

"으항항, 미안해요, 미안해요, 미안해요."

"근데, 이렇게 와서 열심히 해명하는 거 보니까, 귀엽네요."

"……?"

"이렇게 설명해 줘서 고맙다구요."

놀랍게도 예찬은 살짝 웃기까지 했다. 조금 쓴 미소였지만.

"사과 받아 주는 거예요? 아니, 받아 주지 마. 그것도 너무 미안하니까."

예찬은 어제부터 새아에게 주려고 했던 커다란 꽃다발을 이제야 안겨 주며 말했다.

"이 꽃은 수고했다는 의미로 줄게요. 웨딩 쇼 때문에 진짜 수고했다고."

꽃은 정말 정말 고마웠지만, 새아는 이걸 받을 수 있는 상황이 아니었나.

"진짜 진짜 미안한데요. 내가 지금 이 커다란 꽃을 들고 집에 들어가기엔 남의 눈이 너무 신경 쓰여서요. 받긴 받는 건데, 여기 며칠 놨다가 가져가면 안 될까요? 진짜 진짜 미안해요."

"……그래요, 그럼."

그는 웃어 주었지만, 새아의 미안함은 극에 달했다. 괜찮은 척 하고 있는 그가 괜찮지 않다는 걸 알고 있다. 나도 밀당의 을일 때 그랬다. 전혀 괜찮지도 않은데도 괜찮다고 하는 것. 정말 서운한 데도 서운하다고도 말 못 하는 것. 그게 을의 일이었다. 그다음 단계도 알고 있다. 상대방이 나에게 미안하다 미안하다 할 상황들이 자꾸 반복되고, 나는 괜찮다고 괜찮다고 계속 괜찮은 척을 하게 된다. 그 사람은 미안해하다가 그 미안함이 쌓여 부담스러워하다 가 어느 날 문득 미안해서 안 되겠다고 그만하자고, 이별을 말한 다. 미안해하는 건 사랑이 아니었다. 그냥 부담이 쌓이는 것뿐이 다. 밀당 을로 사는 것에 이렇게 빠삭하면서도 내가 그에게 이렇 게 괜찮은 척을 하게 해서 또 미안했다. 그가 어떤 마음으로 이 꽃 을 아침에 들고 왔는지 알면서도 끝끝내 이 꽃을 여기에 놓고 가 야 하는 것도 정말 미안했다. 지혁을 만나고 나왔을 때에도 이 정 도는 아니었는데 예찬을 만나고 나왔을 때에는 진짜 오래오래 울 고 싶었다.

너무 마음이 힘들어서. 모든 게 다 힘들어서.

"안 심심해?"

유준의 병실엔 밤비 굿즈들이 한가득이었다. 여기가 병실인지, 디즈니 월드인지 구분할 수가 없을 정도.

"얘랑 놀아."

유준의 답은 짤막했다.

"음료도 못 사 왔다, 야."

"온 게 어디냐."

유준이 밤비 쿠션을 건네주자, 새아는 거기에 얼굴을 묻고 울기 시작했다.

"사람들 말 참 함부로 하지?"

소리도 내지 않고 새아는 아주 오래도록 그냥 울었다.

♩

"알잖아. 내가 얼마나 구설수에 휘말려 살았는지."

로안의 대표실에 상후가 왔다. 지혁이 즐겨 마시던 양주와 글라스를 직접 들고서 테이블에 걸터앉아 직접 술을 말아 건네준다.

"내가 왜 모르냐."

술 없이는 오늘의 괴로움을 버텨 낼 수가 없는 날이다. 지혁은 받아든 잔을 단숨에 원샷 했다.

"과녁에 꽂혀 살았잖아, 내가."

지금껏 지혁의 모든 일거수일투족이 화제가 되었다. 연예인 정도는 아니더라도 그의 이름을 검색하면 근황을 팔로업하는 기사가 꾸준히 떴다. 장남인 지한이 일선에서 물러난 뒤 더더욱 기사량이 많아졌다. 성진 건설의 유일한 후계자로 지목이 되었으므로. 유학을 가면 가는 대로, 휴가를 가면 가는 대로, 그가 사는 곳, 타는 자동차, 패션, 소비 성향, 그 모든 것까지.

"……그랬지."

"근데, 그 사람까지 과녁에 꽂을 줄은 몰랐어, 내가."

"그런 이슈, 사람들 내일이면 잊어."

"한 번 올라간 기사가 어떻게 내려가. 초혼도 한 적이 없는데 무슨 재혼이야."

"어차피 결혼 생각 없잖아. 재혼으로 기사가 나든 삼혼으로 기사가 나든, 상관없잖아."

"……생각이 잠깐 바뀌었어."

"뭐?"

결혼에 대한 생각이 바뀌었다고? 니가?

"그냥 그런 마음이 들었어. 한 여자를 영원히 붙잡고 싶은 마음으로도 결혼 생각이 들 수 있구나."

비혼이라는 아집을 부리다가 난 이 여자를 놓치고 평생 후회하겠구나, 그런 거.

"근데 이제 다 끝났지 싶다."

그 여잘 영원히 붙잡고 싶어서 결혼 생각까지 했었는데, 그 여자가 내 옆에서 뭐가 되겠냐. 영혼까지 털리겠지. 이런 내가 그 여잘 어떻게 지키겠냐.

"그냥 포기하려고. 이제."

"그런 게 어딨어, 임마."

"이제 우린 아무런 사이도 되면 안 돼."

아무 사이 아니라고, 그렇게 극구 부인을 하면서 기사를 내버렸잖아. 우리가 무슨 사이가 되면 얼마나 욕을 욕을 먹을지도, 미리 체험을 했잖아.

"에이, 해명 기사 냈잖아."

"해명에 누가 관심을 가지냐. 이슈만 재밌지."

해명 기사에 대한 후속 인터뷰 요청은 누구도 하지 않았다. 다들 그런 건 궁금하지도 않은 거였다. 억울하지만 어쩔 수가 없었다.

그런데 놀랍게도 이에 대해 적극적인 해명 기사를 내주겠다는 매체가 있었다. 웨딩지에서 두 사람에게 인터뷰 요청이 온 것이었다.

14

내가 권지혁이랑
어떻게 제주도를 가요?

"해명 기사요?"

소울 웨딩.플랜 대표실.

"안녕하세요. 「웨딩스타일」 심효이 기잡니다."

이 사건에 대한 해명 기사를 써 주겠다는 매체가 나타났다. 그것도 다름 아닌 웨딩지였다.

"저도 크게 보면 웨딩일 하는 사람인데 모를 리가 없죠. 웨딩 플래너가 신랑하고 잘되긴 말도 안 되는 일이지. 오해가 커서 두 분 다 많이 억울하셨겠어요."

지금껏 이상한 전화들만 수두룩하게 받다가 간만에 마음을 알아주는 기자님을 만나자 새아는 순간 울컥할 뻔했다.

"그쵸? 내가 무슨 신랑을 꼬셔요?"

"그래서 저희도 이참에 기획 기사를 실어 보려구요. 웨딩 전문가들의 결혼관, 그리고 그들이 받는 오해 같은 거요."

옆에 앉아 있던 명희도 찬성표를 보냈다.

"이 팀, 해 봐, 인터뷰. 다들 막장이다, 뭐다 들쑤시기만 했지, 이렇게까지 해명 기사 내주겠다는 데는 없었잖아."

"저야, 믿어 주시는 것만으로도 감사하죠."

"인터뷰이들은 이렇게 웨딩 전문가들로 다섯 명이에요. 장충동 백제 호텔에서 인터뷰할 거고 기사는 인터넷으로도 올라갈 거예요."

그 다섯 명 가운데 익숙한 이름이 있었다. 로안 웨딩 대표, 권지혁?!

소울 웨딩 플랜, 이새아 팀장? 그날 오후, 지혁 역시 같은 제안을 받았다. 그 또한 다섯 명의 웨딩 전문가들 가운데 새아의 이름을 발견한 것이다.

"해 봐요. 대표님. 워터파크 식장 이미지 막으려고 웨딩 쇼 했다가, 연관 검색어가 재혼에 막장에, 더 이상해졌어요. 이미지를 더 말아먹어 버렸다고. 이거라도 해야 되지 않겠어요?"

영희 역시 이를 적극 부추겼다.

"……적극적인 해명이라, 인터뷰 방향은 좋은데."

"이새아 플래너는 오케이 했어요. 최대한 오해 없이 얘기하고 싶대요."

그제야 지혁의 고개가 천천히 끄덕여졌다. 언론에서 기사가 아닌 소설을 쓰고 있는 걸 보면서 계속 가만히 있을 수만은 없었다. 사실이 아닌 건 아니라고 적극적으로 해명을 해야지. 그런 마음으로 오케이를 했는데…….

♪

어째 주변에서는 이게 사실이었으면 하는 바람이 더 큰 모양이었다.

"그 웨딩 플래너랑은 진짜 아무 사이 아니다 이거지?"

그 해명 기사에 굉장히 실망을 하며 아쉽게 입맛을 다셨던 사람이 바로 권석범 회장이었다.

"에이, 제가 지혁일 모릅니까."

상후의 부인에도 권 회장은 희망을 놓지 않았다.

"아니, 솔직히 말해 봐. 지혁이는 그 아가씨한테 마음이 좀 있지?"

"네?"

"그러니까 세련이랑 결혼 못 하겠다고 그렇게 길길이 날뛰고 그 엄청난 무리수를 두면서까지 파혼을 한 거 아니야?"

끄응— 아니라고도 맞다고도 못 하겠다. 지혁이가 새아 씨한테 엄청 들이대면서 쫓아다니고 심지어 결혼할 생각까지 잠시 가졌지만 여기서 회장님이 개입되었다간 될 일도 안 될 것 같았다. 이미 다른 사람을 시켜 새아의 뒷조사를 해 보았는지도 모르고. 회장님의 기대는 알지만 상후는 의리를 택하기로 했다.

"정말로 아무 사이 아닙니다, 회장님."

진짜루? 아닌 것 같은데. 아니었으면 좋겠는데. 석범은 아무래도 상후의 말을 영 못 믿는 눈치였다.

♩♩

일단 인터뷰는 오케이 했는데, 뭘 입어야 할지 모르겠다. 저번에 이 튤립 정장 세트는 입었었고, 이번엔 하늘색 정장으로 가 볼까? 아니면, 백화점 한번 갔다 와야 하나? 옷장 앞에서 이 옷 저 옷을 몸에 대보며 인터뷰 때 뭘 입어야 할지 고민하고 있는데……
효이 기자에게서 전화가 왔다.

― 팀장님! 저희 인터뷰 장소 변경되었어요!

생각지도 못한 소식이었다.

― 백제 호텔에서 권지혁 대표 인터뷰한다니까 제주도 협찬이 들어왔어요.

에에에엥? 건 또 무슨 소리야?

- 제가 설명희 대표님하고는 이야기했어요. 이박 삼일, 다녀오라셔요.

- 네에에에?

그럼 인터뷰가 출장이 되었다는 소리? 제주도를 누구랑 간다고? 권지혁이랑?

- 네에? 제주도 싫어요. 제가 권지혁 대표랑 어떻게 제주도까지 가요.

- 아무 사이 아니라면서요.

아니, 핑크빛 열애설도 아니고 재혼설! 뭐 이렇게 난 사이에 어떻게 아무 사이가 아닐 수가 있어요. 아주아주 민망한 사이지.

- 아, 그니까…… 권지혁 대표도 하겠대요?

둘이 간만에 만난 곳은 김포 공항이었다. 둘 다 캐리어를 이끌고, 항공사 카운터 앞에서 마주쳤다.

"오랜만이에요."

"오랜……만이에요."

그의 앞에 서자 마자 주변의 시선이 너무너무 의식이 된다. 아무도 정말 아무도 두 사람에게 관심이 없어도 그냥 그의 앞에 서 있는 것만으로도 마음이 불안해졌다. 이러다 또 무슨 오해를 살지 모르니.

"새아 씨가 먼저 들어가요. 난 십 분 뒤에 들어갈게요."

그의 말에 새아가 먼저 체크인을 하고 비행기에 탑승했다. 그러고도 너무너무 마음이 불안했다. 이러다 사진 찍혀서 또 기사가 난다면. 그렇게 아무 사이도 아니라고 부인하고 해명을 했는데, 제주도에서 함께 있는 사진이라도 찍힌다면. 그때는 해명 인터뷰를 하러 간 거라고 또 해명을 해야겠지. 생각만 해도 끔찍하다. 이미 인터뷰를 한다고 했는데 이제 와서 못 한다고 할 수도 없고, 심지어 설 대표님 허락까지 났는데 제주도는 절대로 못 가겠다고 버팅길 수도 없고. 조심하는 수밖에 없었다. 최대한 권지혁 저 남자와 가까이 있지 말아야지. 멀리멀리 떨어져 있어야지…… 라는 바람이 무색하게 티켓의 번호를 보며 여기저기 둘러보던 권지혁의 자리는 하필 내 옆이었다. 새아가 가까이 다가오는 지혁을 보며 너무 당황스러워하자 지혁은 대각선 자리에 앉은 승객에게 혹시 자리를 바꾸어 줄 수 있는지 정중하게 부탁을 했다. 다행히도 그 승객이 흔쾌히 자리를 바꿔 주어 지혁은 바로 옆자리가 아닌 대각선 건너 자리쯤으로 앉게 되었다. 이걸 고맙다고 해야 하나. 그래, 조심해서 나쁠 건 없지. 나도 좀 편하게 가자. 일단 쉬자. 하며 눈을 감는데…… 저 옆에 있던 여자 승객들이 그녀를 보며 수군거리는 소리가 들린다.

"저 여자다, 그 현실 막장녀."

"대박, 전세련 씹어 먹는다더니, 그냥 씹어 먹히겠는데?"

"분명히 지가 먼저 꼬리 쳤을 거야. 꼬리 아홉 달린 년."

"백 퍼센트지! 신랑이 재벌이니까 일단 자빠지고 본 거 아니야."

"그래도 어떻게 웨딩 플래너가 신랑을 스틸해 가냐?"

"그러고도 뻔뻔하게 제주도 가는 거 봐. 떨어져 앉으면 모를 줄 아나."

"야, 찍어. 찍어. 찍어서 우리도 한번 실검 가보자. 히히힛!"

깜짝 놀라 고개를 돌려보니 저편의 승객들은 별말도 없이 그냥 휴대폰이나 하고 있었다. 귀에 들린 게 환청이었던 것이다. 심장이 쿵- 떨어져 내렸다. 며칠이면 잊겠지, 잠잠해지겠지, 하고 기사도 댓글도 보지 않고 넘어가려 했는데 그게 아니었다. 가만히 있는데도 그녀를 비난하는 말들이 양 귀에서 들려왔다. 눈을 감아도 악플이 재생되고, 귀를 막아도 억울한 소리들이 들려왔다. 내가 왜 이러지? 아무도 알아보는 사람이 없는데 속으론 나를 비난하고 있을 것 같고, 아무도 그녀를 비난하는 사람이 없는데, 그녀 스스로 그런 말을 만들어 내어 듣고 있었다. 지금이라도 인터뷰는 못 하겠다고 할까. 제주도 못 가겠다고 할까. 고민하고 있던 찰나에 비행기가 날아올랐다.

 ― 뭣하러 그렇게 억울하게 살아요. 아닌 건 아니라고 해명할 건 해명하세요.

효이 기자는 그녀에게 당당해지라고 했지만 그 해명을 위한 인터뷰를 하러 가기까지가 너무 험난했다. 공황장애라도 올 것 같던 패닉의 제주행이었다.

비행기에서 내릴 때에도 새아는 지혁과 최대한 떨어져 있으려 했다. 지혁도 새아 쪽을 쳐다보지 않으려 했지만 새아가 수화물 칸에 가방을 놓고 그냥 나오려 하는 것까진 놔두기 힘들었나 보다. 그가 살짝 천장 쪽을 가리키며 가방 챙기라는 눈짓을 한다. 아아, 저놈이랑 멀리 떨어져 있는 것만 신경 쓰느라 가방을 다 놓고 갈 뻔했다. 트렁크를 찾을 때에도 그랬다. 그와 최대한 멀리 떨어져서 트렁크를 꺼내려 했지만 어느덧 그가 내 트렁크를 꺼내어 노륙패스로 주우우욱– 내 쪽으로 굴려 준다. 그와 멀어지려 하는 만큼 더더욱 신경이 쓰인다. 공항에는 먼저 도착한 일행들이 마중을 나와 있었다. 효이 기자님과 포토 실장님, 신랑, 신부 역할을 맡은 모델들과 그 외 전문가들. 그 사이엔 아란도 있었다. 다행히도 버스에선 아란의 옆에 붙어 이런저런 얘기를 하느라 지혁에게 신경 쓸 새가 없었다.

방은 일인 일실이었다. 백제 호텔, 키를 받은 지혁인 저편 복도에서 문을 따고 제 방으로 들어가고, 새아 역시 문을 따고 방으로 들어갔다. 그렇게 호텔 방에 혼자 남겨지자…… 검색을 해 보고 싶어졌다. 혹시 저 멀리에서라도 같이 찍힌 사진이 없는지. 둘이 제주도로 밀월여행 왔다, 뭐 그런 헛소문이 돌고 있는 건 아닌지. 막상 기사가 터졌을 땐 정신이 없어 아무렇지 않다고 생각했는데 지나고 나서야 후폭풍이 몰아친다. 자꾸 누군가가 나를 감시하고 있을 것만 같은 기분. 뒤에서 누군가 내 욕을 하고 있을 것만 같은 기분. 또 세간의 오해를 살지 모른다는 걱정과 잘못된 소문이 나면 어떡하나, 하는 불안감.

이때, 아란이 밖에 횟집 가서 술 한잔하자고 톡을 보내 왔다. 호텔 방에 박혀 이런저런 망상을 키우고 있는 것보단 그게 나을 것 같아 그녀는 짐을 대충 풀고 옷을 갈아입고서 밖으로 나갔다. 하지만 술자리에서도 질문은 끊이지 않았다.

"두 분, 진짜 아니에요?"

이번 화보 촬영과 인터뷰 촬영을 맡은 포토 실장님의 질문이었다. 새아의 얼굴이 단숨에 새빨개졌다.

15

혹시,
나를 다 포기했어요?

횟집으로 거세게 몰아치는 바닷바람에도 얼굴에 오른 화끈화끈한 열기가 식지를 않는다. 둘이 뭐 있는 거 아니냐는 그 해명을 이미 자리에 앉아 있던 아란이 대신해 주었다.

"진짜 아니에요. 우리 이새아 팀장님은 아주 대단한 썸남이 따로 있다구요. 누군지 말만 들으면 깜짝 놀랄걸?"

저번 술자리에서 예찬의 차를 타고 집에 갔던 걸 기억하는 것이었다. 괜히 또 이상한 소리가 나올세라 새아는 아란에게 더 이상 말을 말아 달라고 쉿– 하는 손짓을 취했다. 이때, 그가 왔다. 푸른 티셔츠에 긴 바지, 옷을 갈아입고 나온 권지혁이.

순간, 가슴에 둥-하는 파동이 일었다. 그가 이렇게 편한 차림인 건 처음 보는 것 같았다. 항상 수트나, 캐주얼 정장 입은 것만 봤구나. 그에 대해 많이 안다고 생각했는데 이런 모습이 낯설다니. 낯설기까지 하다니.

"어어, 마침 권 대표님 얘기하고 있었어요. 둘이 아니라고 해명하러 여기 제주도까지 온 건데 우리까지 의혹을 증폭시키면 되나. 이리 와서 편하게 앉아서 마셔요."

지혁은 말없이 고개를 끄덕이고는 저편 끝 쪽에 자리를 잡았다. 오늘 그가 유독 멋있어 보이는 건, 새아뿐만이 아니었나 보다.

"우리 대표님, 진짜 잘생겼네. 전세련이 도망간 게 이해가 안 가, 나는."

포토 실장님의 너스레에도 지혁은 엷은 미소만 짓고 부딪히는 술잔을 함께 넘길 뿐 별말이 없었다. 그러고 보니 저번 협력사 회식 자리에서도 그랬던 것 같다. 내가 불편하지 않게 일부러 저 멀리 앉아 주었지. 그러다 유준에게 전화가 와 새아는 휴대폰을 들고 바닷가 쪽으로 나갔다.

- 응, 유준아. 오늘 회사 잘 복귀했어?

일단 유준은 팔에 깁스를 한 채로 출근을 했다. 병원에서도 퇴원했고 계속 집에서 놀 수는 없으니.

- 나름? 집에서 놀면 뭐하니.

- 별일은 없었고?

별일 있었지. 사실 새아도 이 이야기를 알고 있나 해서 전화를

164

해 본 것이었다.

– 요새 대표님, 뭐 힘든 거 없으시대?

– 대표님이 뭐가 힘들어, 계약 따내고 영업하는 우리가 힘들지.

아, 새아도 아직 이 이야기는 모르는 모양이었다.

– 왜? 무슨 일 있으셔?

– 오늘 복귀 때문에 대표님실 들어갔다가…….

유준은 보았다. 설명희 대표 책상 위에 놓여 있는 두꺼운 서류 뭉치를.

– 뭐, 기밀문서라도 봤어?

– ……아니다.

– 뭔데?

새아가 아직 모른다면 굳이 미리 말을 전할 필요는 없다고 여겼다. 중요한 소식이니 대표님이 따로 제대로 이야기를 해 줄 날이 있을 것 같았다.

– 아, 소라 신부님 재촬영 건은 잘 해결됐어?

다행히도 자연스럽게 화제 전환이 되었다. 새아가 자리를 비우는 동안 유준에게 부탁해 놓은 일이 꽤 있었다.

– 처음엔 스튜디오 반, 우리가 반 부담하기로 했었잖아. 스튜디오가 전액 부담하는 걸로 정리했어.

– 그러게, 어떻게 촬영하다가 세트가 무너지냐? 나 일단은 이박 삼일 전화 받기 힘들 수도 있으니까 그동안 이슈 있는 것들 좀 팔로업 좀 해 줘.

– 응, 걱정 말고 인터뷰 살하고 와.

이때,

– 아이코!

유준의 옆에서 여자 목소리가 들렸다.

– ……어? 너 집 아니야?

지금 시간이면 분명 집일 텐데?

– 어? 어? 아니.

– 옆에 여자 있어?

– ……아니야, 아니야. TV 소리.

찰나의 목소리였지만 새아는 들었다.

– 이거 다람이 목소린데?

유준은 잠시간 아무 말이 없었다. 들킨 거였다. 우리 집에 다람이 있다는 걸. 하, 웨딩 업계 눈치하고는. '아이코–' 한 마디에 어떻게 다람인지 바로 아냐?

– 어머? 둘이 뭐 해, 너네 집에서?

라고 물었다가 새아는 바로 말을 바꾸었다.

– 아니야, 나는 뭐 그런 걸 질문하고 그러냐. 바쁜 것 같은데 끊을게.

– 아냐아냐아냐, 그런 거. 얘가 자기 땜에 다친 거 같다고 미안하다고 하두 그래서.

– 그래서 집으로 불렀어?

– 자기가 막 쳐들어 오더래니까? 요새 애들 왜 이렇게 앞뒤가

166

없냐?

유준에게 찌개를 끓여 주겠다며 굳이 찾아와 밥상을 차려 주다
가 손목을 조금 삐끗해 '아이코–' 소리가 나온 것이었다.

– 요새 애가 왜 그렇게 공격적인지 너는 그 이유를 몰라? 모르
든지 말든지 나는 아니까 끊어.

– 야! 무슨 이유? 너 이상한 오해하지 말아라?!

– 알겠으니까 소라 신부님, 재촬영 날짜나 보내 줘.

그렇게 새아는 전화를 끊었고 옆에서 유준의 눈치를 살피고 있
던 다람은 두 손을 모으고 다소 소심한 목소리로 물었다.

"팀장님이 뭐라셔요?"

"뭐라긴 뭐래, 이 업계 사람들 다 눈치 귀신인 거 몰라? 넌지 딱
알던데? 그러게, 저녁 안 먹는대도 왜 여기까지 쳐들어와서 그래.
남자 혼자 사는 집에 겁도 없이?"

"그럼 왼손으로 라면 끓여 먹으려 그랬어요?"

"하나 좀 묻자. 너의 그 아는 오빠들이 아프다 그러면 다 이렇
게 해 주냐?"

"집에 갈래요."

"아냐, 아냐, 먹고 가."

다람은 살짝 삐진 듯 가방을 챙기려 했고 유준은 왼쪽 손을 뻗
어 일단 그녀를 다시 앉혔다.

"이 정도 차려 주면 보통 고맙단 말이 먼저 아닌가?"

"자기가 무작정 차려 놓고."

"아, 안 고마운가 보네."

"……아냐, 고마워."

유준의 대답을 듣고 나서야 다람도 숟가락을 뜨기 시작했다. 이 여자애는 뭔가 허락 없이 선을 넘고 들어와 마구마구 모든 걸 점령하고 또 아무 뜻 없었다는 듯 돌아가 버리는 희한한 재주가 있었다. 병실을 밤비 굿즈로 발라 놓았을 때도 그렇고 오늘 이렇게 내 자취방까지 침범해, 이렇게 따스한 온기가 돌게 하는 것도 그렇고.

"어? 꼬맹이? 요리 좀 하네?"

놀랍게도 다람이 끓인 찌개는 굉장히 맛있었다. 툴툴대며 놀릴 정도의 퀄리티가 아니었다. 자기도 모르게 맛있게 밥 한 그릇을 뚝딱- 비웠다. 그런데 설거지에서 다시 실랑이가 벌어졌다. 어느새 앞치마까지 야무지게 맨 다람과 그냥 놔두라고 내가 하겠다고 달려든 유준. 결국 승자는 다람이 되었고, 유준은 소파에 앉아 그런 그녀의 뒷모습을 보고 있어야만 했다. 저 아이가 저기서 왜 저러고 있는지 새도 알고 나도 안다. 왠지 모르게 눈앞이 살짝 막막해졌다.

"진유준 뭐야, 잘되어 가면서."

그러고 보니 팔 다친 것도 다람과 볼링 치다가 그렇게 된 거라고 들었다. 잘되면 잘된다 그러면 되지, 뭘 그렇게 기를 쓰고 아니라 그래? 새아가 킥- 하고 웃는데, 이번엔 예찬에게 전화가 왔다. 자기도 모르게 침을 꿀꺽 삼키며 긴장을 하는 그녀였다. 웨딩지에 해명 기사 실으려고 하다가 제주도까지 오게 되었다는 이야기는 미리 했었다.

– 여보세요?

또 권지혁이랑 엮여서, 여기 오게 되었다는 얘기까지도.

– 저녁 먹었어요?

– 네, 여기 사람들이랑 회 먹고 지금 전화 받으려고 바닷가 쪽으로 나왔어요.

거짓말을 하거나 뭘 숨기는 것보단 솔직히 말하는 게 좋을 것 같아 그렇게 메시지를 보냈는데,

– 이동하는 건 안 힘들었구요?

– 뭐, 힘들 게 뭐 있어요. 버스도 다 대절해 줬는데요.

아마 지금도 예찬은 괜찮은 척을 하고 있는 것만 같다. 내가 밀당을 일 때 항상 그랬듯이.

– 나, 내일 뉴욕 가요. 일주일 정도?

– ……뉴욕이요?!!!

그, 그럼 연락이 잘 안 되겠네요.

– 뭐, 갖고 싶은 거 있음 사다 줄게요.

– ……립스틱 하나?

– 그게 다예요?

– 면세점에서 코랄 컬러로.

– 코랄이 뭐지?

– 직원한테 갖다 달라고 하면 줘요.

말 안 하면 오히려 더 큰 선물을 사 오려고 할까 봐, 차라리 면세점에서 쉽게 구할 수 있는 립스틱을 사 달라 말한 것이었다.

– 일하러 가는 거예요? 난 어째 일하러 온 것 같지 않고 쉬는 것 같애. 밤바람도 딱 좋고, 시원하고, 걷기도 좋고.

– 나도 언제 가 봐야겠네요, 제주도.

– 좋죠, 여기 리조트 정말 좋아요.

– ……거기로 예약해야겠네요.

예찬이 하고 싶은 말이 무엇인지 그녀는 안다. 언젠간 나랑 오고 싶다는 말이겠지. 그러나 이런저런 타이밍으로 그의 고백도 받아 주지 못한 지금이다. 같이 오자는 약속을 하기엔 아직 이르기도 하고. 나는 그런 예찬의 마음이 왜 다 보이는 걸까. 왜 이제 모든 게 다 미안해지는 걸까.

– 인터뷰랑 촬영이랑 잘 마치고 돌아갈게요.

– 나도 뉴욕 잘 갔다 올게요.

그렇게 둘은 전화를 끊었다. 이제는 새아도 궁금해지려고 한다. 예찬과 나는 왜 이렇게 타이밍이 안 맞는 걸까.

그리고 권지혁은 왜 이렇게 기가 막힌 타이밍에 기가 막히게 나타나는 걸까. 예찬과도 유준과도 전화를 끊고, 조금 헛헛하게 바닷가를 걸으려 하고 있는데 저기서 권지혁이 다가온다. 푸른 셔츠에 회색 슬랙스를 입고서 저벅저벅. 자기도 모르게 일단 몸을 움츠리게 되는 새아였다. 이곳 제주도에서 그와 절대로 가까워지지 말자, 다짐했었으니까. 혹시 이걸 목격하는 사람은 없나 일단 주변을 둘러보았지만 두리번거린 게 무색할 정도로 그 바닷가엔 정말 아―무도 없었다. 그제야 새아는 조금 안심을 했다. 저번에 기사가 터진 이후로 어쩐지 지혁의 얼굴에서 욕심이 보이지 않았다. 한두 마디씩 나에게 던지던 평소의 그 능청도 없이, 말수가 많이 줄었다. 지혁이 나의 곁으로 다가와 아무 말도 하지 않고 곁에 선다. 아니, 조금 앞서거니 해서 먼저 걸어간다. 그냥 에스코트해 주러 여기까지 왔다는 듯이. 아무 말도 없이. 그가 말을 안 하자 평소 하는 것처럼 그에게 틱틱댈 수가 없었다.

'여기까진 왜 왔대? 나 찾으러 왔어요? 내가 아직도 그렇게 절절한가 보죠? 권지혁 씨는 언제 나를 다 잊으려나.'

그런 너스레도 없이 그냥 그의 곁을 함께 걷게 된다. 다시 돌아가는 길이 한참이었다. 전화를 하다 보니 횟집과 꽤 멀리 떨어진 곳까지 걸어왔나 보다. 조금 쉬어가자는 듯 걸음을 멈추자, 지혁은 역시 또 아무 말도 없이 그냥 가만히 서 있고만 있다. 자존심

상하지만, 문득 묻고 싶어졌다.

'권지혁 씨. 혹시, 나를 다 포기했어요?'

다시 돌아온 술자리. 밤은 깊어지고 한 명 두 명, 제 방으로 돌아가 잠을 청하는 분위기였다. 지혁은 저기서 꿀꺽꿀꺽— 새하얀 한라산 소주를 잘도 넘기는데 새아는 너무 졸려 자리에 계속 있기가 힘들다. 먼저 일어날게요, 양해를 구하고 일어나는데 니무 잠이 와서 그런지 살짝 휘청하게 되었다. 그리고 지혁이 다가와 그런 그녀를 티 나지 않게 잡아 준다.

"데려다주고 와."

주변의 눈치에 지혁이 호텔 복도까지 새아와 함께 걸어 준다. 그가 먼저 제 방 앞에 도착해 카드키를 대고 방 안으로 들어간다. 뭐야, 방에 들어가는 것까지 끝까지 봐 줄 줄 알았더니만. 혼자 남은 복도에서 새아는 고개를 돌려 지혁이 들어간 방 앞을 보았다. 그러다 그녀도 카드키를 대고 호텔 방 안으로 들어갔다. 커다란 더블 침대 가운데 벌렁 누워서 새아는 생각했다. 저 사람, 왜 저러지? 그렇게 끈덕지게 달라붙던 사람이 갑자기 왜 저러지? 정말 이러나저러나 끝까지 신경 쓰이게 하네.

다람은 유준의 자취방 소파에서 툭- 잠들어 버렸다. 어쩐지 많이 먹는다 했더니 여기서 이렇게 뻗으면 어떡해. 왼손으로 어설프게나마 그녀의 주변을 정리하려다가 혹시 잠에서 깰까 그만두었다. 얘는 왜 항상 내 옆에서 쿨쿨 잘 자는 걸까. 내가 그렇게 편해서 그런가. 아니면 만만해서 그런가. 아니면 원래 아는 오빠들 옆에서 이렇게 쿨쿨쿨- 해맑게 잘 자는 걸까. 너는 자고 있는데 또 싱숭생숭해지는 건 내 몫이다. 가슴이 살짝씩 뛰는데, 이게 설렘인 건지 불안인 건지. 아무래도 불안 쪽인 것 같다. 옛날 그 여친이랑 헤어지고는, 그 누구도 이 정도로 가까이 다가온 사람이 없었으니까.

16

이터널 선샤인

도시에 있을 땐 계속 마음이 불안했다. 그때 그 기사들 때문이었다. 성진 건설 홍보팀의 노력 때문인지 나의 실명이 언급된 기사나, 모자이크가 안 된 사진은 거의 다 내려갔다. 이제 나는 그냥 얼굴이 블러 처리된 '웨딩 플래너 A씨'였지만, 그래도 계속 경계심이 들었다. 사람들이 밀집된 공항에선 자꾸 환청이 들렸다.

'저 여자다, 그 신랑 뺏어 간 웨딩 플래너!'

휴대폰으로 기사를 보다가 킥킥대며 악플을 달 것 같고 나를 알아보고 손가락질을 하며 뒷담화를 할 것 같다. 그런데 그 뾰족했던 마음이 여기서 드디어 풀어지기 시작했다.

"와- 여기 대박이다!"

아름답게 굽이굽이 펼쳐진 빈티지 들판, 그리고 탁 트인 오션 뷰. 바로 이곳, 포토 실장님의 시크릿 플레이스에서. 여기엔 일단 사람이 없었다. 우리 촬영팀 말고는 아무도 없어서 혹시 누가 날 보고 있진 않을까, 예민하게 신경을 곤두세울 필요가 없었다. 어제 술을 마시면서 친해진 촬영팀 모두 좋은 분들이었고 더 이상 쓸데없는 오해 없이 나에게 친절하게 대해 주고 있었다.

신랑, 신부 역할을 맡은 모델들이 가운데에 서고 각각의 웨딩 전문가들이 주변에서 이를 스타일링해 주고 있는 듯한 연출샷을 찍을 때였다.

"이새아 팀장님, 여기 사다리 올라갈 수 있어요?"

네, 물론이죠. 새아는 포토 실장님이 세워놓은 빈티지한 느낌의 목재 사다리로 성큼성큼 올라가다……가 중심이 기울어져 옆으로 넘어질 뻔했다. 그 와중에 사다리를 단단히 붙잡고 있는 사람은 지혁이었다. "고마워요." 짧게 속삭이듯 말했지만 그는 들은 척도 하지 않고 카메라만 보고 있다. 아니, 이 사람, 진짜 이상하네. 평소의 능청도 깐죽도 다 사라지니 완전히 다른 캐릭터가 되어 버렸다. 말수도 없고, 표정도 많지 않고, 그냥 제 할 일만 묵묵하게 하는 조용한, 잘생긴 사람. 어쩐지 촬영팀도 지혁을 편하게 대하지 못하고 있었다. 재벌 이세라는 포스 때문인 건가. 아니면 말 걸면서 친해지기엔 지나치게 잘생겨서일까. 그때 기사가 터진 직후, 나에게 '정말 미안하다.'고 말하던 지혁의 모습이 떠오른다. 다시는 그런 상처를 주어선 안 되겠다고 다짐한 건지, 더 가까워져서는 안 된다고 생각한 건지 그는 이제 나에게 매달리지 않는다. 아니, 나를 잘 쳐다보려고도 하지 않는다. 찰칵찰칵─ 촬영은 계속되는데 계속해서 그가 신경 쓰인다. 오늘의 그는 어제보다도 훨씬 멋있었다. 바람에 펄럭이는 하얀 와이셔츠 한 장만 입고도 오늘 제대로 A컷 뽑아내겠다 싶을 정도로 매력 포스를 철철철 뿜내고 있었다. 이새아, 새삼스럽게 왜 이래. 타로 언니 말 듣고 와서는 그가 내 운명일 리 없다면서 그렇게 치를 떨어 놓고, 이제 와서 그가 멋있어 보인다는 게 말이 돼? 이런 줏대 없는 여자 같으니.

바로 이때, 새아의 주머니에서 스르륵─ 휴대폰이 떨어져 현무암 돌바위 위에 땡그랑 부딪힌다. 헉?! 완전히 깨진 거 아니야? 놀란 새아가 급히 사다리에서 내려오자 지혁이 이를 주워 탈탈 털어 건네준다. 어?! 화면이 안 뜨는 건 아닌데, 소리와 진동이 안 된다. 뭐야, 망가진 거야? 제주도 수리 센터가 가까울 리 없는데. 이거 서울 가서 고쳐야 하나. 그렇게 망가진 휴대폰을 아쉽게 매만지고 있는데 어느덧 촬영팀은 다음 로케이션으로 이동할 준비를 하고 있었다. 다음 촬영지는 고즈넉한 카페 앞마당이었다.

"와, 여기도 진짜 이쁘다!"

바다가 보이는 소담한 구옥 주택을 카페로 개조한 곳이었다. 빈티지한 가구서부터 소품들, 음료들과 디저트 세팅도 얼마나 아기자기한지, 포인트마다 인증샷을 찍지 않고는 넘어갈 수 없는 곳이었다. 카페 안에서는 각 개인 인터뷰가 이어지고, 카페 앞마당에서는 각자 음료 한 잔씩을 하며 조금 쉴 수 있는 시간이 주어졌다. 새아는 그 시간 동안 카페 안에서 메이크업 수정을 받고 있었다. 바로 저편에서는 지혁의 인터뷰가 시작되었다. 훔쳐 듣는 건 아니었지만 그의 결혼관에 대한 얘기는 유독 생생하게 귀에 꽂혀 왔다.

"결혼에 관련해서 큰일을 겪으셨어요. 최근에 구설도 그렇구요."

효이 기자가 테이블 위에 보이스 레코더를 세팅하고는 지혁에게 물었다.

"네, 아무래도 큰 사건이 있었다 보니까요. 오해가 좀 있었던 것 같아요."

"그 전까지는 결혼하고 싶은 일반인 미혼남 일위셨잖아요."

"하핫, 지금은 많이 추락했을걸요? 이제는 미혼남 아닌 걸로 아는 분도 많구요."

"그럼 이제 확실히 정리해야겠네요. 그때의 큰 사건으로 인해 파혼이 되었으니, 이혼남이 아니고, 두 번째 웨딩 쇼도 재혼이 아니었으니 재혼남도 아닌 걸로."

"하하하, 아직 미혼이 확실합니다."

유쾌한 분위기에서 지혁의 인터뷰가 진행되고 있었다. 나 아닌 사람한텐 잘도 웃어 주네, 저 사람.

"미혼을 넘어서, 비혼주의라고 들었어요."

"아, 그건 말이죠."

순간 새아의 귀가 두 배쯤 커졌다. 지혁은 에이드 한 모금을 쭈욱- 마시더니 이렇게 말했다.

"예전엔 내 삶 자체에 대해서 진지하게 생각할 시간이 좀 부족했던 것 같아요. 일하는 것도 바쁘고, 막연하게 혼자가 좋았어요. 그러면서 내 인생에서 뭘 포기하고 있는 건지 몰랐죠."

지혁은 자신의 비혼주의에 대해 천천히 돌이켜 보았다.

"세상에 '절대로'라는 건 없는 것 같아요. 주변에 절대로 결혼은 안 할 거라고 말하고 다녔고, 누가 물어봐도 '네버'라고 답했는데, 지금은 생각이 많이 바뀌었어요. 내가 진짜 짝을 만나지 못해서, 아무와도 결혼할 수 없을 것처럼 느꼈었구나. 진짜 사랑을 모르고서 한 말이었구나. 지금은 예전이랑 많이 달라졌어요. 진짜 짝을 만나면, 놓치기 싫을 것 같아요."

새아는 저편에서 침을 꿀꺽 삼켰다. 그가…… 변했다. 결혼이라면 극혐을 하던 그의 철석 같은 비혼주의가 무너졌다. 혹시 나 때문일까. 그때의 웨딩 쇼 때문일까.

"제일 좋아하는 영화가 뭐예요?"

효이 기자의 질문은 이어졌다.

"〈이터널 선샤인〉이요."

"오, 왜요?"

"무의식에 대고 이야기하는 영화라는 생각이 들었어요. 나는 이 사람이 좋다는 걸, 다 말로 설명하긴 힘들잖아요. 감각이란 게 오감만 있는 게 아니거든요. 처음 보는 남녀가 서로 끌린다는 것 자체가 이미 무의식의 필터에서 오케이 사인을 준 거니까, 이후 갖가지 이성적인 이유로 이 사람이 좋다, 싫다 판단할 순 있지만 그래도 무의식은 알고 있는 거죠. 이 사람이다, 나는 이 사람한테 끌린다."

"오, 되게 좋은 얘기네요."

"어디로 사랑을 하느냐의 문제인 거죠. 머리인지, 가슴인지. 그걸 정확하게 알고 있어야 한다고 생각해요. 가슴으로는 끌리는데, 머리로는 거부할 수도 있고, 머리로는 끌리는데, 가슴으로는 거부할 수도 있으니까. 그렇지 않으면 제 사랑을 못 알아볼 수도 있거든요."

……지금껏 지혁이 했던 이야기들과 일맥상통하는 말이었다. 그 말을 들으며 떠올랐던 건, 우리가 처음 만났을 때였다. 지혁은 그 느낌 자체를 강조했다. 가슴에 직접 손을 대보라며 심장의 쿵쿵- 울림을 직접 들어 보게 했고, 당신은 이미 나에게 끌리고 있다, 확정적으로 말하기도 했다. 하지만 나는 이성의 소리를 거부할 수가 없던 여자였다. 이런 재벌집 남자가 나를 왜? 내가 그렇게 예뻐 보일 리가 없는데? 당신을 믿지 않고 내 판단을 믿었다. 당신의 진심보다는 바람둥이 같던 화려한 언변을 의심하느라 바빴다. 그렇다면 내가 당신을 못 알아본 걸까?

〈이터널 선샤인〉은 나에게도 인생 영화였다. 관계는 구질구질해지고, 싸움은 깊어지고, 우리가 안 맞는 거라는 확신만 강해지고, 결국 홧김에 이별을 외치고. 오죽하면 서로를 영영 잊어버리려고 했을까. 그러나 사랑은 기억으로, 머리로 새겨지는 게 아니었다. 모든 기억을 지워도 다시 당신을 만나면 가슴이 쿵쿵- 뛰는 게 사랑이었다. 또다시 그 어리석은 과정을 되풀이한다 해도 다시 한번 달려 보기로 하는 게 사랑이었다.

새아는 잠시 생각했다. 우리에게 있었던 그 수많은 사건들이 없었다면, 당신과 함께했던 모든 기억을 지우고 당신을 초면으로 만난다면, 난 또 어리석게 당신에게 끌리게 될까? 당신을 사랑하게 될까? 전세련과의 그 사건이 없었다면, 우리는 지금 사귀고 있었을까? 맨 처음, 당신과 키스했던 그 순간, 나는 이미 무의식에서 당신에게 오케이 사인을 주었던 걸까. 그래서 권지혁이 지금껏 '당신은 날 좋아해.'라며 확신했던 걸까.

다음 인터뷰는 새아의 차례였다. 조금 긴장한 새아가 뻣뻣해지자 효이 기자가 친근하게 웃으며 말했다.

"어머, 팀장님. 긴장하지 마세요. 편하게, 편하게."

주문한 음료를 조금 마신 후 인터뷰가 시작되었다.

"최근에 굉장히 큰 오해가 있었어요."

"것 땜에 정말 마음고생을 많이 했어요. 결혼도 안 했는데 갑자기 재혼녀가 되어서 가족들도 정말 많이 놀랐거든요."

"권 대표님하고는 원래 아시던 사인가요?"

"네, 아무래도 로안에서 결혼식 진행할 일이 많았으니까요. 그래도 얘기가 어쩜 그렇게 와전이 되었는지는 모르겠어요. 플래너가 신랑 꼬셨다는 둥, 그래서 결혼 파투 나게 했다는 둥."

"하, 진짜 억울하셨겠어요. 아마 그 사진 케미가 너무 좋아서 그랬나 봐요."

가상 웨딩 쇼, 웨딩 아치 아래 찍혔던 그 사진을 말하는 것이었다. 지혁이 새아의 볼에 입 맞추고 있는 사진. 그리고 그녀도 수줍게 웃으며 꺄르르 좋아하고 있는 것처럼 나온 사진.

"그건 모델로 서서 찍은 사진이기 때문에 다 연출이라고 보시면 될 것 같아요. 스튜디오 모델 샘플 보면서 두 사람이 진짜 부부다, 그런 생각은 안 하잖아요."

"두 분이 모델로 서도 손색없을 만큼 예쁘고 잘생겨서 그럴 거예요. 너무 선남선녀라서. 제가 해명 부분 잘 써 드릴게요."

"부탁드릴게요. 진짜 진짜 아니거든요."

지혁은 이미 밖에서 사람들과 어울리며 에이드를 마시고 있었다. 새아는 창가 너머로 잠시 그 모습을 보다가 다시 인터뷰에 집중했다.

"플래너님은 어떤 사랑을 꿈꾸세요?"

"음…… 모험에 휘말리기는 하지만, 모험보다는 안정을 추구하는 편이죠. 감정에 휘말리기는 하지만, 그래도 이성을 찾으려 애쓰고."

"아, 자기 마음 가는 대로 막 놔두는 스타일은 아니신가 봐요."

"그런가요? 근데 저도 헷갈릴 때도 많아요. 어떤 게 진짜 마음의 소리인가. 그리고 이 마음의 소리를 진짜 따라가도 되나."

"권 대표님과는 완전 반대 같은데요? 권 대표님은 이제 완전히 결정한 것 같았거든요. 가슴이 시키는 사랑을 따라가기로."

……그렇군요. 가슴이 시키는 사랑이라.

"저는 결혼은 현실이다, 라고 생각하는 입장이어서요. 저야 뭐, 최전선에서 결혼을 준비해 주는 사람이다 보니 신랑, 신부들이 현실적인 문제들에 부딪히는 걸 정말 많이 봤거든요. 예산은 예산대로 힘겹고, 시간도 없고, 양가 부모님 의견 조율하기도 바쁘고."

"낭만 갖고는 힘들다는 입장이시네요?"

"낭만만 품고서는 이 문제들을 해결하기엔 어려우니까요."

웨딩 플래너로서의 새아는 그렇게 현실적인 편인데 사랑에 있어서는 사실 그녀도 갈피를 잘 못 잡겠다.

"네! 오늘 수고하셨어요!"

인터뷰는 종료되었다. 효이 기자는 홀가분한 얼굴인데 새아는 아직 고민에 잠겨 있었다. 아직 그녀의 질문에 제대로 답을 하지 못한 것 같아서. 내가 꿈꾸는 사랑은 뭐였더라. 결혼 말고, 그냥 사랑 말이야.

♪

그날 저녁, 오늘 일정으로 한층 더 친해진 촬영팀이 아예 호텔 스위트룸 거실에 모여 판을 깔기 시작했다.

"짜잔! 이번엔 저희 에디터팀이 회 떠 왔어요!"

어제의 그 횟집이 맛있다고 직접 테이크아웃을 해 온 것이었다. 효이 기자가 제주 위트 에일과 한라산을 테이블에 펼치면서 말했다.

"내일은 자유 일정이니까, 부담 없이 마음껏 마셔요."

인터뷰 일정 자체는 이박 삼일이었지만 조금 더 휴가를 낼 수 있는 사람들은 비행기 일정을 조금 더 미루어 하루 이틀 정도 더 쉬다 가기로 했다. 새아도 이대로 일만 하다 올라가긴 아쉬워, 모레로 비행기 시간을 옮기고 내일 하루 자유 일정을 빼놓았다. 그렇게 사람들 사이에 섞여 회 한 점 뜨려고 하는데…… 예찬에게서 전화가 왔다. 아마 소리도, 진동도 없이, 무음으로. 테이블에 올려놓은 휴대폰을 보지 못했다면 예찬에게 전화가 왔는지도 몰랐을 것이다.

그리고 지혁도 보았다. 전화기에 뜬 '조예찬 작가님'이라는 이름을. 그러나 그의 표정엔 변화가 없었다. 대놓고 질투심 뿜뿜하던 예전과는 달리, 그저 묵묵하게 받을 거면 받아라 하는 표정을 짓고 있었다. 새아는 그 전화를…….

17

섹시한 당신은
나의 남자

새아는 그 전화를 받지 않았다. 순간적으로 왜 그랬는지는 모르겠다. 자기도 모르게 거절을 누르고서야 '아, 내가 무슨 행동을 한 거지.' 자각하고서는 휴대폰을 들어 예찬에게 메시지를 보냈다.

'미안해요, 이제 밥 먹기 시작해서요.'

그렇게 바로 메시지를 받고도 예찬은 복잡했다. 비행기가 뜨기 전, 공항이었다. 새까만 밤하늘을 보면서 티켓을 뉴욕행이 아닌 제주행으로 바꿀까 하는 묘한 충동이 들었다. 그러면 그녀를 붙잡을 수 있을까. 그러면 내가 타이밍을 만들어 갈 수 있지 않을까. 하지만 이제 와서 취소할 수 있는 일정이 아니었다. 갑자기 제주로 간다고 해서 새아 씨가 좋아할지도 모르겠고. 예찬은 까만 창문 위에 아득한 한숨을 뽀얗게 쏟아 냈다. 지금 전화 받을 타이밍이 아니라서 거절을 한 것뿐인데, 밀당의 을은 이렇게나 마음이 초조해지고 불안해진다. 내가 어떻게 했어야 했을까. 어떻게 하는 게 더 잘하는 거였을까.

망설일 새 없이, 이제는 비행기에 올라타야 할 시간이었다. 출발하기 전에 그녀의 목소리를 듣고 싶었는데, 이제 일주일 동안은 시차로 인해서 제대로 통화하기도 힘들 텐데. 한국을 떠나는 발걸음이 끝 간 데 없이 아쉬워진다. 제대로 고백도 하지 못했는데, 이러다 이 썸이 흐지부지될까 봐. 불도저처럼 앞뒤가 없던 권지혁이 제주도에서 무슨 승부수라도 던질까 봐. 하지만 불행인지 다행인지 예찬의 예감은 빗나갔다.

♩♩

"다들 내일 자유 일정 어떻게 하실 거예요? 제주도에 좋은 데 알고 있음 소개 좀 해 줘요."

효이 기자의 말에 시종일관 조용하던 지혁이 간만에 입을 열었다.

"저는, 건축물 투어 해 보려구요."

우와? 역시 건축물 투어라니, 멋지다. 주변에서 꺄르르 수선을 떠는데, 지혁은 담담하게 말을 이어 나갔다.

185

"안노 타다오 건축물이 제주도에 몇 개 있는데, 가 보지를 못했거든요. 거기가 어떻게 랜드마크가 되었는지 좀 보려구요. 방주교회랑, 본태 박물관이랑, 지니어스 로사이랑……."

"그거 재밌겠다. 저희도 같이 가도 돼요? 권 대표님이 해설 좀 해 줘요. 이 팀장님도 같이 가자."

효이 기자가 반색을 하며 새아에게 투어 일정에 동행하자고 부추겼다.

"아, 저는 건축은 잘 몰라서요."

"그래도 건축가가 직접 설명해 주는 걸 들으면 좀 다르지 않겠어요?"

그제야 새삼 '이 사람, 건축가였지.' 하는 생각이 든다. 해외에 엄청 커다란 리조트나 골프장을 짓는 그런 사람. 웨딩홀 대표로 좌천되어서 잠깐 여기 와 있는 거잖아. 건축가 권지혁. 잘 모르는 분야라 그런지 그가 왠지 조금 신비로워 보이려고 한다.

"권 대표님의 건축 철학은 뭐예요?"

효이 기자의 질문에 지혁이 웃음을 터뜨린다.

"기자님, 여기서도 인터뷰할 거예요?"

"있음 알려 줘요. 대충 말해 줘도 돼요. 우린 아무도 모르니까."

"건축은…… 크고, 무겁고, 장대한 예술이죠. 정말 많은 사람들의 손으로 만들어지는 거니까, 모든 사람들에게 공감을 얻어 낼 수 있어야 돼요. 그래서 더 오롯해야 되고, 흔들려서는 안 되고."

"오올- 멋있다!"

그의 말에 촬영팀 모두가 박수를 치며 멋있다고 칭찬을 했다. 새아도 같이 웃긴 했지만 사실 속으론 많이 놀랐다. 내가 몰랐던 권지혁의 모습을 여기서 많이 알게 되네. 건축 철학이라니, 왠지 멋있다.

"이 팀장님, 웨딩 철학도 물어봐요."

지혁이 효이 기자에게 하는 말에 새아가 손사래를 쳤다.

"뭐예요, 나 그런 거 없어요."

"내가 교육생으로 밑에 있으면서 배운 게 있는데."

"에엥? 내 웨딩 철학을요?"

지혁은 아무렇지 않게 말을 이어 나갔다.

"사랑에서 사랑을 배운다고."

"······?!"

내, 내가 그런 걸 가르쳤던가요?

"항상 그랬잖아요. 결혼 준비해 주면서 신랑, 신부님 한 분 한 분에게 영향을 받았고, 그분들에게서 사랑하는 법을 배우고 또 그런 사랑을 하고 싶어했잖아요. 팀장님."

"권 대표님, 포장 잘하네. 그냥, 일 열심히 한 거죠, 뭐."

"건축도 웨딩이랑 똑같은 것 같아요. 현장은 전쟁이고, 누구 하나 다치면 정말 큰일이니까 계속 긴장의 연속이고, 잠깐 딴 데 보고 있으면 재공사 해야 할 부분이 생기고, 설계대로 안 될 때도 있고, 정신없는데······ 막상 끝나고 나면 나랑 건축물만 남아요. 그때 알죠. 이 평안을 위해서, 이 고요함을 위해서 그 전쟁을 견뎠구

나. 건축물은 말이 없으니까.

웨딩도 그랬어요. 남북전쟁 같은 결혼 준비도, 막상 끝나고 나면 오롯하게 두 사람만 남아요. 그때부터 진정한 대화가 시작되는 것 같았어요."

"아하하, 맞는 얘기인 것 같아요." 어설프게 동조를 해 주고 웃었지만…… 사실, 그가 이렇게까지 생각하고 있는지 몰랐다. 틀린 말이 아니었다. 양가 부모님 조율에, 수많은 업체들 예약에 하객들 청첩장 나눠 주느라 정신없던 전쟁 같은 결혼식 준비가 끝나고 식을 올리고 나면 신랑, 신부 두 사람은 신혼여행을 떠나, 드디어 고요한 시간을 보낸다. 둘만이 남아 진짜 부부로서 대화를 시작한다.

그가 이런 시각으로 웨딩을 바라보았다는 것에 조금 놀랐다. 그간 서로 티격태격하느라 이렇게 깊은 대화를 나눠 본 적이 없었다. 오늘 그가 조금 달라 보인다. 술자리가 파하고 호텔 방으로 돌아갈 땐 어제와 분위기가 비슷했다. 지혁은 복도 앞까지만 그녀를 데려다주었고, 망설임 없이 카드키를 찍고서 제 방으로 들어갔다. 오히려 지혁이 사라진 쪽을 바라보며 한참 동안 서성이는 건 새아였다. 더블 침대는 넓디넓었다. 침대에 몸을 묻고 이불을 덮고 나니, 새삼 오늘 그의 모든 말이 참 섹시했다는 생각이 든다. 몰랐네. 그렇게 뇌까지 섹시한 사람인 거.

설핏 잠에서 깨었을 땐 지혁이 바로 옆에 잠들어 있었다. 마치 간밤에 달콤한 시간을 보낸 듯 상의를 탈의한 채 그녀 쪽을 바라보고 있었다. 새아는 자연스럽게 그를 끌어당겨 입을 맞추었다.

그때가 생각난다. 맨 처음, 집 앞에서 우리가 입을 맞추었을 때. 그리고 그의 결혼식이 파투 나고 스프링클러 빗속에서 내가 그에게 다가가 입을 맞추었을 때. 최근에 웨딩 쇼에서 그가 내 볼에 입을 맞추었을 때. 모두 지나치게 감각적이었고, 지나치게 섹시했던 순간이었다. 다른 남자와의 키스가 밍밍한 생수 맛처럼 느껴질 만큼, 그와의 키스는 미치도록 강렬했다. 그와 함께 커플 요가를 했던 시간도 떠오른다. 내 몸의 중심을 그에게 기대어 밀착해야 했던 시간들. 낯설고 어색하긴 했지만, 살과 살이 밀착하는 것이 나쁘지 않았다. 한창 그와 티격태격할 때인데도 불구하고 나는 그 남자를 감각적으로 느꼈다. 탕비실, 내 손을 잡고 핸드크림을 발라 주던 순간이 떠오른다. 꼼꼼하게도, 그리고 섬세하게도, 손과 손이 닿았었지. 말하긴 그렇지만, 나는 그때에도 뭔가를 느꼈다. 마치 손끝마저 성감대가 된 기분. 만지는 건 손인데, 온몸이 다 뜨거워지는 기분이었다.

그리고 지혁과 한 침대 위에서 키스하고 있는 지금, 새아는 조금 더 적극적으로 그의 위로 올라갔다. 이마부터 시작해 코끝에 키스하고 입술을 지나쳐 목으로 내려간다. 눈 감고 있던 그가 간

지럽다는 듯 나를 뒤집어 다시 똑같은 길로 나를 애무한다. 그의 손가락이 위험한 곳을 향하고, 내 손도 거침이 없다. 온몸이 붉은 등이 되어 깜빡깜빡 일렁이는 것 같다. 입가에 침이 고이고, 살짝 땀이 나기도 하고, 또 어딘가가 촉촉해진다. 애무에 빠져 있는 그의 얼굴을 두 손으로 잡고 두 눈을 바라본다. 서로의 눈도 제대로 바라보지 않고 사랑을 나누는 건 싫었다. 그가 지금 어떤 마음인지 어떤 마음으로 내 곁으로 왔는지 정확하게 알고 싶었다. 그의 눈빛이 뜨거웠다. 오늘 이 순간, 절대 망설이지 않겠다는 강인한 의지가 느껴진다. 그러면서도 오롯한 애틋함이 느껴진다. 오래도록 나에게 매달리면서 애정을 갈구했던 남자다. 그는 아직도 나를 사랑하고 있다. 드디어 그가 불도저처럼 밀고 들어온다. 수많은 사건들에도 불구하고, 나를 포기했다고 말하면서도, 나를 사랑하고 있는 이 남자. 그의 품에 꽉 안겨⋯⋯.

♫

　새아는 번쩍 눈을 떴다. 어느덧 아침이었다. 이 침대 위에는 나 혼자였고, 이 방에 들어온 사람도 나 혼자였다. 이 모든 게 꿈이었던 것이다. 세상에, 미쳤어. 나 미친 거 아니야? 왜 이렇게 야한 꿈을 꾼 거야? 이 호텔이 음기가 강한가? 내가 좀 이상하네. 이때 문을 콩콩콩 ─ 두드리는 소리가 나 새아는 심장이 철렁 내려앉을 뻔했다. 헉? 누구지? 누구지? 혹시?!

"아, 심 기자님!"

새아의 입에서 묘한 탄식이 터졌다. 그녀의 방을 찾아온 사람은 효이였다.

"왜 이렇게 전화를 안 받아요?!"

"내 전화 망가졌잖아요."

"이러다 내일 비행기 놓치는 거 아니에요? 알람 안 울려서?"

"아, 그럴 수도 있겠다. 어떡하지, 그럼."

"나한테 카드키 하나 줘요. 내가 아침에 깨워 줄게."

"그럼 나야 고맙죠."

새아가 테이블 위에 있던 카드키 하나를 효이에게 건넸다.

"근데, 무슨 일이에요? 조식 먹자고?"

"아니, 오늘 권 대표랑 건축물 투어 같이 하자고 했었잖아요. 근데, 다음 달 화보 촬영지 헌팅 때문에 오늘 같이 못 갈 것 같아요."

아이고, 듣던 중 민망한 소리다.

"그래요? 아, 둘이 다니기 좀 뻘쭘한데."

"아무 사이 아니라면서요."

"사람들이 워낙 오해를 많이 하니까 그렇죠."

하지만 여기까지 와서 호텔 방에만 박혀 있기 싫으면 그와 동행을 해야만 하는 상황이었다. 여행할 준비를 마친 새아가 조수석에 뻘쭘하게 올라타 안전벨트를 매는데도 지혁은 왔냐, 잘 잤냐, 아침 먹었냐, 아무런 말이 없었다.

"……음악 들을까요?"

점점 더 무거워지는 정적에 새아가 블루투스로 뮤직앱을 연결했다. 지혁은 말없이 차를 출발시켰고 새아는 입을 꾹 다문 채 무슨 말을 꺼내야 이 분위기가 좀 자연스러워질까, 운전하는 그의 옆모습만 힐끔힐끔 훔쳐보고 있었다.

"왜 이렇게 말이 없어졌어요?"

"……나 이새아 씨 포기했어요. 이제 그만 들이대려고."

예상은 했어요. 워낙에 태도가 달라지셔서.

"그렇다고 사람이 이렇게 갑자기 백팔십도 변하나. 웨딩 쇼에선 아주 그렇게 감쪽같이 신랑 연길 하더니."

"그래서 기사 났잖아요. 후회 중이에요."

후회라니. 역시 그와는 잘 어울리지 않는 단어다. 아직 그의 입가엔 본인 때문에 그런 일이 벌어졌다는 무거운 죄책감이 매달려 있었다. 그래서 예전처럼 가볍게 나에게 다가오지 않는 것이었다.

"아쉬워요?"

"뭐가요?"

"내가 이새아 씨 포기한 거."

"아뇨, 좀 이상해서. 사람이 너무 하루아침에 달라지니까."

"뭐가요."

"원래, 이런 사람이었나 싶기도 하고."

"그게 이제 궁금해요?"

그러게요, 그게 왜 이제 와서 궁금할까요. 다시 두 사람은 말없이 길에만 집중했다. 솔직히 말하면, 너무 목석같이 변해 버린 그에게 안달을 하게 되는 건 오히려 새아였다. 밀당의 갑을관계가 바뀌었달까. 자꾸 눈치를 보게 되고. 흘끔흘끔 그의 옆모습을 보는데 복숭아씨를 삼킨 듯 단단하게 자리한 그의 목울대가 보인다. 섹시한 그 목선에 문득 오늘 아침에 꿨던 꿈이 떠오른다. 내가 미친 게지, 내가 돌았지, 왜 그런 꿈을 꾼 거야. 어우, 더워. 순식간에 얼굴이 벌게져 새아는 나 홀로 손부채질을 하며 열기를 식혔다.

"더워요?"

지혁은 에어컨을 키려고 하는데, 새아는 됐다고 말하고 차창을 지이잉— 내리고 애써 시선을 돌린다. 이러면 곤란하다. 그와 여행을 하는 내내 자꾸 그 장면이 떠오른다면. 꿈에서의 섹시했던 몸짓이.

18

눈에 마구니가 끼었구나

두 사람이 첫 번째로 도착한 곳은 방주 교회였다. 도착하자마자, 새아는 이 고요에 놀랐다. 이곳은 사람이 없어 정말 조용했다. 지저귀는 건 오직 새소리뿐이었다. 사람들 틈에서 얻은 오해들로 인해 예민해졌던 신경이 차분히 풀어지는 게 느껴진다. 쨍하게 맑은 날씨는 아니었지만, 흐린 가운데 희뿌연 안개가 껴 있어 왠지 더 신비스럽게 느껴지는 곳이었다. 계속해서 말이 없던 지혁은 자기가 좋아하는 건축물을 마주하자 그녀에게 열심히 설명을 해 주기 시작했다.

"저기 보면 십자가가 엄청 크게 있잖아요. 저 빛으로서 신에 대한 경외심을 갖게 하는 거예요. 예전 교회 건축에서도 스테인드 글라스로 자연의 빛을 내부로 끌어들여 신성한 분위기를 연출했 거든요."

지혁은 진짜로 건축 해설사처럼 구조 하나하나에 대해서 세세히 분석하고 있는데…… 사실, 새아의 눈에 들어온 건 그의 목울대뿐이었다. 그가 말할 때마다 복숭아씨 같은 동그란 목울대가 열심히 움직이는 게 신기해서, 자기도 모르게 신기하게 그 옆모습을 살펴보고 있었다. 어우, 정신 차려. 뭐 하는 거야. 그는 이렇게나 열정적으로 설명하고 있는데, 나는 목이나 훔쳐보고 있고. 지혁은 건물과 함께 사진을 찍어 주겠다며, 환하게 개화한 수국꽃 옆에서 보라고 했다.

"아니요. 그 각도 말고 조금 더 옆으로."

하면서 어깨를 살짝 돌려 주는데 그 잠깐의 터치마저 굉장히 감각적으로 느끼는 새아였다. 왜 이래, 나 미쳤나 봐. 어제 마신 술이 아직 안 깬 거야? 아니면, 제주도 이 섬이 이상한 건가?

"웬일이야, 사진 잘 찍네요."

앞뒤로 움직여 가며 열심히 각도를 찾던 지혁은 의외로 굉장히 아리땁게 나온 인생샷을 뽑아 주었다. 물론, 예찬의 사진에 비할 바는 아니었지만 건축물과 인물이 딱 어울리도록 예쁘게 구도를 잡은 사진이었다. 의외로 감각 있네, 이 남자.

"뭘 이거 갖고 놀래요? 더 잘 찍는 사람 만나고 있잖아요."

뭐, 아직 만나는 단계까지는 아니긴 한데.

"보내 줘요, 조예찬 씨한테."

"좀 그렇잖아요. 둘만 있는데."

"이새아 씨, 비밀이 많네."

사진은 정말 프사감이었지만 누가 봐도 남친이 여친 찍어 준 구도라서 아무래도 어디 올리거나 누구 보내 주긴 뭐했다.

"지혁 씨 사진도 찍어 줄까요?"

새아는 건축물을 둘러보고 있던 지혁을 다다다 쫓아가며 물었지만 "됐어요." 하며 고개를 돌리는 그의 표정은 왠지 밝지 않아 보였다. 아직도 그 사건 때문에 미안해서 저러나.

"만약에 그 기사 난 거 때문에 계속 죄책감이 들어서 이러는 거면 안 그래도 돼요."

"일부러 그런 건 아니지만 세련이는 그 결혼식으로 한국 배우 생활 좋았어요. 어떻게 보면 한국에서의 삶, 모든 것을 포기한 거예요. 한국 돌아오기까지 아주 오래 걸릴 거구요."

"······!"

"남의 인생 조진 건 한 번이면 되지 않나?"

자기가 세련의 인생의 방향을 틀었던 것처럼 새아에게도 영향을 미칠까 봐 걱정하는 것이었다.

"아니, 권지혁 씨가 너무 힘들어하는 것 같아서."

"새아 씬, 이제 괜찮아요?"

그때 그 기사 터진 게 괜찮냐고 묻는 것이었다. 완전히 오케이라고 말할 순 없지만, 여기 제주도 와서 완전히 다른 환경에 있다

보니 도시에서의 시끄러웠던 일들이 좀 무뎌져 간다.

"괜찮다고 하면 예전처럼 대할 거예요?"

그 말에 지혁은 잠시 멈칫했다.

"예전처럼 어떻게? 나만 좋다고 죽자고 매달리는 거?"

"……아."

"이새아 씨 이기적이네. 받아먹을 줄만 알고."

"아니, 예전처럼은 아니더라도 지금보다는 편하게."

"내가 그렇게 힘들어 보여요?"

새아가 가만히 고개를 끄덕이자, 지혁은 크게 한숨을 몰아쉬 었다.

"……정확하게 봤어요. 결혼에 대한 모든 생각을 바꿀 만큼 좋아했던 사람이에요. 그런 사람 포기하는 게, 쉬울 것 같아요?"

지혁은 새아의 앞머리를 푸르르– 흩트리고는 저만치 앞으로 걸어갔다. 말하자면 지금 본인은 혼자 사랑하다가 혼자 실연 중이라는 얘기였다. 그것도 당사자가 떡하니 옆에 있는데. 그의 싱숭생숭한 표정을 보아하니 날 포기했다는 말을 어디까지 믿어야 할지 알 수가 없었다.

아마도 포기해 나가는 과정이겠지. 자꾸 피어오르는 감정 속에서 힘들어하고 있는 거겠지.

후, 저 남자는 저렇게 혼자 심각한데 나는 계속 야한 생각이나 하고 있고. 아우, 나레기 쓰레기. 그냥 입 뻥끗하지 말고 조용히나 따라다니자.

그렇게 그의 뒤를 종종총- 따라가는데 나음 행선지는 본태 박물관이었다. 지혁은 건축사뿐 아니라 미술사도 모르는 게 없었다. 쿠사마 야요이부터, 백남준, 피카소, 보테르 등 그가 막힘없이 현대미술에 대해서 술술술 설명하는 걸 보고 새아는 그를 또 다르게 보았다. 아는 체를 하려고, 잘난 척을 하려고 설명하는 게 아니고 좀 더 그림에 대해서 잘 이해할 수 있게 도와주는 것이었다. 그의 설명에 따라, 그림을 바라보는 시각이 달라진다. 그림 하나하나의 임팩트가 더욱 강렬하게 느껴진다.

그는 그림과 함께 이곳의 실내 공간에 대해서도 설명해 주었다. 갤러리로서의 공간 분할과 여기서는 들어오는 빛을 어떻게 활용했는지. 이런 마감재를 사용한 게 어떠한 분위기를 의도한 건지. 아마 그의 설명이 없었더라면 그냥 '이쁘다.' 하고 지나쳤을 광경들이었다. 그가 가리키는 손짓에 따라 왠지 더 섬세하게 모든 걸 둘러보게 되는 새아였다.

마지막으로 도착한 곳은 기념품숍이었다. 평소 미술관이나 박물관 투어가 끝난 다음 나오는 기념품들에는 별 물욕이 없는 편이었는데 여기는 조금 달랐다. 제주도의 조개로 만들어진 액세서리 코너에서 마음을 빼앗긴 것이었다. 예쁘다, 영롱하고. 어떻게 이런 생각을 했지. 어떻게 이런 예쁜 조개를 찾아서 반지나 목걸이, 귀걸이에 올릴 생각을 했지.

새아가 유독 마음에 들어 매만지던 코랄 컬러의 조개 목걸이는 아쉽게도 여기서 품절이었다.

"이 상품은 아마 서귀포 매장에 있을 거예요."

자연의 조개로 만들어진 하나뿐인 상품이라 비슷한 디자인이 있을지 없을지도 장담할 수 없다고 했다. 그, 그래요? 있으면 하나 사려고 했는데. 여기 온 기념으로. 새아는 아쉽게 돌아섰고, 지혁도 별말 없이 입구에서 그런 그녀를 가만히 기다려 주었다.

이번에 둘은 제주도를 가로질러 저 멀리 성산까지 갔다. 도착한 곳은 지니어스 로사이, 현 유민 미술관이었다. 예전에도 성산일출봉 쪽에 와 본 적은 있지만 이렇게 돈을 주고 미술관에 들어와 보기는 처음인 것 같았다. 여기는 정말 신기한 공간이었다. 일자로 걷던 길이 어느 순간 코너코너를 돌면서 경사로가 되고 어둠이 깊어지면서, 벽이 높아졌다. 왠지 헤어 나올 수 없는 깊은 곳으로 조용히 빠져들고 있는 것 같았다. 건축물의 동선에서 일종의 최면 효과가 일어난달까. 지혁이 말하던 고요와 평안이 뭔지 알 것 같았다. 가능하다면 기다란 직사각형으로 낸 창 앞에서 의자를 놓고 오래오래 가만히 앉아서 이곳의 고요함을 듣고 싶었다. 지혁은 새아를 '명상의 방'으로 안내했다. 낮은 조도의 조명 아래, 조용한 명상 음악이 흐르는 가운데 방석에 앉아 가만히 명상을 할 수 있는 곳이었다.

"난 여기가 그렇게 좋더라구요. 잡념도 없어지고, 생각도 정리되고."

지혁이 먼저 가부좌를 틀고 앉아 눈을 감자 새아 역시 그를 따라 앉고 눈을 감았다.

"그냥, 여기 앉아서 가만히 생각해 봐요. 내 인생에서 내가 진짜 바라는 게 뭔가. 그냥 이 공간을 가만히 느끼고 있어도 좋구요."

아주 고요한 이 공간에서 낮은 지혁의 목소리만 가만히 울려 퍼졌다. 눈을 감고 있어서 그런지 그의 목소리만으로 괜히 설레는 기분이 들었다. 그의 말대로 눈을 감고 크게 호흡하자, 그것만으로 맥박이 안정되고 차분해지는 느낌이었다. 와, 신기하네. 이게 공간의 힘인 건가. 이렇게 내 귀에 고요를 들려준 적이 언제였더라. 항상 사람들 틈에 섞여 시끄럽게만 살아왔는데. 정신없이 바쁘게 살아왔는데. 너무 좋다.

이렇게 내가 하고 있는 생각을 가만히 듣고 있는 게. 내가 인생에서 진짜 바라고 있는 게 뭘까. 그 생각 하나에 집중하려고 하는데…….

눈앞에 불쑥 떠오르는 건, 어제의 그 섹시했던 꿈 장면이다. 뭐야! 나란 여자, 썩었어? 이런 경건한 공간에서 왜 자꾸 그런 생각을 하고 있어? 미쳤어, 미쳤어. 정신 차리고 내 인생의 본질에 대해서 탐구해 보는 거야.

다시 눈을 질끈 감는데 또다시 불쑥 떠오르는 건 지혁이 나에게 입을 맞췄던 심쿵하는 순간들이다. 눈이 다 번쩍 떠진다. 옆에서의 지혁은 마치 주지스님처럼 진중하게 명상에 집중하고 있는데 이 색스러운 번뇌가 멈추지를 않는다. 거, 건축가가 이런 의도로 이런 명상의 방을 지어 놓은 게 아닐 텐데, 엉엉. 자, 집중 집중하자.

새아는 고개를 부르르 흔들고서 다시 눈을 감았다. 이번에 떠오르는 건, 그가 나를 터치했던 아주 짧은 순간들이다. 아까 내 어깨를 만졌을 때, 그리고 나를 살짝살짝 이끌 때. 그 짧은 순간마저 왜 이렇게 감각적이고 섹시하게만 느껴지는지. 돌았네, 미쳤네. 눈을 감으니까 아주 음란마귀가 창궐을 하네.

아무래도 명상을 하긴 글렀다 싶어서 살짝 실눈을 뜨고 옆에 있는 지혁의 실루엣을 슬쩍 바라보았다. 어둑어둑한 조명이 그리는 그의 가느다란 옆선은 정말 놀라우리만치 조각 같았다. 가만히 내려와 쉬고 있는 속눈썹과 높이 솟은 오뚝한 콧선과 그리고 너무나 섹시하게 움직였던 그 목울대까지. 하지만 이번에 시선이 꽂히는 곳은 그의 촉촉했던 입술이다. 와, 눈에 마구니가 꼈네. 왜, 왜, 왜, 이번엔 입술만 보이는 건데. 새아가 부스럭대고 있는 걸 알아챈 건지 지혁이 슬쩍 눈을 떴다.

"나는 여기 오면 집중 잘되던데, 새아 씬 별로예요?"

네, 제가 이 섬에 와서 조금 미친 것 같습니다. 공간은 죽이는데, 제가 좀 썩었네요.

"지혁 씨는 잘되요? 무슨 생각 했어요?"

지혁은 쉽게 대답해 주지 않을 것처럼 입을 꾸욱- 다물었다.

"뭔데요, 뭐, 이상한 생각?"

괜히 찔려서 뱉은 말이었다. 음, 지혁은 잠시 망설이다가 입을 열었다.

"……내가 정말 이새아를 완전히 잊을 수 있을까."

티는 안 냈지만 아, 속으로 작은 탄식을 내뱉었던 새아였다.

"당신이 로안에서 조예찬과 결혼식을 한다고 해도 내가 괜찮을 수 있을까."

새아는 침을 꿀꺽 삼켰다.

"결론 났어요?"

"……노코멘트 할게요."

노코멘트? 그게 뭐야? 괜찮겠다는 거야, 안 괜찮을 거라는 거야? 당신이 그런 말을 하면 여기서 생각이 정리되기는커녕, 생각이 훨씬 복잡해진다구요.

"비혼주의 집어치웠으면…… 이제 결혼을 하고 싶기는 해요?"

"이새아 씨 내 인터뷰 들었구나?"

에헴에헴, 들으려고 들은 건 아니지만 유독 그 내용이 귀에 쏙쏙 잘 들리더라구요.

"새아 씨는 어때요. 내가 다른 여자랑 로안에 서면 괜찮을 것 같아요?"

그거야 이미 겪은 일이다. 턱시도를 입은 그가 넓디넓은 등짝으로 저 버진로드로 아득하게 걸어가는 장면. 절대로 절대로 절대로 괜찮지 않았던 기억이다.

"왜요? 나 말고 또 누구 염두에 두는 사람 있어요?"

"비혼주의를 집어치우게 한 게 한 여자 때문인데 그 여자 말고 딴 여자랑 결혼한다는 건 좀 이상하지 않나?"

그, 그런가요? 그는 더 이상 묻지 않았다. 새아가 괜찮을 거라, 혼자 지레짐작한 모양이다. 아니라고 적극 해명할 수도 없어, 그녀는 아쉽게 입을 다물었다.

다시 숙소로 돌아가야 할 시간이었다. 여러 번 헤어짐을 반복했던 그 호텔 복도로. 매번 제 방으로 먼저 쏙 들어가던 지혁은 웬일인지 새아의 방 앞까지 천천히 데려다주었다. 이게 또 무슨 밀당이야. 이게 뭐라고 막 고마워지려고 하잖아. 하지만 거기가 끝. 지혁은 더 질척대지도 않고 쿨하게 돌아서 제 방으로 향했다.

방 안에 에어컨은 쌩쌩한데 몸이 자꾸 덥다. 호텔 책자 판때기라도 들고 부채질을 해야 할 정도. 나는 그를 섹시하게 느끼고 있다. 미친 거야? 돌은 거야? 왜 이렇게 갑자기 성욕의 노예가 된 거야. 저 남자는 왜 이렇게 갑자기 섹시해진 거고? 아니야.. 저놈은 첨부터 섹시했어. 맨 처음 나의 손을 붙잡았을 때부터……

아니야, 아니야, 정신 차려. 일단 너무 열기가 오르니까 찬물로 샤워나 하자. 정신이 번쩍 깰 정도의 냉수로 온몸을 씻어도 음란마귀님은 쉽사리 귀가하질 않으셨다. 답답한 마음에 미니바 안에 있던 맥주를 꺼내 들었다. 맥주 한 캔 정도면 열기가 좀 가라앉겠지?

문득 오늘 완전히 잊고 있던 그 남자, 예찬이 떠오른다. 뉴욕에 잘 도착했다는 메시지가 올 때 되었는데, 아직 이동 중인가? 전화해 볼까? 아니, 지금 거기가 몇 시더라?

하지만 이때, 누군가 콩콩- 방문을 두드렸다. 어? 기자님인가? 효이 기자님인줄 알고 대충 주워 입은 가운 차림으로 쓰윽- 문을 열었는데……

새아는 순간 심정지가 올 뻔했다. 그 앞엔 지혁이 서 있었다.
살짝 가쁜 숨을 내쉬면서.

19

이 밤의 끝을 잡고

일단 몸이 먼저 반응을 한다. 호텔 방문 앞에 지혁이 등장한 것만으로도 내 몸 어딘가에 있던 붉은 등이 깜빡-하고 켜졌다 꺼지는 느낌. 어떤 신호를 주는 느낌. 이 시간에, 이 늦은 시간에, 그는 여기에 왜 왔을까? 잠시 숨을 고르던 지혁이 품에서 작은 상자를 꺼냈다.

"……!"

위에 쓰여 있는 글씨, 바다 보석. 그거였다. 내가 본태 박물관 기념품숍에서 예쁘다고 했던 그 목걸이. 상자를 열어 보자 영롱한 코랄빛 컬러의 조개 목걸이가 모습을 드러냈다. 세상에 하나뿐인

조개로 만들어졌다고 했던 그 목걸이. 서귀포점에 있을지 없을지 모른다던 그 목걸이. 그 목걸이의 펜던트는 기념품숍에서 본 것보다 훨씬 더 아름다웠다. 어쩜 이런 걸 골랐나 싶을 정도로.

"이거 사려고 서귀포까지 갔다 온 거예요?"

"여긴 밤에 운전하기가 좋아서."

그냥 드라이브로 갔다 오기 꽤 먼 거리였다. 목걸이를 사러 저 멀리 서귀포까지 갔다가 혹여나 새아가 이미 잠들어 버렸을까 봐, 주차장에서 여기까지 뛰어온 것이었다. 그래서 이렇게 지금 가쁜 숨으로 어깨를 들썩이고 있는 거고. 예의 그 섹시한 몸짓으로. 그러나 지혁은 거기서 끝, 이제 할 일 다 했다는 것처럼 돌아서 복도 저편, 제 방으로 향하고 있었다.

"……!"

돌아선 그의 뒷모습에 새아는 자기도 모르게 문 앞까지 나가 그를 붙잡았다.

"한잔, 하고 갈래요?"

지혁이 살짝 멈칫했다가 뒤를 돌아본다.

"어디서?"

어쩌다, 이렇게 대담한 소리가 나왔는지는 알 수 없지만,

"내 방에서."

그를 초대해 버렸다. 나의 이 호텔 방으로. 이 시간에 거기까지 나가서 갖고 싶어 하던 목걸이를 사 준 게 고맙기도 하고 또 그냥 보내기가 미안하기도 하고, 그래서일 거다. 내 욕정과 욕망 때문

은…… 절대 아닐 것이다. 지혁이 방에 들어오자 이곳이 왠지 더 덥게 느껴져 에어컨 온도를 내렸다. 그리고 미니바의 와인이며 맥주들을 주렁주렁 꺼내어 테이블에 올려놓았다. 저 멀리, 창가 너머로 밤바다가 은은하게 반짝이는 게 보인다. 그 밤바다를 배경으로 두 사람이 마주 앉아 술을 마시기 시작한다.

"이러다 취하겠어요."

새아가 말도 없이 콸콸콸ー 술을 따라 꿀꺽꿀꺽 넘기자 지혁이 한 말이었다. 그건 진작에 그녀가 했던 말이었다. 둘의 첫 만남. 어색함을 달래기 위해 갔던 실내 포차에서 지혁이 먼저 꿀꺽꿀꺽 술을 마셨고, 그때 새아가 같은 말을 했었지.

'이러다 취하겠어요.'

"그날 지혁 씨가 왜 그렇게 술을 원샷 했는지 알겠네요."

지혁도 그날이 언제인지 바로 알겠다는 눈빛이었다. 우리가 처음 만났던 그 날.

"왜요?"

"좀, 용기가 필요했던 거 아니었어요?"

"……."

"그렇게 아무한테나 들이대는 사람, 아니잖아요."

마음 가지 않는 누군가에게 괜히 추파 던지는 사람도 아니고. 마음에 없는 사람에게 괜히 기대 걸게 하는 사람도 아니고. 남의 상처, 함부로 대하는 사람도 아니고.

"그땐 그런 남자로 봤잖아요."

"다행이죠. 이제라도 아닌 걸 알았으니."

새아의 말에 지혁이 맥주캔을 들어 쭈욱— 들이켰다. 그의 입가
에서 흘러나온 술 한 방울이 턱을 타고 흘러내리다가 목덜미까지
닿았다. 그녀가 오늘 하루 은근슬쩍 훔쳐보았던 목울대다. 그가
힘차게 맥주를 넘길수록 목울대 역시 오르락내리락 섹시한 움직
임을 반복했다. 그 모든 게 아찔할 정도로 감각적으로만 느껴지던
새아였다.

문득 지혁이 맥주를 내려놓고 자리에서 일어나 새아에게로 다
가왔다. 이거 뭐지? 키스 타이밍인가? 혹시 나에게? 그와 가까워
지는 짧은 순간에도 온갖 망상들이 끝까지 진도를 나간다. 그러나
지혁은,

"추워요."

새아의 옷깃을 한 번 여미고는 제자리로 돌아갈 뿐이었다. 별거
아닌데도 자존심이 상하고 애가 타고 몸이 달아오른다. 멋대로 뻗
친 망상이 엑셀을 밟으며 광란의 질주를 시작한다. 그냥, 차라리
한번 자 버리고 끝낼까? 그럼 후회가 없잖아. 그럼 나도 내 맘 알
수 있지 않을까? 이 사람이랑 어디까지 가고 싶은 거지? 일단 침
대까지 가고 싶은데……? 뭐어어? 침대? 돌았어? 이새아? 오늘
하루 제대로 미친 거야? 이런 욕정왕을 봤나. 나, 취한 거야? 아
닌데, 그렇게 취한 것도 아닌데.

'아쌀하게 자 버리고 끝내자.'

한번 그 생각이 드니, 도저히 멈춰지지가 않는다. 말도 안 돼.

말도 안 돼. 어떻게 유혹을 하려고. 유혹, 유호오옥?! 미쳤어 진짜, 팜므파탈도 아니고, 내가 무슨 유혹을 해. 하지만 어느새 새아는 지혁의 의중을 슬쩍 떠보고 있었다.

"있잖아요. 아까 명상의 방에서 그런 생각 했다고 했잖아요. 어떻게 하면 나를 다 잊을까."

"……!!!"

"그거 성공했어요?"

"어때 보여요?"

"……성공했음 이런 건 안 사 왔겠죠."

새아의 목에서 코랄빛 조개 목걸이가 반짝— 빛을 내었다. 이에 지혁은 다소 진중하고 심각한 목소리로 팔짱을 끼며 말했다.

"방법을 찾고 있는 중이에요. 당신을 어떻게 단념할까."

단념이라. 나를 단념할 방법이라.

"방법이 없진 않은데."

"……?"

그녀는 결국 머릿속에만 맴돌던 그 말을 입 밖으로 꺼내고 말았다.

"우리, 아쌀하게 한번 자고 끝내죠?"

지혁은 순간 마시려던 맥주를 모두 뿜을 뻔했다.

"네에에에에?!!!"

제주도의 밤바다, 파도가 거칠어지고 있었다.

"뭐, 뭐요? 자, 자고 끝내요?"

지혁은 그 말에 몹시 화가 난 모양이었다.

"원래 이새아 씨는 남자들하고 끝낼 때, 이런 방법을 쓰나?"

"아니, 이런 방법은 주로 남자들이 자주 쓰지 않나? 일단 끌리는 여자랑은 한번 자고, 여자가 사귀자고 질척거리기 전에 잠수타 버리는 거. 남자들 특기잖아요."

"아, 그렇게 볼 장 다 보고 끝내 버리자?!"

"그럼 깔끔하잖아요."

"뭐가 깔끔하다는 거지? 아! 나를 일회용으로 보는 건가? 한번 쓰고 갖다 버리는?"

그는 계속해서 식식대며 열을 냈다.

"그러고 나면, 우리 사이가 뭐가 되는데요?"

"아니, 너도 한때 그런 마음으로 덤빈 거 아니었어요?"

"뭐, 뭐, 무슨 그런 마음?"

"나는 뻔히 다 보이던데. 그렇게 이쁘다 이쁘다 할 때, 막 어떻게 한번 해 보려는 흑심이 분명 있었는데?!"

"아까는 그런 사람 아닌 거, 이제라도 알아서 다행이라더니?"

"내 말은, 당시에는 불순한 의도도 좀 섞여 있었다는 거지."

지혁은 계속해서 기가 막혀 하고 있는데, 새아의 입은 '브레킷 다운'을 모른 채 폭주하고 있었다.

"권지혁 씨는 그런 거 없어요? 나랑, 자고 싶다?"

"없을 리가!"

라고 해 놓고, 지혁은 아차 싶었다. 아, 이게 아닌데.

"나도 남잔데!"

이, 이게 이렇게 화내듯 할 말이었나? 그렇게 지혁이 멈칫해 헉─하고 있을 때…… 새아는 망설임 없이 그에게 다가가 그의 입술에 키스를 했다.

"……!"

지혁은 얼음처럼 굳어 버리고 말았다.

뾰로롱? 이 느낌이? 느낌이?! 새아는 입술을 살짝 떼고서, 그의 눈치를 살폈다. 지혁의 두 눈에 격한 동공 지진이 일어나고 있었다. 사춘기 시절, 교회 누나에게 첫키스를 당한 것처럼 불안해진 시선이 갈 곳을 찾지 못한다.

"……아니구나?!"

새아가 뒤로 살짝 발을 빼자…….

"아닐 리가."

지혁이 다시 그녀에게 다가와 허리를 끌어안는다. 어제 꾸었던 새아의 꿈은 현실이 되고 말았다.

밤바다의 파도가 격정적으로 몰아치고 있었다.

아침은 지나칠 정도로 평화로웠다. 창가에선 도시에서 들어 본 적 없는 새소리가 들려오고 있었다. 반투명한 커튼을 통과해 들어오는 햇살은 지나치게 포근하고 부드러웠다. 이 새하얀 호텔 침구만큼이나, 이 부드러운 살결만큼이나.

새아와 지혁은 서로의 품에 안겨 있었다. 지혁은 새아에게 넉넉하게 팔베개를 해 주며 가만히 잠들어 있었고 새아 역시 그런 지혁의 품 안에서 쌔근쌔근 조용히도 잠들어 있었다. 시간은 이대로 영원할 것만 같았다. 띵똥띵똥 이 초인종 소리만 없었다면.

경기를 일으키듯, 먼저 잠에서 깬 건 새아였다. 어제 효이 기자에게 카드키 하나를 준 게 떠올랐다. 핸드폰이 망가져 알람이 울리지 않으니 나를 좀 깨워 달라고. 심장이 철렁 발치까지 내려앉는다. 아직도 쿨쿨 잠들어 있는 지혁에게 찰싹찰싹 스매싱을 날린다.

"왜, 왜요?"

부스스하게 일어나 햇살을 역광으로 받고 있는 그의 모습은 정말 깜짝 놀랄 만큼 귀여웠지만, 사진으로 찍어 갠소하고 싶었지만, 가만히 감상하고 있을 새가 없었다.

"숨어욧!"

"네에?"

이때, '띵똥' 다시 한번 가슴 철렁하는 그 소리가 호텔 방에 울려 퍼졌다.

"효이 기자예요!"

"……!"

이에 지혁의 표정 역시 경악으로 가득 찼다. 퍼뜩 정신을 차린
그가 허둥지둥 침대 시트로 몸을 감싸고 새아가 숨으라는 옷장 안
으로 슬라이딩하며 몸을 던진다.

그러나 옷장으로 삐져나온 시트까지 함께 숨길 수는 없었다. 새
아는 지혁이 둘둘 말고 있던 시트까지 빼앗아, 침대 위로 대충 널
었다.

이거 말고 숨길 게 한두 개가 아니다. 아무 데나 뒹굴고 있는
지혁의 신발, 슬리퍼, 그리고 옷들, 두 개의 와인 잔. 그리고, 혼
자 마셨다기엔 너무 많이 쌓인 맥주캔들.

술병들까진 어찌할 수가 없어 일단 지혁의 옷과 신발만 침대 시
트 안에 넣고 대충 모양을 만들어 뭉쳐 놓는다. 그리고 호텔 가운
을 딱 걸치려는데 철컥- 하고 문이 열리더니, 그녀가 나타난다.
효이 기자. 마침 침대에 있던 새아가 그제야 잠에서 깬 듯 기지개
를 켠다.

"하암- 기자님, 일찍 일어나셨네요."

효이는 수선을 떨며 바닥에 떨어진 새아의 옷부터 마구 줍기 시
작했다.

"아우아우, 팀장님! 이러다 비행기 놓쳐요. 오늘 빨리 움직여야
돼요."

"아, 그래요오?"

"얼른 짐 챙겨요. 내가 도와줄게."

"아니에요. 괜찮아요."

"괜찮긴 뭐가 괜찮아. 오 분 줄 테니까 얼른 씻어요! 내가 짐 챙길게."

"바, 반대로 해요."

"뭘 반대로 해요? 내가 씻고 팀장님이 짐 챙겨요?"

"내가 오 분 내로 둘 다 할 테니까, 일단 나가 있어요."

새아는 민첩한 움직임을 보여주겠다는 듯 바닥에 떨어져 있는 제 옷들을 재빠르게 줍기 시작했다. 어느새 효이 기자는 쌓여 있는 술병 테이블 쪽으로 다가가고 있었다. 누가 봐도 혼자 마신 걸로 보이지 않는 양이었다.

"아우, 무슨 술을 혼자 이렇게 많이 마셨대?"

"아! 그거 체크아웃할 때 내가 페이할게요."

"혼자 와인도 깠어요? 팀장님, 어젯밤에 외로웠어요?"

"에이이이? 외롭기이이인! 내가요오오?"

하는데 옷을 줍다가 엉덩이로 옷장 문을 눌러 딸깍- 문이 열린다. 삐걱- 문이 열리고 빈 맥주캔을 쓸어 담으려던 효이 기자의 얼굴이 사색이 된다. 마치 메두사의 얼굴을 보고서 돌이 된 것처럼 굳어진다.

"……!"

그렇게 모두가 돌하르방이 되어 버린 가운데,

"둘이 그렇게 아니라면서요!"

효이 기자의 아득한 절규가 이 호텔에 울려 퍼진다.

20

총 맞은 것처럼

지혁은 그 방에 혼자 남았다. 지나치게 민망한 상황을 생눈으로 목격한 효이 기자는 으헝헝헝- 안 본 눈 삽니다! 딱 이 기세로 눈을 가린 채 비명을 지르며 도망가 버렸고,

"기자님! 잠깐만요!"

후다다다닥- 짐을 트렁크에 쓸어 넣은 새아는 아무 옷이나 대충 걸쳐 입고 효이를 따라갔다. 지혁만이 그 옷장에 남아 큰 눈을 깜빡이며 덩그러니 혼자 있었다. 그녀가 사라져 버린 이 방에서. 나의 옷들은 새아가 둘둘 말아 침대 시트 안에 처박아 두었다. 끼이익- 옷장에서 나와 그 침대 시트를 정리하면서 그제야 너털웃

음이 피식- 터진다. 어제 이 침대 옆에서 그녀가 나에게 무작정 돌진했던 게 떠올랐던 것이다. 나도 모르게 어떤 확신을 준 순간이었을 것이다. 나는 절대 당신을 거부할 수 없을 거라는 확신. 당신을 잊겠다는 내 야무진 포부는 실패할 거라는 확신. 그래, 말도 안 되는 다짐이었다. 당신을 어떻게 잊겠는가. 어떻게 쉽사리 포기하겠는가. 그 예쁜 얼굴을 옆에 두고. 여기서, 그녀의 입술이 발사된 로켓처럼 다가왔었지. 역시나 나는 그 입술을 거부하지 못했다. 뾰로롱- 입술이 닿자마자 내가 그토록 바라던 세상이 펼쳐졌다. 이 느낌이야. 그래, 이거야. 그녀였다. 아무리 생각해도 그녀였다. 뇌리에 번개가 치는 것 같은 짜릿한 키스. 온 세상 역사를 다시 쓰는 것만 같은 강렬한 키스. 나에게 그런 키스를 해 줄 수 있는 사람은 오직 당신뿐이다.

이 밤, 그녀가 나를 원하고 있다는 사실을 도저히 믿을 수가 없었지만, 대체 왜 이러는 거냐, 후회는 없겠느냐, 술 취해서 이러는 거냐, 정말로 괜찮겠느냐, 이런저런 가타부타 질문을 했다가 허버벅- 정신을 차린 그녀가 입술을 숨기고 돌아서 이 방에서 나가라고 할 것 같았다. 이미 입술이 닿은 이상, 여기서 그렇게 쫓겨날 순 없었다. 머릿속에 품은 수만 개의 질문은 나중에 할 것이다. 지금은 단 한 가지의 충동에 집중할 것이다.

그렇게 달콤한 회상에 잠겨 있는데 띠리리- 지혁의 휴대폰에 메시지가 도착했다.

'안녕하세요, 권 상무님. 백제호텔 지배인 최규필입니다. 오늘

저녁 일정엔 변동 없으시죠?'

그분이다. 아버지의 오랜 지인. 그분이 인터뷰 장소를 장충동 백제호텔에서 이곳 제주도 백제호텔로 바꾸어 주셨다. 따지고 보면 백번 천번 은혜를 갚아야 할 은인이지만…… 오늘 저녁 그와 저녁을 먹을 시간이 없었다.

'어떡하죠? 제가 서울에 급한 일정이 생겨서요. 정말 죄송합니다.'

그렇게 메시지를 보내고, 지혁은 픽- 웃었다. 그래, 급한 일정이 생겼다. 그녀를 다시 보는 것. 그녀를 내 여자로 만드는 것. 어제 이러저러하게 급한 사정으로 하지 못했던 고백을 반드시 해야했다. 태어나 이보다 더한 확신은 없었다. 세상에 이렇게까지 한 여자를 간절하게 원했던 적도 없었다. 그녀가 공항에 잘 가고 있나 싶어 전화를 해 보았지만 아직도 그녀의 전화기는 먹통이었다.

'나도 오늘 서울 갈 테니까 같이 저녁 먹어요.'

메시지를 보내면서도 실없는 웃음이 비적비적 새어 나온다.

'아, 휴대폰 꼭 고치고.'

♩♪

오픈카의 차 뚜껑을 모두 열고서 제주도 중산간 도로를 마구마구 질주했다. 아무리 이런 차를 빌렸다고 하더라도 이렇게 뚜껑까지 다 열어 놓고 달리는 건 내 취향이 아니었지만…… 지금은 그러고만 싶었다. 딱 미친놈처럼. 그냥 환호가 터져 나온다. 어떻게 하다 이렇게 되었는지는 모르겠지만, 그냥 좋았다. 세상을 다 가진 것 같다. 또다시 떠오르는 건 침대 위, 나를 밀어 넘어뜨리고 그녀가 위에서 했던 키스였다. 그 아찔하고 농밀한 입맞춤에 나도 모르게 이렇게 중얼거렸다.

"사람을 이렇게 농락하나?"

그녀는 피식- 웃고는 내 귓가, 목덜미, 가슴으로의 키스를 이어 나갔다.

"지금껏 농락한 게 누군데. 나도 복수할 때 됐지."

그리고는⋯⋯ 배쯤에서 멈춰 나를 가만히 바라본다. 뭘 망설여, 이 여자야.

"복수, 더해 봐요."

그때는 정말 심장이 터질 것 같았다. 그녀가 내 위에 있다는 사실이 믿기지가 않아서. 나를 감싸고 만지고 있다는 사실이 너무나도 감격스러워서. 아침에 제대로 대화할 시간도 없이 그렇게 우당탕탕 헤어져 버린 게 너무 아쉽지만 분명히 물어볼 시간이 있을 것이다. 어떻게 해서 나에게 마음을 열게 된 건지. 어떻게 나에게로 마음을 돌린 건지. 할 수만 있다면 이젠 그녀보다도 훨씬 일찍 일어나 한 시간이고 두 시간이고 내 품에 안겨 잠든 모습을 가만히 지켜보고 싶다. 그러면서 꿈인가 생시인가 하겠지. 내 품에 안긴 이 감촉이 실화인가 하고 있겠지. 생각만 해도 사치스러운 시간이다. 아마, 그녀의 이마에 입을 맞추지 않고는 견디기 힘든 시산일 것이다. 그러다 결국은 그녀를 깨워 버릴지도 모르겠다. 그녀의 온몸에 키스하고 싶어서. 다시 한번 그녀를 안고 싶어서.

자꾸만 피어오르는 열기를 식힐 수 있는 건 이 바람뿐이다. 영원으로 질주하듯 푸르른 초원 가운데에 나 있는 오롯한 길을 달리고 또 달렸다.

♪♪

비행기는 미리 예약하지도 않았다. 카운터에서 표를 사 보기는 처음이었다.

"가장 빨리 출발하는 걸로 주세요."

마음이 그냥 조급했으니까. 그녀가 너무너무 보고 싶었으니까. 새아는 아직도 메시지를 읽지 않았다.

"어디예요? 집이에요? 회사?"

그렇게 메시지를 또 보내고서, 방글방글 웃으며 수화물을 부치고서, 비즈니스 클래스 좌석에 푸욱- 몸을 묻었다. 비행기는 아직 출발도 안 했는데, 엉덩이가 붕 떠오르는 느낌이다. 마법의 방석 위에 앉아 있는 건지, 중력의 힘이 약한 달에 있는 건지, 붕 뜬 기분에 자꾸 피식피식- 웃게 되는 걸 멈출 수가 없다. 눈을 감으면, 어김없이 그녀가 떠오른다. 세상 누구보다도 관능적이었던 그 몸짓이. 내 모든 걸 홀리던 그 손짓이. 깨지 않을 꿈처럼 어제의 그 순간에 내 모든 시간을 귀속시켰으면 좋겠다. 영원히 벗어나지

않았으면 좋겠다. 비행기는 출발했고, 제주도의 모든 게 아기자기
하게 작아져 레고 마을 같아진다. 창문에라도 쪽- 입 맞추고 '고
맙다!' 외치고 싶은 곳이다.

♪

김포에 도착해 비행기 모드를 해제하자마자 그녀와의 메시지창
을 확인한다. 내가 보냈던 기나긴 메시지들의 '1'이 사라져 있었
다. 그것만으로도 마음이 벅차오른다. 이제 연락이 되는 건가? 혹
시 내가 비행기에 있는 동안 전화를 했나 싶어 그녀의 번호를 누
른다. 또르르 또르르- 두 번 정도 다이얼이 울리고, 익숙한 여자
의 목소리가 들린다.

– 지금은 고객 사정으로 전화를 받을 수가 없어…….

실내인데도 온몸에 쎄한 바람이 훑고 지나간다.

"……!"

이건 수신 거절이다. 많이 당해 봐서 안다.

'나 서울 왔어요, 전화 되면 연락 줘요.'

약간 가쁜 숨으로 메시지를 보내고서 성큼성큼 트렁크를 끌고
밖으로 나왔다. 혹시 서울에 올라오자마자 조예찬한테 간 거 아니
야? 그 생각이 들자마자 심장에서 피아노가 무너진 것 같은 우르
르 쾅쾅- 하는 소리가 난다. 망가진 피아노에서 흘러나오는 베토
벤 교향곡이 양 귀에 빰빰빰빰- 울려 퍼진다. 아니, 아닐 거야.

이럴 때 유용한 건 인별그램 태그다. 허겁지겁 '조예찬'을 검색해 보니 그가 아직 뉴욕에 있다고 인증해 주는 사진들이 뜬다. 이놈은 미국에 있는데, 새아는 어디에 있는 건가. 연락이 안 되니 어쩔 수가 없다. 오늘 저녁을 함께 먹어야 하니, 그녀의 집으로 찾아가는 수밖에.

그녀에게로 가는 길, 약간 조마조마한 마음으로 레스토랑을 예약했다. 미리 식재료를 준비해 놓는 거라 노쇼는 안 된다고 직원이 몇 번이나 확인을 했다. 직원에게는 확신을 주었지만 내 마음은 확신이 들지 않았다. 놀랍게도,

그녀는 집에 없었다. 띵똥띵똥- 덧없는 벨 소리가 빌라 복도에 초라하게 울려 퍼질 뿐 안에선 아무런 답이 없었다. 정말 아무런 기척도 없는 걸 보아 나를 쌩까려고 숨어 있는 것 같진 않았다. 입술이 버석하게 마르고, 바싹바싹 애가 타고, 똥줄이 쪼여 온다.

결국 그 혼자 집으로 돌아오고 말았다. 그녀와 함께 저녁을 먹고 싶어 백제호텔 지배인과의 약속도 파투 내고 올라왔거늘, 노쇼는 없을 거라 레스토랑 직원과 굳게 약속했거늘, 옆에 쌓여 있는 건 짜장면 그릇과 군만두 그릇이다. 더 전화를 해 보는 것도, 메시지를 보내는 것도 소용없는 순간이었다. 이 정도면 눈치를 채야 한다.

그녀는 잠수를 탔다.

그제야 어제 그녀가 했던 말이 귓가에 멍멍하게 울려 퍼진다.

'우리, 아쌀하게 한번 자고 끝내죠?'

그냥 유혹하려고 한 말인 줄 알았다. 그게 아니라면 침대에서 그런 몸짓과 그런 표정이 나올 수는 없지 않은가. 엄청 몰입하던 그녀의 얼굴을 생각하면, 절대로 그 말이 진심일 수 없다.

'아니, 이런 방법은 주로 남자들이 자주 쓰지 않나? 일단 끌리는 여자랑은 한번 자고, 여자가 사귀자고 질척거리기 전에 잠수 타 버리는 거. 남자들 특기잖아요.'

혹시…… 그 특기를 본인이 시전하는 건 아니겠지? 여기서 그 질척거리는 역할을 내가 맡은 건 아니겠지? 잠깐! 어제 분명, '복수'라고 했잖아. 나한테 복수한다고 했잖아. 그, 그, 그 복수를 이런 방식으로 하나? 뭐에 대한 복수지? 전세련이랑 식장에까지 서서 상처받게 했던 걸 이런 식으로 복수한다고? 이렇게 내 마음에 상처를 줘서?

상처……다. 총 맞은 듯한 데미지로 심장에 엄청난 통증이 밀려온다. 으으윽— 지혁은 진짜로 가슴을 움켜잡고 바닥에 쓰러졌다. 아닐 거야, 아닐 거야. 아, 아직 휴대폰에 뭔가 문제가 있겠지. 어제? 응? 내가 얼마나 대단했는데, 그럴 수는 없지. 어떻게든 긍정회로를 돌리려고 했지만 뭘 해도 답이 없는 메시지창에서 그 어떤 희망도 발견하질 못했다.

'혹시 나 차인 거야?'

드디어 결론이 나려고 한다. 참담하고 끔찍한 결론이었다. 눈만 감으면 재생되었던 침대 위 그녀의 모습이 이제는 조금 다르게 보인다. 나를 사랑해서, 그 사랑을 인정해 버려서, 침대에서 나와 함께하는 줄 알았는데…… 아닌 것 같다. 그녀의 입맞춤 하나하나가 무시무시하게 섹시한 팜므파탈의 위험한 도발 같았다. 그때에도 그녀는 다 계획을 세워 두었는지 몰랐다. 제주도의 호텔에 나를 그렇게 덩그러니 버려두고 도망갈 계획을.

♩

복장이 터져 돌아가실 것 같은 분은 저기 지구 반대편에도 있다. 뉴욕의 최고급 호텔. 이곳은 지나치게 넓고, 지나치게 쓸쓸하고, 미치도록 외로웠다. 새아와 연락이 되지 않는다. 어떤 일이 있어도 꼬박꼬박 답장을 잘 보내던 그녀였다. 심지어 나와 키스를 하고 도망갔던 그 다음 날에도. 우리의 썸이 그래서 잘 유지되고 있는 거라 생각했다. 그녀도 나도 성실하게 연락을 주고받고 있으니. 이 썸의 끝은 우리가 사귀는 걸로 끝나길 바랐다. 진짜 진지하게 연인이 되는 걸로. 이렇게 흐지부지 연락이 끊기는 걸로 이 썸이 폭파되는 일은 절대 있을 수 없다. 될락말락한 이 타이밍에 이렇게 외국에 오면 안 되었다. 이러면 될 연도 끊기겠다 싶어 미팅 일정을 요리조리 연기해 보려 했지만, 심지어 뉴욕 전시를 하지 말까도 고민했지만 방법이 없었다.

아니야, 휴대폰이 망가졌다고 했으니 그 이후로 완전히 사망하신 걸 거야. 함께 제주도로 떠난 권지혁하고는…… 아무 일도 없었을 거야, 라고 믿고 싶지만 점점 더 절망만 짙어지고 폭음을 하고 싶어진다. 그렇게 괴롭게 머리를 감싸 쥐고 있는데 띵똥— 호텔 방에 벨이 울렸다.

　순간 완전 말도 안 되는 망상이 들기 시작한다. 혹시 그녀가 여기 뉴욕에 온 건 아닐까. 어떻게 어떻게 수소문을 해서 여까지 찾아온 건 아닐까. 정말 바보 같지만, 실낱같은 희망을 품고서 벌컥— 문을 열었다. 그 앞엔…….

21

욕정의 과오

그 앞엔…… 오늘 미팅에서 만났던 전시장 큐레이터 막내가 서
있었다. 노란 금발 머리에 〈가십걸〉의 제니를 닮은 여자. 그리고
굉장히 당돌해 보이는 여자. 그래, 내 호텔방 번호를 알고 있는 사
람은 이 여자다. 그 업체에서 이번 비행기와 숙소 예약을 총괄했
으니.

"음, 여기 라운지바 괜찮은데 같이 칵테일 한잔하실래요?"

영어는 지겨웠다. 노랑머리들 틈 사이에서 남의 나라말로 대화
하고 싶지 않았다. 그녀가 어떤 마음으로 여기 벨을 눌렀는지 알
았지만, 그리고 예의 서양 남자들이 어떠한 매너로 그녀를 대할지

226

도 알고 있지만 예찬은 최소한의 웃음기도 그녀에게 보여 줄 수가 없었다. 너무 피곤해서 자야겠다고 미안하다고 하는데 그녀가 스위트룸 문 앞까지 와 본 것도 처음이라며 혹시 안을 구경시켜 줄 수 있냐고 묻는다. 이십대 초반의 그 생글생글한 미소로. 정말 미안하지만 아직 시차 적응이 안 되었다고 말하며 그녀를 돌려보냈다.

하지만 단 한숨도 잘 생각은 없었다. 내가 자면 새아의 낮이 시작될 것이다. 새벽 네 시든 다섯 시든 깨어 있는 채로 그녀와 연락하고 싶다. 제주도에서 무사히 아무 일도 없이 돌아왔다고, 이제야 휴대폰을 고쳤다는 그 말이 듣고 싶었다. 그렇게 밤을 새우려고 참고 참다가 결국 소파에 기대어 스르륵– 잠들어 버렸다. 그녀가 한참 깨어 있을 시간에 연락을 하지 못한 것이다. 그렇게 하루가 또 가 버리고 말았다.

여기는 로안, 회의는 시작되었는데 지혁은 살짝 넋이 빠져 있다.

"그리하여 웨딩 쇼에 찍힌 모든 사진과 동영상들은 완벽하게 삭제 조치하였습니다."

그가 제주도 갔던 동안의 업무 보고를 하던 설영희 본부장의 말이었다. 이에 지혁이 번쩍– 정신을 차렸다.

"네에에? 그걸 누구 맘대로 지워요?!"

"더 이상 이슈 생기지 않게 관리하라고 하셨잖아요. 만약에라도 추가 사진 유포되면, 계속 기사 날 거라고."

"그래도 우리 측 자료는 남아 있죠?"

설 본부장은 고개를 가로저었다. 그, 그럼, 그날 새아와 찍은 사진도 동영상도 더 이상 남아 있지가 않다는 뜻?

"그날 스냅 어디서 찍었죠?"

"'마이 퍼스트 레이디'에서 찍기는 했는데. 거기에도 완벽하게 삭제 요청했는데요."

지혁은 그 길로 회의실 밖으로 뛰쳐나갔다.

'갑자기 왜 저러셔?'

임원 및 직원들이 의아한 눈빛을 교환했다.

♩

"네에에에? 완벽 삭제요?!"

설본의 말은 실화였다. 스튜디오와 통화를 해 보자 요청대로 남김없이 사진을 지웠다는 자신만만한 대답이 돌아왔다. 곧 지혁이 스튜디오에 도착했다. 그쪽 직원들도 '시키는 대로 했는데 왜 여기까지 오셨나?' 영문을 알 수 없다는 표정이었다. 지혁은 예전에 사진이 담겨 있었던 메모리카드를 건네받아 디지털 포렌식 업체로 부리나케 달려갔다. 어떻게든 한 장의 사진이라도 건지기 위해서.

다행히도 업체에서는 사진들을 하나하나 복구해 내기 시작했다. 새아와 지혁이 드레스와 턱시도를 입고 로안에 입장하는 장면부터 남의 혼인 서약서를 읽고 있는 그 장면이 천천히 모니터에 뜨기 시작한다. 잔뜩 긴장한 새아와, 새아의 긴장을 풀어 주기 위해 더욱 호방하게 굴고 있는 제 모습을 보자 괜스레 묘해진다. 그냥 그녀와 내가 저 공간에서 드레스와 턱시도를 입고 서 있었다는 것 자체가. 완전히 복구되려면 며칠 시간이 걸린다고 했다. 다 되면 연락 주세요. 찾으러 올게요.

휴우— 그렇게 한숨 돌리고 있는데 설본에게서 전화가 왔다.

— 아까 회의하다가 나가셔서요. 드레스 폐기 건 때문에요.

엥? 건 또 무슨 소리야?

— 아시다시피 손상이 있거나 십 회 이상 입힌 드레스는 분류에 따라 폐기하고 있습니다. 경우에 따라서는 지방 웨딩홀에 킬로그램 단위로 판매하기도 하는데…….

— 네에에?

— 지금 지방 업체가 올라와 있어서요. 폐기 대신에 판매를 하면 어떨까 해서요.

— 혹시, 그 드레스도 있어요?

— 네? 어떤…….

드레스는 두 벌이다. 맨 처음, 새아가 대리 신부를 하며 로안에서 입었던 드레스. 그리고, 가상 결혼식에서 입었던 드레스. 생각해 보니 그 드레스들은 워낙 인기가 좋아 벌써 십 회 이상 입혔을 가능성이 높았다. 안 돼, 팔면 안 돼! 지혁은 다시 한번 부리나케 로안으로 달려가기 시작했다. 로안의 회의실. 드레스는 박스 단위로 쌓여 있었고, 업체 사람들이 무게를 재며 킬로그램 단위로 값을 매기고 있었다.

"헉헉헉! 잠깐만요!"

문이 벌컥 열리며, 그가 등장한다. 겨터파크 폭발하신 우리의 대표님.

"잠깐, 잠깐, 잠깐."

갑자기 우리의 대표님이 넝마주이처럼 박스에 담긴 드레스들을 주섬주섬 꺼내기 시작한다.

"대표님, 왜 그러세요?"

무슨 거지가 의류함 뒤지는 것처럼 왜 이러세요?

"아잇, 둬 봐요."

지혁은 말리는 손들까지 뿌리치며 열심히 드레스를 찾았다. 불행인지 다행인지…… 그 드레스가 있었다. 새아가 맨 처음에 입었었던 벨라인 튤 소재의 드레스.

"헉헉, 이렇게 멀쩡한 걸 왜 팔아요?"

"여기 튤 소재 손상이 있어서요. 로안에서 상한 드레스를 입히면 안 되잖아요."

영희는 권 대표가 도저히 이해가 되지 않는다는 듯 팔짱을 꼈다. 아까는 엉덩이에 불붙은 것처럼 회의실 밖으로 뛰쳐나가시더니, 왜 갑자기 다시 나타나서 이 난리를 피우신담?

"여튼, 이건 안 팝니다."

"안 팔면요?"

"제가 개인 소장할 겁니다."

"……웨딩드레스를요?"

잠시 후, 생뚱맞지만 지혁의 집무실 뒤편 벽면에 새하얀 드레스가 걸렸다. 유리로 된 파티션 너머, 직원들의 시선이 조금 따갑긴 했지만 그래도 다행이었다. 이 드레스를 구해 내서. 그렇게 한숨 돌리려고 하는데…… 또 전화가 온다. 이번엔 성진 건설 본사, 상후에게서 걸려 온 전화였다.

– 뭐어어? M&A건?

콰아아앙– 성진 건설 회의실의 문이 드라마틱하게 열리고 그 뒤로 마라톤 완주한 듯 헉헉대고 있는 지혁이 나타난다.

"꼭 안 와도 된다니까……요. 상무님."

상후가 깜짝 놀란 얼굴로 그를 맞는다.

"로안 일인데 내가 직접 와 봐야지."

"내가 대리인 해 주겠다고 하잖아요. 일단 앉으세요."

헉헉대고 있는 지혁이 상후 옆에 앉았다. 프로젝터에는 '소울 웨딩 플랜'의 인수 건에 대한 자료가 떠 있었다. 그거였다. 예전에 설명희 대표가 지혁을 찾아왔던 이유는, '로안에서 소울 웨딩 플랜을 인수하면 어떻겠느냐'라는 제안을 하기 위해서였다. 그래서 그렇게 두꺼운 서류를 내밀었던 거고.

그리고 소울 대표실에서 유준이 보았던 두꺼운 서류도 그것이었다. 로안과 소울의 인수합병 검토안. 그래서 새아에게 소식 알고 있냐고, 그렇게 망설이면서 전화를 했던 것이었다.

"로안에서 여기 인수 안 하면 어떻게 되는 거야?"

지혁이 상후의 곁으로 스윽- 다가가 속삭였다.

"재무제표가 너무 안 좋아. 이대로라면 폐업밖에 답이 없어."

"그럼 거기서 일하는 사람들은?"

"뭘 당연한 걸 물어? 짤리고 실업자 되겠지."

"안 돼! 거기 인재가 몇인데."

"인재? 인재라면……?"

상후가 뭔가 짚이는 게 있다는 눈빛으로 그를 보고 있는 가운데, 지혁은 재빠르게 회의실 분위기를 살피고 있었다.

"오늘 찬성 각이야, 반대 각이야?"

"우리가 무슨 유니세프냐? 왜 남의 회사 빚을 우리가 떠안아?"

"……혹시 여기 개인 지분으로도 인수 가능해?"

"뭐?!"

"그 채무 변제해 놓으면, 인수 가능하냐고."

"야, 마, 말도 안 돼. 무슨…….."

너 무슨 그런 괴상한 소리를 하는 거야? 니 돈 써서 망해 가는 회사를 살리겠다고? 지, 지금 얼마를 쏟아부어야 하는진 알고 있는 거야?

"그렇게 해 줘."

상후는 떡 벌어진 입을 다물지 못했다. 지금 사, 사재를 털겠다는 거야? 이 회사를 사겠다고? 도, 돌았어?

♪♪

터덜터덜- 지혁이 지친 걸음으로 복도를 걸어갔다. 정신 쏙 빠지게 바빴던, 전쟁 같은 하루였다. 내가 뭣 땜에 이렇게 하루 종일 뛰어다녔더라, 대체 누구 땜에 무슨 짓까지 벌였더라, 생각해 보면 슬금슬금 원망이 피어오른다. 새아는 아직도 내 연락을 받지 않는다.

'언제든 괜찮아요, 꼭 연락 줘요.'

구질구질하게도 반복한 메시지가 무참히도 읽씹 당했다. 제발, 제에에발, 전화 좀 받아! 우리 제발 만나서 얘기해! 다시 한번 전화를 걸어 보았지만 그녀는 여전히 수신을 거부했다. 으아아아- 지혁은 성진 건설 복도에 무릎을 꿇고 앉아 늑대처럼 포효할 뻔했다. 야! 이거 진짜 너무한 거 아니냐고? 왜 나만 기다려? 왜 나만 애타? 이 밀당 괴물 같은 여자야!

♪♪

그 시각 새아는 회사 근처 카페에 있었다. 휴대폰은 애저녁에 바꾸었다. 서울 올라오자마자 대리점 가서 아예 새 걸 구매했다.

안 그래도 제주도 출장으로 공석이었는데 계속 신랑, 신부들과 연락이 안 되면 곤란한 일었기에. 그리고…… 나를 따라 서울 오겠다는 지혁의 메시지도 보았다. 그게 반갑고 좋기보다는 좀 괴로웠다. 경악을 하며 비명을 지르던 효이 기자의 얼굴이 먼저 떠오르는 것이다.

'둘이 그렇게 아니라면서요!'

그래, 쇼킹했겠지? 나라도 쇼크 먹겠다. 절규하며 나를 보던 얼굴, 그 실망 가득한 얼굴을 떠올리면 샤프심 나오는 구멍에라도 숨고 싶어진다. 모든 미디어에서 우리를 오해하며 제멋대로 소설 같은 기사를 써 낼 때, 유일하게 나를 믿어 주며 진정성 있는 인터뷰를 실어 주려 했던 분이다. 그런데 그런 분에게 이렇게 통수 통수 뒤통수를 치고 말았다. 아아아아ㅡ 새아는 다시 한번 좌절을 하며 제 머리를 감싸 쥐었다. 내가 제주도에서 왜 그랬을까. 무슨 마약을 한 것도 아니고, 왜 그렇게 욕정의 노예가 되어서 권지혁한테 달려들었던 것일까. 아아아아, 수치스러워. 아아아아, 부끄러워. 그렇게 테이블에 얼굴을 박고 깊은 좌절에 빠져 있을 때…… 효이 기자에게서 전화가 왔다.

"……!"

지혁의 전화처럼 안 받거나 무시할 수가 없었다. 고개를 들 수 없는 죄인의 심정으로 다소곳하게 그 전화를 받았다. 할 수만 있다면 이곳 카페 의자 위에서라도 무릎을 꿇고 싶다.

ㅡ 안녕하세요, 기자님.

면목 없는 죄인, 여기 있사옵니다.

― 네네, 인터뷰 수정이요. 아, 네. 그러셔야죠. 솔직히 무슨 사이냐구요, 하아, 뭐라 말하기가 뭐한 사인데.

― 그냥 솔직하게 말해 주심 안돼요?

효이 기자의 까칠한 목소리가 귓구멍에 못처럼 박혀 들어왔다. 아야.

― 거짓말로 해명 기사 실었다가 저희가 더 난처해지는 수가 있어요. 게다가 저흰 월간지라 바로바로 이슈 대응하기도 힘들구요. 그러다 완전 뒷북치면 어떻게 해요.

― 혹시 스캔들과 둘의 관계에 대해서 아무런 언급도 하지 않으면 어떨까요?

그게 무슨 해명 기사예요? 라고 한숨을 팍― 터트리는 소리가 들렸지만…….

― 그래요, 그럼 그렇게 기사 낼게요.

효이는 다 포기한 듯 이렇게 말했다. 새아는 더더욱 머리를 조아릴 수밖에 없었다.

― 죄송합니다, 진짜 죄송합니다.

― 아니에요. 남녀 사이를 어떻게 알아요. 제주도까지 둘 끌고 간 제 잘못이죠.

아닙니다, 모두 다 제 욕정의 과오입니다.

― 이왕 이렇게 된 거, 두 분 사이 응원할게요.

흐어헝헝, 실망시켜 드려서 죄송합니다.

― 대신 두 분 공식으로 연애 기사나 결혼 기사 낼 거면, 나한테 제일 먼저 알려 줘요.

으허헝헝, 그것도 어떻게 될지 모른답니다. 장담은 드릴 수 없지만 그래도 이 죗값을 언젠간 갚을게요. 그렇게 대역 죄인의 심경으로 전화를 끊고 나자 새아의 속은 한층 더 복잡해졌다. 효이 기자에게 너무 미안해서. 너무나 죄송스러워서.

이때 다시 한번 전화기가 울렸다. 순간, 수신자로 뜬 이름에 새아는 멈칫했다. 이 전화 받아야 할까, 말아야 할까.

22

뜻밖의 퍼스널 쇼퍼

서성이고 서성이다가 여기까지 와 버렸다. 여기는 '황금손 명가'
앞. 예전에 새아의 어머니, 정연을 마주쳤던 그 골목 앞이다.

이상하게도 차마 소울 앞까지는 찾아갈 용기가 없었다. 그 직원
들 많은 곳에서 새아가 대놓고 나를 쌩까고 지나쳐 갈까 봐. 혹은,
'왜 여기까지 왔어요. 우리 완전히 끝난 거 아니었어요?' 그러면서
세상 싸늘한 얼굴을 할까 봐.

솔직히 처음부터 무슨 계획을 세우고 찾아간 것은 아니었다. 새
아가 너무 연락이 안 되니 답답한 마음에 여기까지 온 건데……
아니나 다를까. 골목에서 바로 정연이 모습을 드러냈다. 지혁이

괜스레 그 앞을 서성이고 있는 걸 일층 카운터에서 바로 발견한 것이었다.

사실 정연도 너무너무 궁금했다. 아니, 포탈 메인마다 우리 집 장녀가 돈 많은 집에 시집을 갔다고 도배가 되었는데 딸년은 제대로 설명도 안 해 주고, 엄마까지 그런 얘길 믿냐고만 하고, 전화도 제대로 받질 않고. 근데 저 앞에 지혁이 나타났으니 직접적으로다가 붙잡고 물어볼 상대가 생긴 것이었다.

"어? 어머님?"

지혁은 마치 우연히 만난 척, 최대한 자연스러운 연기를 펼쳐나 갔다.

"어머, 권 대표님? 내가 저번엔 못 알아봤어요. 진짜 교육생인 줄로만 알았지, 뭐야. 그때 기분 상했다면 정말 미안해요."

그때에 비해서 지혁을 대하는 정연의 태도가 상당히 고상해져 있었다.

"아뇨아뇨, 괜찮습니다. 그땐 진짜 교육생이었는데요, 뭘. 웨딩 일은 처음이었는데, 따님 덕분에 정말 많이 배웠습니다."

"근데…… 그때 그 기사는 뭐예요? 새아 말로는 해프닝이라던 데."

포털에 도배되었던 '권지혁 재혼설'을 말하는 것이었다. 지혁은 정말 너무너무 죄송하다는 듯 정연의 손을 붙잡으며 말했다.

"지금쯤 유포된 사진은 거의 다 내려갔을 겁니다. 혹시 그걸로 놀라시거나 마음 상하셨다면, 정말 죄송합니다."

"그게 정말 웨딩 쇼였어요?"

"급하게 저희 둘이 모델을 서느라구요. 그런데 사진이 워낙 찰 떡같이 나와서……."

"내가 보기에도 둘이 너무 잘 어울리더라구요. 댓글에 아주 난리가 났던데? 선남선녀가 따로 없다고?"

"아, 그랬나요?"

핫핫, 하면서 머쓱하게 웃는 지혁의 태도에서 정연은 바로 눈치를 챘다. 둘이 잘 어울린다는 말에 이렇게 좋아하는 걸 보면 새아이년은 몰라도, 이놈은 우리 딸에게 관심이 있는 게 분명하다.

"그런데 어디 가는 길이세요? 차도 없이?"

"아, 여기 프리마 호텔에서 신세계 VIP 패밀리 세일한다고 해서요. 거기 초대권이 나와서 가는 길인데, 혹시 어머님 같이 가실래요?"

아까 골목 앞을 서성이고 있을 때 휴대폰으로 초대 문자가 도착했었다. 원래 그런 세일 행사에 잘 가는 스타일이 아니라 그냥 지워 버릴까 말까 하고 있었는데, 어쩌다 보니 같이 가자는 말이 술술 나온다.

"패밀리 세일이요?"

정연의 눈이 동그래졌다.

"동반 일인 되죠?"

"에이, 대표님은 프리패스죠?"

VIP 패밀리 세일이 있는 그랜드홀. 카운터에 있던 직원이 지혁을 바로 알아보고는 그와 함께 온 정연을 내부로 안내해 주었다.

"아유 아유, 난 이런 데 처음 와 봐서, 뭘 고를 수 있을까 모르겠네."

정연은 그저 모든 게 낯설다는 듯 어색하게 주변을 둘러보았다. 신기하네. 진짜 돈 많은 사람들은 이런 데서 쇼핑하는구나. 그러나, 곧 정연의 눈이 뒤집혔다.

"오십 프로오오오? 어머나, 이런 세상이 다 있어요?"

정연이 마사지를 해 주었던 강남 사모님들, 그녀들이 들고 다니던 브랜드들이 여기 다 있었다. 물론 정연이 매우 흠모하던 것들이었다. 정연은 진열되어 있던 가방 하나를 조심스럽게 들어서 거울에 비추어 보았다. 아이구아이구, 이 가방 하나로 사람이 다 바뀌어 보이네. 나도 이렇게 귀티가 다 나는구나.

"오오! 어머님, 진짜 잘 어울리세요."

이에 지혁이 퍼스널 쇼퍼처럼 바짝 다가가 같은 디자인의 다른 컬러 가방을 옆에 대주었다.

"이거는 어떠세요?"

"어머어머, 둘 다 이쁘네. 레드도 이쁘구, 브라운도 이쁘고."

"어머님한테는 레드가 나을 것 같아요. 피부톤이 워낙 화사하셔 서."

"그래요? 내가 보기에도 그런 것 같앵. 오홍홍-"

지혁의 칭찬에 정연의 어깨가 한껏 샘솟았다. 그러나 가방에 달려 있던 택을 보자 잠깐 차올랐던 자신감이 사르르 녹아내린다.

"근데, 오십 프로를 해도 비싸네. 명품은 명품이다."

"잠깐만요."

지혁은 저쪽에 있던 직원에게 뭔가를 물어보는 척하고 다시 돌아왔다.

"어머님! 여기 호텔 VIP 카드가 있으면 구십에서 구십오 프로까지 된다고 합니다."

"뭐라구요?! 그럼, 백육십만 원짜리 가방이 최대 팔만 원까지? 그렇다면 안 살 수 없지. 싹 쓸어가야지. 이것도 팔만 원, 이건 구만 원, 이건 십만 원? 이거 정말 거저 아니야?! 정연의 눈이 다시 한번 뒤집어졌다. 잔뜩 흥이 난 정연이 물건들을 싹쓸이하려다가 문득 지혁의 넥타이를 바라보았다.

잠시 후, 남성복 코너.

"아이, 어머님, 저는 괜찮은데."

정연이 지혁의 목에 이것저것 넥타이를 대보며 그에게 어울리는 걸 골라 주고 있었다.

"그 카드 덕분에 이렇게 득템했는데, 나도 보답을 하나 해야지."

지혁의 넥타이를 하나 사 주겠다는 것이었다.

"어우, 이것도 이쁘고, 이것도 이쁘고. 키가 크고 훤칠하니까, 뭘 갖다 대도 너무너무 멋있네."

"저는 이게 제일 괜찮은 것 같아요."

"어머? 내 생각도 그런데. 나는 딸하고도 취향이 안 맞아서 쇼핑을 같이 못 다니는데. 어쩜, 권 대표랑 나랑 더 잘 맞는 것 같애! 오홍홍홍~"

"저도 어머님이랑 다니니까 쇼핑이 너무 재밌어요."

그러던 지혁의 시선이 코랄 컬러의 한 원피스에 머물렀다.

"이건 새아 씨한테도 어울리겠는데요?"

그가 슬쩍 정연의 눈치를 살피며 말했다. 혹시 엄마가 전화하면 받지 않을까 싶어서.

"새아 씨도 부를까요? 구십 프로면 진짜 거저인데."

"아우, 걔하고는 쇼핑하고 싶지도 않아. 옷은 이쁜데, 엄마랑은 안 어울려. 그러면서 아주 팩트 폭력배라니까. 흥이 안 나서 안 돼."

정연은 대번에 손사래를 치다가도, 이쁜 원피스를 보자 그래도 딸이 좀 생각나는 모양이었다.

"이거 이쁘긴 이쁘다. 우리 새아 선볼 때 입으러 가면 딱이겠네."

"에이, 뭘 또 선을 봐요? 새아 씨 주변에 괜찮은 남자들이 얼마나 많은데요."

"그래요오? 누가 있나? 나한텐 그런 얘길 통 안 해서."

"뭐, 저도 있고. 핫핫핫."

머쓱하게 웃는 지혁의 반응에서 정연은 확신했다. 이 남자, 분명 새아한테 마음이 있어. 정연은 살짝 비싼 척을 하며 휴대폰을 꺼내어 딸에게 전화를 걸어 보았다. 지혁은 원피스를 살펴보는 척하며 이를 흠칫흠칫 지켜보고 있었다. 엄마 전화는 받겠지, 설마.

🎵

휴대폰에 뜬 이름에 새아는 멈칫했다. 이 전화, 받아야 할까, 말아야 할까.

하아, 지금 엄마 전화 받았다가 또 엄청난 핍박에 시달리는 거 아니야? 그때 기사 난 것 때문에 혼삿길 막혔다면서 막 소리치는 거 아니야? 그러다 혹시? 권지혁 대표한테 가서 책임지라고 깽판 놓겠다고 하는 거 아니야? 헉?! 안 돼! 통화만 하면 온갖 구박을 쏟아 내던 엄마였기에 지금은 전화를 받을 용기가 없었다. 안 그래도 싱숭생숭한데 안 좋은 소릴 들으면 괜히 자존감만 또 떨어질 것 같았다.

'엄마, 나중에 전화할게요. 지금 미팅 중.'

새아는 그렇게 메시지를 보내고서 크게 한숨을 내쉬었다. 마침 한 신부가 그녀가 앉아 있던 카페로 종종 뛰어들어 왔다. 오늘 그녀와 약속이 있어 여기에 나온 것이었다.

"신부님! 여기예요. 잘 지내셨어요?"

그간의 복잡한 마음을 지우고, 다시 프로페셔널 웨딩 플래너로 돌아와야 할 시간이었다.

"갑자기 상의할 게 뭐예요?"

진영 신부님이 플래너님 서울 오자마자 긴히 상의할 게 있다고
했다.

"있잖아요, 팀장님! 여자가 먼저 프러포즈하면 별로예요?"

"……?!"

☊

"에이, 전화 안 받네. 안 받으면 말아라."

쳇쳇, 정연은 툴툴거리며 휴대폰을 가방에 쏘옥— 넣어 버렸다.
그러면서도 살짝 실망의 탄식을 뱉는 지혁의 표정도 놓치지 않았
다. 요놈 봐라? 우리 새아에게 아주 목을 매는구만?

어느덧 쌱쓸이 쇼핑은 종료되었고, 지혁은 오늘 정연이 고른 가
방들을 주렁주렁 카운터로 올리면서 직원에게 쓰윽— 카드를 내밀
었다.

"어머님 카드로는 오 프로만 계산해 주고, 나머지 사십오 프로
는 제 걸로 계산해 주세요."

직원의 스무스한 결제 처리에 정연은 오늘의 실제 세일 가격을
눈치채지 못했다.

"세상에, 이대로 되팔아도 남겠네. 어머어머어머, 덕분에 너무
횡재했어요, 어떻게 해요!"

이런 기분은 처음이었다. 이렇게나 주렁주렁 쇼핑백을 매달고서 고급 호텔을 나오는 기분은. 게다가 이렇게나 잘생긴 남자가 완벽한 매너로 에스코트를 해 주는 기분은.

"어머님, 주세요. 제가 들어 드릴게요."

아이고, 이놈 참 스윗하네. 사람이 참 사근사근하고 쇼핑하는 안목도 있고. 우리 새아한테 마음이 없으면 이렇게까진 안 하지. 혹시, 우리 새아가 튕기고 있는 거 아니야? 그래서 나한테까지 이렇게 절절매는 거 아니야? 전화도 잘 안 받고? 어머, 어머머? 얘가 영 쑥맥인 줄 알았는데? 재벌 마음을 갖고 놀고 있는 거야? 얘가 그런 밀당도 할 줄 알아?

"어머님, 제가 집까지 모셔다드릴게요."

"어머, 그래도 되나?"

"짐이 많아서, 다 들고 가시지도 못해요. 같이 가요."

부러 비싼 척을 했지만 마치 자기가 갑이 된 듯 입이 찢어지게 행복했던 정연이었다.

어느덧 퇴근할 시간. 새아는 회사 문 앞을 스윽- 빠져나와 고개를 빼고 주변을 살폈다. 혹시 열 받은 지혁이 요 앞까지 찾아온 건 아닌가 경계하는 것이었다. 내가 하두 전화를 안 받았으니.

"뭐 하냐?"

쓸데없이 두리번대는 그녀의 모습을 유순이 한심하게 바라보고 있었다. 아직도 한쪽 팔에 깁스를 하고 있던 그였다.

"사채 썼어?"

"있잖아, 오늘 별일 없음 나 집 앞까지 데려다주면 안 돼?"

"누가 너 해코지할까 봐 그래? 앞면을 보고 해코지하는 거야?"

"내가 앞면 뒷면에 그렇게까지 반전이 있는 줄 몰랐네. 양면 색종이도 아니고."

"집 바로 앞이면서 뭘 데려다 달래. 내가 니 보디가드야?"

"아, 몰라. 마주치면 쪽팔린 사람 있단 말이야."

"어어? 제주도에서 무슨 일이 있었구만?"

세상 눈치 빠른 유준의 촉이 아주 재빠르게 정확한 지점에 도달하고 있었다.

"일은 무슨 일? 아무 일도 없었는데?!"

새아는 일단 모르쇠로 잡아떼고 보았다.

"흠, 쪽팔릴 일이 뭐가 있을까, 거기서. 잠깐, 저번에 조예찬하고 키스하고도 며칠 도망 다니지 않았나? 그때도 이렇게까지 숨어 다니진 않았는데. 그럼 혹시⋯⋯?!"

참으로 섬뜩한 추리력이었다. 내가 이렇게나 쉽게 읽히는 여자였단 말인가. 정곡을 찔린 새아는 어떻게든 말을 돌리려 애썼다.

"혹시는 뭘 혹시야. 너너너 다람이랑은 어떻게 되어 가? 그날 어떻게 된 거야?"

제주도의 첫째 날, 유준과 통화했을 때, 다람이 그의 집에 있던 걸 얘기하는 것이었다.

"집에 잘 들여보냈지, 뭐."

"남자 혼자 사는 집까지 쳐들어온 애를 그냥 보냈다고? 너야말
로 진짜 아무 일 없었어?!"

이에 유준의 표정이 급격하게 심각해졌다. 무슨 일이 있긴 있었
는데, 딱 보아도 좋은 결론은 아닌 듯한 얼굴이었다.

"왜, 둘이 머리채 잡고 싸웠어?"

23

그 남자의 사정

　유준에게는 지나치게 민감한 밤이었다. 그냥, 숨 쉬는 것조차
조심스러워지는. 침 한 번 꿀꺽 삼키는 것조차 눈치를 보게 되는.
왜 그럴까. 여긴 내 집, 내 방인데. 긴장할 수밖에 없었다. 이 방
을 얻은 이후로 여자가 이 집에 들어온 것도 처음이었고, 이렇게
소파에 누워 쿨쿨 잠들어 버린 건 더더욱 처음이었으니까. 다람의
단발머리가 자연스럽게 쿠션 위에 흐트러져 있었다. 화장을 해서
그렇게 피부가 뽀얀 줄 알았는데, 오늘은 거의 화장기가 없는데도
피부가 뽀시시하다. 신기하도록 하얗고 투명해서, 자꾸만 보고 있
게 된다. 뭔가 불편한 듯 몸을 뒤척이며 부스럭거리던 다람이 일

순 조용해졌다. 조용히 숨을 내쉬던 콧소리도 멈추었다. 그 흐름의 변화 또한 유준은 민감하게 느꼈다.

"너, 안 자지?"

다람이 살짝 잠에서 깬 걸 눈치챈 것이었다. 그제야 그녀가 슬그머니 눈을 뜨고 부스스하게 일어나 시계를 보았다. 어, 거의 새벽이네. 나 진짜 아무 일 없이 잠만 잤네. 이 오빠는 옆에서 안 자고 있었던 거야? 그냥, 이렇게 깨어 있던 거야?

"집에 가자, 데려다줄게."

"......."

그러나 다람은 거기서 움직일 기미가 없었다. 오히려 살짝 자존심이 상한 듯한 반응이었다.

"안 갈 거야?"

"너무 졸려서요."

"늦었어. 너네 집 가서 마저 자."

살짝 그의 눈치를 보던 다람이 꿀꺽- 침을 삼키고는 나름의 용기를 낸 듯 나직한 목소리로 이렇게 말했다.

"나 좀 안아 줄래요?"

"......!"

밤은 깊었고 세상은 조용했고 이 방엔 둘밖에 없었다. 남자와 여자, 단둘밖에. 유준은 잠시 망설이다가 팔을 뻗어 그녀를 안아주었다. 그리고 그 포옹은 자연스럽게 키스로 연결되었다. 누가 먼저랄 것도 없이 자연스럽게 입술을 마주하게 된 두 사람이었다.

그냥 분위기가 그랬다. 일일이 설명하지 않아도 당연히 그런 것처럼 두 사람의 입술이 자석처럼 맞닿았다. 그러나 암묵적인 동의를 깬 건 유준이었다. 살짝 멈칫하며 입술을 뗀 것이다. 잠시나마 풀어졌던 그의 표정이 딱딱하게 굳어졌다.

"……얼른 짐 싸."

그의 말에 다람의 표정에 예민하게 금이 갔다.

"왜 그렇게까지 버티고 서 있어?"

그녀를 거절하는 것이었다. 순식간에 차오른 서운함에 눈물까지 고이려고 한다. 상처받은 걸 들키지 않으려 입술을 꾸욱- 깨물었지만, 어째 표정이 숨겨지지가 않는다.

"니가 나한테 바라는 게 뭐야."

등골에 소름이 돋을 정도로 냉기가 어린 말이었다. 방금 전의 키스가 무색할 정도로.

"……"

"보다시피 나는 이렇게 누추하게 살아. 너한테 이렇게 사는 거 보여 주는 것도 부끄럽고, 이런 집 보여 주는 것도 창피하고. 솔직히 나는 나 하나가 감당이 안 되는 사람이야. 내가, 너를, 어떻게 할 수가 없어."

"나를…… 어떻게 해 달래요?"

다람의 목소리엔 물기마저 가득 어려 있었다.

"내가 너랑 속 편하게 감정 놀음하고 있을 때가 아니라고. 오늘 이러면 너랑 나랑 껄끄러워지기만 해. 앞으로 이 바닥에서 마주칠

일 한두 번도 아닐 텐데."

속상하지 않을 수가 없었다. 그녀라고 해서 정말 생각 없이, 아무런 용기도 없이, 지금 이 시간까지 버티고 있었던 게 아니었다. 하지만,

"마음에도 여유분이란 게 있어야 연애도 하고, 미래에 대한 계획도 세우고 그럴 텐데 난 그런 게 없어. 그런 게 남아돌아야 건설적인 생각도 하고, 달콤한 약속도 하고 그럴 텐데, 난 그럴 수가 없다고. 것까지 다 저당이 잡혀서."

유준은 다람을 받아 줄 생각이 없었다.

"그냥 나한테 줄 마음이 없다고 해요."

"지금, 시기가 아닌 거야. 지금은 여자 만날 생각이 없어. 나중에, 나중에……."

"나중엔 내가 남친이 있겠죠. 대체 뭣 땜에 그렇게 죄수처럼 살아요?"

어느덧 다람의 두 눈에 눈물이 가득 고였다. 흘러내리면 더 창피할까 봐 꾸욱 눌러 담고 눌러 담은 눈물이었다. 유준이 쪽방 원룸에 사는 것 따위, 그녀에게 아무렇지도 않았다. 직장이 강남이라 거기서 가까운 방으로 구한 건데, 여기서 어떻게 더 넓은 데를 구해. 월세 사는 게 뭐 어때서. 그럼 연애도 못 해?

"대한민국에선 돈 없는 게 죄야."

그게, 유준의 답이었다.

"나 자꾸 구질구질하게 만들지 말고, 좋은 말 할 때 일어나."

몇 년간 한 푼도 안 쓰고 돈을 모아야 갚을 수 있는 빚을 쌓아 놓고 있다고. 놀 거 다 놀고, 여행 갈 거 다 가고, 연애할 거 다 하면서는 이 빚을 갚아 낼 수가 없다고. 무슨 도박을 한 게 아닌데. 사치를 한 게 아닌데. 그냥 평범하게 대학 가고 평범하게 취직하고 평범하게 회사 근처로 방 얻었을 뿐인데도 이렇게나 무거운 빚을 지게 되었다고. 그래서 난 여유가 없다고.

하지만 이 모든 걸 내 입으로 말하기가 너무 구차했다. 결국, 내가 할 수 있는 일은 다가오는 다람을 애써 밀어내는 것뿐이었다. 가자고 해서, 고분고분 따라올 그녀도 아니었다. 혼자 꾸우욱- 가방을 그러쥔 채, 데려다준다고 해도 필요 없다며 그의 손을 뿌리치며 나가 버렸다. 나의 거절에 자존심이 많이 상했을 그녀다. 하지만 책임질 수 없는 일을 벌이고 싶지 않았다. 그녀에게로 내 마음이 기울게 하고 싶지 않았다. 그녀에게 흔들리고 싶지 않았다. 한쪽 팔은 여전히 움직이지 못하고, 나는 여기서 불구같이 이러고 있고, 욱하고 오르는 짜증에 욕지기라도 뱉고 싶었지만 그냥 마른세수를 하면서 머리를 벅벅 긁다가 거친 한숨을 토해 내는 것 말고는 할 게 없었다. 아직도 소파 위에 그녀의 온기가 남아 있었다. 이 공간의 분위기를 뒤바꾸던 묘한 향기까지도.

♪

"솔직히 내 상황에 어떻게 연애냐."

새아의 집으로 함께 걸어가는 길, 유준은 오히려 담담한 목소리로 그렇게 말했다.

"왜 못 해, 연애?"

"나는 내 일하기도 바빠. 귀찮아, 연애."

새아도 유준의 상황을 대충 알고 있기는 했다. 학자금으로 매달 갚아야 할 액수가 좀 크기는 했다. 성과급은 매달 오르락내리락 롤러코스터를 타고 있었고, 나가야 할 돈은 고정적인데 비시즌일 땐 밥도 굶어야 할 판이었다. 그래도, 아무리 그래도.

"너무 본능이랑 반대로 가는 거 아니야? 솔직히 다람이 괜찮잖아. 어리고, 착하고, 예쁘고. 청춘남녀가 그 정도 스킨쉽 있으면 끌리는 게 당연하지."

"지금 시기에 걔 만나서 내 초라한 모습 보여 주기 싫어."

문득 예전에 유준이 술 마시고 했던 얘기가 떠올랐다. 유준의 전 여친, 민영에 대한 이야기. 그가 왜 그렇게 기를 쓰고 제 초라한 모습을 감추려고 하는지 대충 짐작이 갔다.

둘은 시작부터가 요란했던 캠퍼스 커플이었다. 나름 학부 퀸카였던 민영이 유준에게 먼저 들이대면서 화제를 모았다. 민영은 대학교를 졸업하자마자 취직해 사회생활을 할 때였고, 유준은 군대 갔다 와서 취업 준비를 하며 편의점에서 알바를 하고 있을 때였다.

"오빠, 짜잔! 나 왔지롱~"

늦은 시간, 살짝 취한 민영이 편의점을 찾아왔다. 언제나 그렇듯, 그녀의 어깨엔 매우 값비싼 명품 백이 매달려 있었다. 자기가 맨 가방의 브랜드로 제 클래스가 결정된다고 믿는 아이였다.

"오늘 회식한다더니?"

뜻밖의 여친 등장에 유준이 반가운 얼굴로 민영을 맞았다.

"여기서 오빠랑 이차 할라고 왔지, 맥주 줘. 히힛."

민영이 파라솔 밑 편의점 의자에 자리를 잡았고 유준은 제 카드로 맥주를 계산해 그녀의 앞에 갖다주었다.

"오빠, 우리 여름 휴가 어디로 갈래?"

그가 항상 답을 망설이며 미적거리던 그 주제가 또 나왔다.

"이번엔 연차 붙여서 아예 멀리 가려고."

"음, 그래?"

"스페인 가자, 스페인!!!"

"스페인……은 좀 별론데."

"그럼 파리 갈래?"

"……."

"아님, 프라하?"

사실, 장소의 문제가 아니었다.

"나 하반기에 취직되면 내년 여름에 가자."

"에이, 취직되면 일 년 차는 여름 휴가 마음대로 쓰기 힘들어. 차라리 지금이 좋지. 시간도 자유롭고."

시간이 자유롭긴. 내가 이 편의점에 얼마나 묶여 있는데.

"그래도 좀 확실해지고 가자."

"오빠가 왜 불안해해? 오빠는 하반기에 무조건 돼. 당연히 될 건데, 왜 못 가?"

"……돈이 없어."

"돈은 나도 없어. 신용카드 할부 때려서 가는 거지. 스페인 가자아, 응?"

지금 상태론, 신용카드 개설조차 힘들다는 얘기를 차마 할 수는 없었다.

"나중에, 나중에."

뿌우우— 제대로 심통이 난 듯, 민영의 볼이 잔뜩 부풀어 올랐다.

"오빠, 직장인들 여름 휴가 바라보면서 상반기 버티고, 내년 여름 휴가 바라보면서 하반기 버티는 거야. 근데 나가서 쉬지도 못하면, 어떻게 회사 생활을 해?"

"미안한데, 이번엔 혼자 갔다 와."

"오빠는 불안하지도 않아? 그 유럽 땅에 여자 혼자 가는 게?"

"그럼……."

"그리고 주변에다가 뭐라 그래? 뻔히 남자친구 있는데 왜 여행을 혼자 가냐 그러면?"

"민영아."

"오빠는 무조건! 잘되게 되어 있어! 백대 대기업 붙어서 연봉, 보너스, 성과급 팍팍 받고 승승장구할 거라고. 왜 자기 미래를 못 믿어. 그럼 평생 여기서 펀돌이 할까 봐?"

나를 믿어 주는 건 정말 고마웠지만 아무리 그래도 여력이 안 되는 건 안 되는 거였다.

"가자, 스페인. 응? 나 혼자 보내면 바람날 거야? 가자아."

밤새도록 무턱대고 조르는 민영에게 유준은 더 현실적인 얘기를 하지 못했다. 결국 둘은 헤어졌고 민영은 혼자 유럽을 떠났고 거기서 만난 사람과 아직도 잘 만난다고 들었다. 유준도 그녀의 기대처럼 잘되지 못했다. 하반기는 물론 그다음 상반기까지 탈락의 고배를 마시다가 백대 기업은커녕 민영이 들으면 '어디?'라고 되물을 중소기업에 취직했다. 계속 사귀고 있었더라도 영업직 남자 웨딩 플래너가 되었다는 소식을 분명 탐탁지 않게 여겼으리라.

"구김살 없이 해맑은 애들 있잖아. 나는 그런 애들 보면 겁난다."

새아와 함께 집으로 돌아가는 길, 유준이 제 속마음을 털어놓았다.

"……왜?"

"내가 왜 이러고 사는지 이해 못 할 것 같아서. 너도 이해 못 하잖아."

"니가 너무 닫아 놓고 사니까 그렇지."

"나는, 안 섞이는 게 답이라고 봐. 내가 느낀 절망을 설명해 주고 싶지도 않고 끌어들이고 싶지도 않아."

다람이 그렇게 잘사는 집 딸인지 아닌지는 모르겠지만, 그가 느낀 경제적 절망에 대해서 쉽사리 공감해 줄 수 있는 사람이 아니라 여긴 것이다. 그런 걸 일일이 설명해 주고 싶지도 않았고.

하지만 그런 설명도 없이 무작정 거절당해야 했던 다람은 얼마나 속이 상할까. 당돌하게 들이댔다고 해서 상처받지 않는 게 아닌데. 혹시 자기 자존심 챙기자고 그녀의 자존심에 너무 상처 낸 건 아닐까. 아무래도 새아는 다람의 마음에 더 공감이 갔다. 여자가 그렇게까지 들이대는 게, 정말 많은 용기가 필요한 일이라는 걸 알고 있어서. 새아가 보기엔 유준이 지나치게 철벽을 세우는 것 같았다.

문득, 며칠간 내가 지혁의 전화를 거절했던 게 몇 건이었는지 궁금해진다. 수도 없이 수신 거절을 눌렀지. 그도 많이 답답할 것이다. 제대로 영문도 알지 못한 채 거절당한 다람처럼. 이제는 그와 제대로 대화를 해야 한다. 언제까지나 이렇게 피해 다닐 수는 없다.

그러나 그 전에 먼저 만나야 할 사람이 있다.

24

자존심은 상하지만
사랑받고 싶어

"귀엽네. 왜 여기 와서 혼자 놀고 있어?"

편의점 근처 골목, 다람은 열쇠고리를 흔들며 골목의 새끼 고양이와 놀고 있었다. 아주 귀여운 코리안숏헤어 치즈태비였다.

"엄마 없어? 어디 갔어? 길 잃어버렸어?"

고양이는 다람이 흔드는 열쇠고리를 붙잡으려고 잠시 냥냥펀치를 훅훅– 날리다가 곧 도도하게 돌아서 풀숲으로 사라지고 말았다.

"쳇, 너까지 뒷모습이냐?"

쭈그려 앉은 그 자세 그대로 다람은 땅이 꺼질세라 한숨을 푸우욱- 내쉬었다. 후우우- 생각할수록 짜증 나는 일이다. 자존심도 버리고 새벽까지 그러고 버티다가 먼저 안아 달라고 했는데, 그렇게 나를 밀어내다니. 자다가도 이불킥, 허공에 주먹질이라도 하고 싶은 심경이다. 니가 싫어서가 아니라 지금은 연애할 때가 아니라서 나를 거절한다는 그 남자. 그 말을 어디까지 진심으로 받아들여야 할까. 그냥 '너는 아니다.'라는 말로 해석하면 되나? 괜히 당돌한 여자애로 콘셉트를 잡았나 싶었다. 나도 남자가 다가올 때까지 내숭 떨면서 새침한 척, 아무것도 모르는 척, 할 수 있는데. 그럼 이렇게 자존심 안 다치고, 편하게 고백받아가면서 떵떵거리며 연애할 수 있는데.

이때, 띵똥띵똥- 아는 오빠들로부터 '근처니까 나와서 술 한잔하자.'는 메시지들이 왔다.

"됐네요, 알아서들 마시세요."

그렇게 답을 보내고, 다람은 또 한 번 한숨을 푸우욱- 내쉬었다. 혹시 남자 많아 보인다는 그 이미지, 그거 때문인가. 그 말을 대놓고도 못 하고 이렇게 나를 돌려까기 하는 건가.

그 시각, 땅이 꺼져라 한숨을 푹푹 내쉬는 사람 여기 또 있다. 그녀와의 메시지창을 오늘 하루 수천 번은 본 것 같다. 지금까지 보내 놓은 메시지들을 보면 질척질척- 그 자체. 제발 연락 좀 달라는 간절한 소리들이 가뿐히도 씹혀 있었다. 속이 탄다. 속이 끓는다. 답답해서 돌아 버리겠다. 솔직히 자존심이 너무 상한다. 그래도 내가 어디 가서 밀당 갑으로 자리한 세월이 몇 년인데, 이제는 최강 밀당 갑녀 이새아 앞에선 뭐라 명함도 내밀 수 없다. 그냥 덜 좋아하는 쪽이 갑이 되는 거다. 을은 이렇게 혼자 바싹바싹 애타며 썩어 가는 것밖에 할 수 있는 게 없다. 포기하자, 포기하자, 시부엉! 포기하면 되잖아, 그깟 여자!

하지만 이새아 그녀는 어떤 짓을 해 봐도 그깟 여자가 되지 않았다. 난생처음으로 첫눈에 반한 여자였다. 결혼에 대한 생각을 바꿀 만큼, 진심으로 좋아하게 된 여자다. 그때 기사 난 이후로 정말 각고의 노력으로 그녀를 포기하려 했지만…… 결국 안 되었잖아. 다 수포로 돌아갔잖아. 오히려 더 간절해졌잖아. 이렇게나 연락이 안 되는 거면, 나를 정말 대차게 거절하는 거다. 알아서 꺼져 줘야 하는 게 맞다. 그치만 진짜로 구질구질하지만 한 가지만 꼭 묻고 싶었다. 이렇게 먹튀를 하고, 혹시 조예찬한테 간 거냐고. 결혼은 조예찬이랑 할 거라서, 나를 이렇게 무참하게 버렸냐고. 그녀에게 찾아가 그런 질문을 하고 있는 나를 상상해 보면 더더욱 복장이 뒤집어진다. 생각만 해도 자존심이 바스락바스락 끝까지 구겨져 재가 된다. 잘 마시지도 않는 소주 몇 잔을 비웠다. 포기하자 포기하자, 밤새 그렇게 셀프로다가 되뇌었지만 결국 실패로 돌아가고 말았다.

안 되겠다. 그녀와 끝까지 가 봐야겠다. 죽이 되든 밥이 되든 여기서 멈추는 건 절대 못 하겠다.

♪♪

다음 날 낮. 이곳은 윤스포사, 아란의 웨딩드레스숍이었다. 오늘 이곳 룸에서 진영 신부가 신랑에게 깜짝 프러포즈를 할 계획이었다. 풍선부터 각종 파티용품과 케이크와 샴페인, 음악까지. 아란과 새아, 그리고 신부 진영이 파티 분위기가 나도록 직접 룸을 꾸몄다. 신랑이 이런 프러포즈를 받으면 얼마나 감격스러울까, 너무 좋아서 우시는 거 아니야? 킥킥- 웃으면서 즐겁게도 이벤트를 준비했다. 진영은 아무 일 없었던 듯 약속 장소에서 신랑을 만나 함께 숍으로 들어왔고 새아는 마치 방금 도착한 듯 명연기를 펼치며 두 사람을 맞았다. 그리고,

"오빠, 드레스 입고 나올 테니까 기다려!"

진영이 피팅룸 안, 커튼 너머로 들어갔다. 들어가자마자 그녀는 분주하게 웨딩드레스로 갈아입고, 풍선들을 들고, 아까 준비했던 손 편지와 반지 케이스를 옆에다 준비했다. 아란 원장이 직접 커튼을 걷어 주기로 했고 새아는 커튼이 열릴 때에 맞춰 음악을 틀기로 했다. 오늘 각 잡고 꾸미고 온 진영은 너무나도 아름다웠다. 드레스 입고 베일을 쓰자 정말 완전히 다른 사람이 된 것 같았다.

"커튼 열겠습니다!"

모두의 기대감이 가득 찬 가운데 아란이 커튼을 열었는데……!!

신랑님이 자리에 없었다. 풍선처럼 부풀어 오른 기대감이 단번에 꺼진 것은 물론이었다.

"오빠, 어디 갔어요?"

룸 밖에 있던 직원이 난감한 얼굴을 하며 말했다.

"왜 이렇게 오래 걸리냐고. 잠깐, 담배 피우러 가신다고 나가셨어요."

진영 신부의 표정이 민망함에 확— 무너진 건 물론이었다. 드레스숍 원장님부터 웨딩 플래너님까지 모두 이렇게나 정성껏 프러포즈를 도와주셨는데, 신랑이 탈주를 해 버리다니.

"어머, 우린 신랑님 어디 가셨을라나? 걱정 마세요, 신부님. 제가 찾아올게요."

이 분위기를 망칠세라 새아가 쪼르르 앞으로 나섰다. 티 안 내려고 했지만 자존심에 쩍쩍 금이 간 진영 신부의 얼굴이 붉으락푸르락 달아오르고 있었다.

"누가 보면 나만 결혼하고 싶어 하는 줄 알겠네."

진영의 툴툴거리는 말에, 새아는 가슴이 철렁했다. 그 마음이 뭔지 너무나 잘 알고 있기에.

♪♪

저번에 함께 만난 카페에서, 진영 신부는 새아에게 그동안의 속앓이를 털어놓았다.

262

"남친이 아무래도 쑥스러움이 많아서 프러포즈 같은 건 절대 안 할 기세예요."

아아, 그래요? 진영은 그래서 자기가 먼저 해 버려야겠다는 의지를 불태우고 있었다.

"뭐, 누가 먼저 하면 어때요. 더 사랑하는 사람이 하면 되지."

"……그것도 좋은 아이디어네요."

"솔직히 지금껏 결혼 준비를 제가 다 독박으로 했거든요. 남친은 그냥 항상 무성의하고, 무신경하고. 그래도 제가 프러포즈 딱! 하고 나면 마음을 알 수 있지 않을까요?"

새아는 그럼 드레스숍에서 깜짝 이벤트를 여는 게 어떻겠느냐, 아이디어를 냈고, 직접 아란에게 전화해 협조를 구했다. 그때만 해도 설마 신랑이 이렇게 나올 거라고는 예상하지 못했다.

♪♪

신랑은 드레스숍 근처에서 담배를 태우고 있었다. 다가오던 새아가 살짝 기침을 하는데도 그는 담배를 끄지 않았다.

"신랑님! 신부님 드레스 입었는데 뭐 하세요. 보러 가야죠."

"내가 봐서 뭐해요, 어차피 지 맘에 드는 거 고를 건데."

"그래도 이게 첫 드레스인데……."

"어차피 난 봐도 몰라요."

신랑은 플래너의 말까지 귓등으로 들으며 무성의하게 휴대폰을 툭툭 찍고 있었다. 별 중요한 걸 보고 있는 것도 아니었다.

"그래도 성의가 있죠. 저 안에서 드레스 갈아입는 게 쉬운 일이 아니거든요. 드레스도 엄청 무겁고, 덥고, 갑갑하고, 허리도 쪼이고."

"그냥 대충 고르지. 지가 무슨 공주님이 되겠다고."

정말 손님한테 이런 말 하는 성격이 아니었지만 속상한 마음에 뾰족한 말이 툭- 튀어 나가고 말았다.

"결혼하기 싫으세요, 신랑님?"

"해야죠, 합니다, 에잇."

신랑은 바닥에 침을 뱉어 담배꽁초를 비벼 끄고는 안으로 향했다. 진영이 말했던 그 무성의한 태도 그대로였다. 신랑이 룸에 입장하자마자 조명이 화아아악- 켜지면서 음악이 흘러나왔다.

"서프라이즈!!!"

진영은 화사한 웃음을 지으며 그를 놀래키려 했지만,

"이게 뭐야?"

신랑은 별로 놀라지도 않았다.

"내가 남자는 아니니까 무릎은 안 꿇을게."

"……!"

진영은 준비했던 예물 반지를 꺼내어 그에게 내밀었다.

"나랑, 결혼해 줄래?"

오히려 옆에 있던 아란이 더 감동을 하고 감격을 하는 상황. 옆에 있던 새아는 신부보다도 더 조마조마한 마음으로 신랑의 눈치를 살피고 있었다.

"저기, 그래. 진영아. 수고했어. 수고했는데, 뭘 이렇게까지 해. 옆에 분들 다 수고스럽게."

"어머, 저희는 아니에요. 괜찮아요."

아란이 화들짝 놀라 괜찮다며 웃어 주는데도 신랑은 이 상황이 달갑지 않다는 듯 잔뜩 미간을 구기고 있었다.

"뭐야, 이 반응은? 예쓰야, 노야?"

이에 진영의 목소리가 뾰족해졌다.

"당연히 예쓰지. 예쓰인데, 이렇게 부산 떠는 건 하지 말자."

"프러포즈가 부산 떠는 거야?"

"아이, 그리고 무슨 여자가 프러포즈야?"

"오빠가…… 안 할 것 같으니까, 내가 이러는 거잖아. 프러포즈 안 할 거잖아. 부산스럽다고."

"나 그런 거 진짜 싫다고 했지?"

진영은 살짝 울먹이기까지 하는 가운데 신랑은 점점 화를 내는 톤이었다.

"어째 결혼은 나만 원하는 것 같다?"

"아니, 누가 결혼 안 한대?"

"결혼하기 싫다는 사람 데꼬 다니면서 이러는 것 같잖아!!!"

"누가 싫대? 할 거 다 하고 있잖아! 누가 이렇게 공주병 걸려 갖고 온갖 쇼를 다 떠는데!?"

"쇼? 지금 쇼라고 했어?!"

순식간에 진영의 화가 임계치에 이르렀다.

"플래너님! 지금 내가 이상한 거예요? 내가 공주병 걸려서 난리 부르스 치는 거예요?"

"신부님……."

"드레스, 벗고 나올게요."

난감해진 새아가 중재를 위해 앞으로 나섰지만 진영은 확― 커튼을 치며 안으로 들어가 버렸다.

"아이씨, 쪽팔리게, 진짜."

신랑은 욕설이라도 할 기세로 험악한 얼굴을 하고 있었다.

"신랑님, 오늘 신부님이 풍선부디 게이크까지 다 직접 준비하신 거예요. 일찍 와서 룸도 엄청 열심히 꾸미셨구요. 여자가 먼저 프러포즈하는 거, 엄청 용기 낸 거예요."

"그니까 내가 결혼 안 한댔냐구요. 한다구요. 한다고."

이에 다시 한번 커튼이 확 제껴지며 화난 얼굴의 진영이 사자처럼 튀어나왔다.

"그 자세가 문제라는 거야! 누가 등 떠밀어 결혼해? 팔려 왔어?"

"에이, 신부님. 옷 다 갈아입고 나오세요."

다시 신부를 피팅룸 안으로 들여보내고 나자 이번엔 신랑이 밖으로 나가버렸다. 진영은 옷을 갈아입으면서도 꾸역꾸역― 눈물을 참고 있고 아란과 새아에게도 그냥 미안하다고만 하고 있었다. 물론 두 사람도 난감하고 민망하긴 마찬가지였다. 예전의 새아라면 혹여라도 결혼이 파투 나면 고객을 잃을까 봐, 어떻게든 두 사람을 화해시켰겠지만…… 지금은 신부 마음에 너무 공감이 갔다. 나여도 신랑이 저 정도로 성의가 없으면 이 결혼 해도 되나, 다시 생각해 볼 것 같다. 나와 함께 하는 일에 저렇게나 관심이 없고 무성의한데 어떻게 나를 사랑한다고 확신을 할 수 있겠는가.

사실, 진영의 마음에 더더욱 공감이 되는 이유는 예전 윤경훈과 사귀었을 때의 기억 때문이었다. 아무래도 새아는 결혼 관련한 것들에 대해서 얘기를 많이 꺼낼 수밖에 없는 직업이었다. 그럴 때마다 그녀는 자신의 일 얘기가 혹 경훈에게 결혼에 대한 압박으로 연결될까 봐 극혐을 하며 소름 끼쳐 했었다.

'아니, 결혼하자는 얘기가 아니라, 그냥 요새 이런 식장이 대세라고.'

항상 그렇게 구차하게 해명을 해야 했다. 결혼에 대한 모든 걸 극혐하는 그의 곁에서 결혼 생각은 없는 척, 아무런 욕심도 없는 척, 심지어 일 얘기조차 자제해야 했다. 그래서 다음으로 만나는 사람한테는 차라리 나는 결혼 생각이 있다고 솔직하게 까놓고 시작해야지, 다짐했었다. 혼자만 결혼이라는 헛꿈을 꾸면서 속앓이하고 싶지 않았으니까. 같은 곳, 같은 방향을 보면서 함께 걸어 나가고 싶었으니까.

꾸역꾸역 눈물을 참는 신부를 달래 집으로 보냈다. 아란과 룸에 남은 것들을 정리하고 나서, 터덜터덜— 너무나도 착잡한 심경으로 새아도 퇴근을 했다. 신랑, 신부 싸움에 휘말려 사이에 끼는 게 한두 번 있는 일도 아닌데, 유독 더 피곤하고 삭신이 쑤시는 날이었다. 그런데 빌라 현관 앞에 예상치 못한 게 있었다. 이따만한 꽃바구니가 놓여 있었던 것이다.

"……!!!"

심장이 또 한 번 철렁했다. 이, 이거 뭐야? 꽂혀 있는 한 장의 카드엔 딱 한 마디의 글귀가 쓰여 있었다.

사

귀

자.

25

좋은 사람 있으면
소개시켜 줘

솔직히 여기에 심쿵하지 않을 여자는 없을 것이다. 너무나도 화사한 코랄 컬러의 꽃바구니. 그리고 간결하게도 쓰여 있는 손글씨. 권지혁, 그 남자에게서 온 것이었다. 순식간에 가슴이 뭉클해졌다. 내가 오죽이나 연락을 안 받았으면 오죽하면 이렇게까지 했을까. 일단 꽃바구니를 들고서 안으로 들어왔다. 이상하게도 눈물이 막 고였다. 연락을 안 받은 건 난데 그냥 막 서러워진다.

'사귀자.'는 그의 말대로 우리가 연인이 된다면 그다음엔 어떻게 되는 거지. 그냥 연애만 하는 건가? 만약에, 만약에, 내가 결혼이 하고 싶어지면 어떡하지? 예전 윤경훈을 만났을 때처럼 그 마음을 꺼내지도 못하고, 꾹 참고, 아닌 척하고, 애태우면서, 혼자서 또 속을 끓이게 될까? 아니면, 어떻게 어떻게 결혼하잔 얘기가 나와서, 어떻게 어떻게 결혼 준비를 하다 보면…… 오늘 프러포즈를 했던 진영 신부처럼 되진 않을까. 나 혼자만 결혼을 준비하는 그런 처참한 상황이 되어 버리는 건 아닐까.

새아는 휴대폰을 들어 지금까지 읽씹 했던 지혁의 안타까운 메시지들을 쭈욱− 살펴보았다. 지금이야 니가 애가 타니까 매달리겠지. 그렇지만…… 나중엔 분명 내가 심술쟁이가 될 거야. 나 혼자 더 깊어지는 관계를 원할수록, 혼자 커지는 사랑을 어쩌지 못하면, 뭐라 제대로 말도 못 하고 심통만 낼 거야. 만나면 자꾸 짜증만 내는 나를, 니가 좋아해 줄 리가 없고.

결론은 이것이었다. 당신이 결혼에 대한 생각을 바꿨든 아니든 간에, 절대로 결혼 갖고 독촉하지 말자. 결혼하자ㄱ 들들 볶지 말자. 나 혼자만 시동 걸고 저 혼자 달려가고 싶지 않으니까. 내가 당신을 만난다면 정말 그런 마음 다 버리고 가야 한다. 또다시 비혼이니 결혼이니 그런 문제로 싸우기 전에, 내 마음을 다 비우고. 결혼 욕심도 다 버리고. 그렇게 다짐을 하고도 '될까?' 싶었다.

나는 그렇게 마음을 조절하는 데 자신이 없었다. 다 퍼 주면 퍼 줬지, 아낌없이 사랑하면 사랑했지, '당신하고는 연애까지만!' 그런 리밋을 거는 데는 자신이 없었다. 새아는 무릎에 고개를 묻었다. 오늘은 도저히 대답을 줄 수 없었다.

이 기다림의 한순간 한순간이 얼마나 고역인지 당해 보지 않은 사람은 모른다. 바에 앉아 진탕 술을 퍼마시고 있던 지혁의 곁에 상후가 찾아왔다.

"요새 너는 왜 맨날 이러고 사냐?"

이 새끼 갑자기 왜 이래? 또 여자 문제야? 최강 밀당 갑질남은 어디 가고?

"이거 봐."

지혁은 나라 잃은 것처럼 세상 쓸쓸하고 처량하게 꽃 배달 아저 씨가 보내 준 사진을 상후에게 보여 주었다.

"……너 꽃 보냈냐?"

예쁘지? 이 색깔이 코랄이래. 이 색깔을 좋아하더라구.

"니, 니가 꽃을 보냈다구? 그조차 상후는 잘 믿기지가 않았다. 와, 이놈 완전히 엎드렸네. 아니지, 꽃을 못 보낼 이유도 없지. 최 근엔 오로지 그 여자 하나 때문에 망해 가는 회사를 샀잖아. 수지 타산, 이윤 계산 그런 거 하나도 없이. 그 여잔 니가 뒤에서 이러 고 있는 거 알기나 해?

"연락이 되어야, 무슨 말을 하든가 말든가 하지."

뭐어어어? 감히 권지혁한테 꽃바구니를 받고도 잠수 타는 여자 가 있다고? 와우, 그 여자 독종이네.

"왜, 왜, 연락이 없지? 뭔 일 있나? 손가락 뿌러졌나?"

"그 여자 손가락 안 뿌러졌어. 지혁아."

"그럼, 나 진짜 농락당한 거야? 하룻밤 농락잼? 내가? 내가?"

지혁은 도저히 이 사실을 받아들일 수가 없었다. 왜, 왜, 왜 이렇게 나를 구질구질하게 해. 지혁은 이러다가 엉엉 울어 버리기라도 할 기세였다. 얌마, 얌마, 정신 차려.

"야아, 천하의 권지혁이 여기까지 추락하네. 대박이다."

"그 여잔, 밀당 괴물이야. 아주 무시무시한 빌런이라고!"

"너야말로 니가 말하던 밀당의 법칙 잊었어? 센 척하고 비싼 척하고 나가야지, 자꾸 퍼 주기만 어떻게 해. 이 호구야!"

"진짜 좋아하니까, 쓰벌, 못 하겠어. 밀고 당기기."

이젠 너무 진지해져서 장난도 못 치겠고, 밀당도 못 하겠고, 죽겠어. 그 여자가 거절할까 봐, 세상이 다 무서워.

"오늘은 전화해 봤어?"

"으헝헝, 못 하겠어."

너무너무 무서워 먼저 전화할 수가 없었다. 왜 꽃을 준 사람은 난데, 왜 이렇게 내가 안달을 하게 되는 건데. 그날 밤, 진짜로 새아에게선 아무런 연락이 오지 않았다. 지혁에게 세상 그보다 큰 절망이 없었다.

♪

다음 날 아침, 새아는 평소보다 굉장히 공을 들여 화장을 시작했다. 대충 바르던 파운데이션도 공들여 밀착시켰고, 아이라인도, 립스틱도 정성껏 발랐다. 내가 가진 가장 화사한 원피스를 꺼내 입었고, 가장 좋은 가방을 들었다. 그리고 무시무시하게 불편하지만 미치도록 예쁜 하이힐도 꺼내 신었다. 드디어 그에게 갈 모든 준비를 마쳤다.

♪

비행기에선 잠이 한숨도 오지 않았다. 그냥 열몇 시간을 꼬박 뜬눈으로 보냈다. 옆에서 뒤척이던 승휴가 계속 독서등을 켜고 있던 예찬에게 타박을 했다.

"너는 왜 퍼스트 클래스에서 잠을 안 자. 이 편한 데에서?"

이유는 하나, 느낌이 안 좋아서였다. 생각보다 뉴욕에 너무 오래 머물러 있었다. 그리고 그동안, 새아와 거의 연락이 되지 않았다.

"한숨 더 자. 아직 몇 시간 남았잖아."

승휴는 담요를 뒤집어쓰는데, 예찬은 도저히 잠을 잘 수가 없었다. 그냥 마음이 불안하고 또 불안했다. 이 섬뜩한 촉이 왠지 현실이 될 것만 같았다.

♪

공항, 카트에 트렁크를 실어 밀고 나오는데 그 수많은 인파 중

딱 한 사람이 눈에 띈다. 높은 하이힐에, 화사한 원피스를 입은 새
아였다. 오늘 그녀는 정말 연예인만큼이나 아름다웠다. 맨 처음,
웨딩드레스를 입었을 때만큼이나. 그녀에게 반했던 순간만큼이
나. 반갑기도 하고 좋기도 했지만 그녀가 이렇게까지 꾸미고 온
게 예찬에게는 다른 시그널로 읽혀졌다. 예찬을 맞는 환한 미소에
다른 감정이 껴 있었다. 뭔가의 비장함, 그리고 오기와 각오. 승휴
에게 트렁크를 부탁하고 예찬은 그녀에게로 다가갔다. 새아는 오
랜만에 한국에 왔으니 자기가 밥을 사겠다고 했다.

♩

　이곳은 공항 근처의 레스토랑. 넓게 펼쳐진 밤하늘을 가르며 비
행기가 뜨고 지는 게 보이는 곳이다.
　"뉴욕은 어땠어요?"
　그녀의 목소리가 벌써부터 바들바들 떨려 오고 있었다. 심장이
철렁- 내려앉는다.
　"뉴욕 날씨는 나빴어요. 제주도 날씨 검색해 봤었는데, 좋았죠?"
　"좋다가도 갑자기 흐려지기도 하고. 미안해요. 갑자기 휴대폰이
망가져서."
　"그게 미안한 일은 아니잖아요."
　"아뇨, 다 미안한데."
　휴대폰이 망가져서 연락 자주 못 한 거? 그거 말고 뭐가 또 미

안한데요.

"미안할 거 없대두요."

"그래도, 그냥 다……."

결국 울먹이던 새아의 눈물이 터졌다. 본인은 울 자격도 없다 여겼는지 그녀는 눈물을 참고 참고 또 꾸우욱- 참았다. 하아- 그 모습을 보며 예찬은 참아 왔던 한숨을 탁- 터트렸다.

'다 미안해요.' 웅얼거리는 그 말에 모든 게 다 담겨 있었다. 굳이 뭘 더 물어볼 필요도 없었다.

"그래도 예찬 씨 보고서 얘기해야 할 것 같아서요."

"일단 음식 나왔으니까 먹고 얘기해요."

새아는 애써 웃어 주기까지 하면서 포크를 들었지만 파스타를 다 뜨기도 전에 와장창 눈물을 쏟고 말았다.

"아우, 나 왜 그래?"

스스로 제어가 안 되는 게 민망한 듯 바쁘게 손부채질을 하며 눈가의 열기를 식혔지만 눈물은 멈추지가 않았다.

"권지혁이랑 결혼할 거 아니잖아요."

예찬은 직접적으로 그렇게 말했다.

"……!"

"그러니까 아직 나한테도 기회 남은 거 아니에요?"

새아는 참담하게 눈을 질끈 감았다가 고개를 옆으로 저었다.

"아닌 것 같아요."

비수처럼 잔인한 말이었다. 아니긴 왜 아닌데. 내가 왜 아닌데.

"지금 새아 씨 그렇게 힘들게 연애할 때 아니에요. 평생의 짝 만나서, 미래를 약속하면서, 아옹다옹 행복해야 할 때라구요. 뭣 하러 비혼주의자 곁에 머물면서 본인을 학대해요? 왜 지금 나이 에 미래도 안 보이는 그런 사랑을 하려 그래요?"

이어지는 새아의 말은 정말로 예찬의 속을 아프게 했다.

"나, 그래도 갈래요."

"아마 사귀는 내내 부딪힐 거예요. 새아 씬 세상 누구보다도 예 쁜 가정 꾸릴 수 있는 사람인데 미래 얘기할 때마다 말이 턱턱 막 힐 거예요. 혼자서 애끓고, 혼자서 괴로울 거라구요."

"그렇다 하더라도 이제 더 이상 예찬 씨가 신경 쓸 일 아니에요."

"이새아 씨가 상처를 받는데, 내가 어떻게 신경을 안 써요?!"

"……!"

그냥 눈물이 마구마구 샘솟아 어쩌지를 못하는 새아였다. 계속 다그치면 정말 크게 울어 버릴까 봐, 더 큰 소리도 낼 수가 없던 예찬이었고. 그는 가방에서 작은 상자를 꺼내어 내밀었다.

"어떤 색깔 좋아할지 잘 몰라서요."

그 안엔 다섯 개의 립스틱이 들어 있었다. 자그마치 다섯 개의 브랜드였다.

"일일이 매장 돌아다니면서 산 거예요. 여기서 제일 예쁜 코랄 이 뭐냐고. 색깔이 다 조금씩 다르더라구요."

이걸 사기 위해서 다섯 개의, 아니 그 이상의 화장품 매장을 돌 아다녔다. 민망하고 쑥스러워도 어쩔 수가 없었다. 그녀의 부탁이었으니. 상자를 본 새아의 눈빛이 파르르- 흔들렸다. 딱 봐도 알 수 있었다. 그녀는 이 립스틱을 받지 않을 것이다. 받는다 하더라도 바르고 다니지 않을 것이다. 절대로.

"새아 씨, 나한테 미안하단 얘기 자주 했었죠?"

권지혁과 웨딩 쇼에 서서도 미안하다고 했었고, 그다음 날 기사가 나서 미안하다고도 했었고, 그 남자와 같이 제주도 내려가게 되어서 미안하다고 했었고, 또 지금은 그냥 다 미안하다고 하고 있었고.

"그렇게 미안하면 이거 거절하지 말고 받아요."

"내가 염치도 없이 어떻게……."

"사람 정성 무시하는 거 아니에요. 뉴욕에서 사서 이거 환불도 안 돼요."

예찬은 립스틱을 하나하나 꺼내어 새아의 손등에 쭉- 선을 그어 컬러를 보여 주었다. 화장품 매장에 갈 때마다 직원들이 해 주던 방식이었다. 새아는 그냥 계속 울었다. 꾸역꾸역 참아 내면서도 울음이 솟아 나왔다. 이제는 예찬이 사과를 해야 할 차례였다.

"미안해요. 새아 씨 마음, 힘들게 해서."

"……!!!!"

그게 그의 마지막 말이었다. 너무도 착했던 그 남자, 예찬의 마지막 미소였고.

26

고양이를 부탁해

택시 안, 티를 내려 하지 않아도 눈물이 후둑후두둑- 볼도 거치지 않고 흘러내린다. 이렇게나 심장이 찢겨지듯 아플 줄은 몰랐다. 상처를 주는 쪽인데, 내가 가해자인데도 너무너무 마음이 아프고 속이 상한다. 조예찬, 당신은 이렇게 나에게 차일 사람이 아니다. 당신이 얼마나 대단한 사람인데, 얼마나 착하고 좋은 사람인데, 얼마나 완벽한 사람인데, 그런 그에게 끝끝내 지울 수 없는 상처를 주고 돌아서 나왔다는 게 도저히 믿겨지지가 않는다. 말도 안 돼, 내가, 어떻게 나 따위가. 지금 그의 마음이 얼마나 아플지, 누구보다도 내가 더 잘 알고 있었다. 사랑과 연애에 있어 언제나 을의 위치였기에, 주로 일방적인 거절을 당하는 쪽이었기에 그의 마지막 미소가 더더욱 마음 아팠다. 아무리 울어도 이 속이 풀릴 것 같지가 않았다.

이때, 엄마에게 전화가 왔다. 계속 전화를 거절하기도 미안해, 몇 번 목소리를 가다듬고 최대한 평정을 가장해 전화를 받았다.

아니나 다를까. 전화를 받자마자 쏟아지는 건 타박이다. 너는 왜 이제야 연락이 되니? 지금껏 뭐 하고 다녔길래. 웨딩 플래너란 애가 그렇게 잠수 타서 되겠니? 그동안 기사는 쏟아지지, 너랑 연락은 안 되지, 얼마나 답답했는지 아니?

– ……휴대폰이 망가져서요.

– 저녁은 먹었고?

방금 전 레스토랑, 주문한 파스타는 한 숟갈도 뜨지 못했지만 입맛도 없었고 배도 고프지 않았다.

– 뭐, 대충?

– 너 목소리가 왜 이래?

잔뜩 잠겨 버린 목소리를 엄마도 눈치챈 모양이었다.

– 그 웨딩홀 대표랑 싸웠어?

– 아니이.

– 야, 그 권 대표란 사람, 사람이 너무 됐더라. 너무 괜찮아.

– ……갑자기 왜?

– 세상에, 나 때 그렇게 스윗하고 다정한 남자 있었음 바로 짐 싸들고 시집 갔을 텐데. 우리 때 남자들은 다 왜 그 모양인지 몰

라? 이모들한테 얘기했더니, 다 찬성이래. 아주 찬성표가 몰렸어.

　－ 뭐, 뭐로 찬성?

　－ 사윗감으로!

에엥? 그새 또 무슨 일이 있었길래 권지혁이 사윗감으로 슈퍼 패스를 받은 것인가.

　－ 아우, 엄마. 김칫국 좀 마시지 마요. 무슨 사윗감이야, 갑자기.

　－ 아니, 그냥 엄마는 찬성이라고. 그러니까 엄마 신경 쓰지 말고 잘 만나 보라고. 언제 데려와도 나는 환영이야.

　－ 엄마, 그냥, 기대를 하지 말아 줘. 다 내려놔요. 그러다 더 실망해. 네?

　－ 에이, 무슨 실망…….

　－ 나야말로 누구보다도 결혼 욕심이 하늘을 찌르는 거, 엄마도 잘 알 거야. 근데 그 사람, 비혼주의자야. 그런 사람 만나서 나 혼자 결혼하고 싶어 갖고 애타고, 애끓고, 그러고 싶지가 않아. 엄마도 그 꼴 보기 싫잖아.

뭐어? 비혼주의자? 정연의 목소리에는 실망의 기색이 역력했다. 그, 그럼 결혼할 생각이 없다는 거야? 그놈 시키가?

　－ 나이 먹어서 그런 놈 만나다가 혼기 놓치면 어쩌려고?

　－ 그러니까.

아우, 아우, 머리 아파. 정연은 바로 뒷목을 잡았다. 어쩐지 사람이 꿀 발라 놓은 것처럼 지나치게 달콤하더라니. 결혼에 생각이 없어? 그놈 자식 속 빈 강정이로구만? 뭣하러 그런 놈한테 정성을 들여? 됐어 됐어, 그런 놈 나도 필요 없어.

– 어우, 알았어 알았어, 고민 잘해 보고, 알아서 잘 생각해 봐.

정연은 잔뜩 실망했는지 그렇게 말하고 전화를 끊었다. 엄마랑 그렇게 통화를 하고 나니, 어느덧 눈물이 멈춰 있었다. 티슈를 꺼내어 남은 눈물을 꾹꾹- 닦고서 새아는 그동안의 생각을 정리해 보았다.

사실, 그 일이 벌어지고 나서 처음엔 너무너무 부끄러워서 쥐구멍에 들어가고 싶었다. 하필 그 장면을 효이 기자한테 들켰다는 게 너무 수치스럽고, 그렇게 아니라고 말해 놓고 넙죽- 그런 일을 벌였다는 게 미안하고, 죄송스럽고. 정말 죄인의 심경으로 며칠을 살았다.

나는 나의 욕망이 창피했다. 내가 먼저 그렇게 남자에게 다가간 것도 처음이었고 먼저 그렇게 자자고 들이댄 것도 처음이었다. 내가 어쩌다 권지혁을 침대로 유혹해 버린 건지 그 생각만 하면 끔찍하도록 부끄럽기만 했다. 그래서 연락을 받을 수가 없었다. 내가 그런 일을 저질러 놓고도 수습할 자신이 없었다.

하지만 시간이 지날수록 분명해지는 건 그에 대한 끌림이었다. 그날 일은 술에 취해 벌어진 해프닝이 아니었다. 당시엔 그가 굉장히 절실했었고 짧지만 나름 심각한 고민 끝에 내린 결론이었다. 내 욕망을 계속 이렇게 부끄러워해야만 할까. 스스로 벌인 일에서 자꾸 이렇게 도망 다니는 게 맞는 걸까.

사람이 사람에게 끌리는 이유에는 머리와 가슴만 있다고 생각했다. 머리로 판단해서 그 사람의 조건에 끌리든, 아니면 가슴으로 다가온 사랑에 끌리든. 그러나, 권지혁은 세 번째. 몸으로 끌리는 남자였다. 내 머리가 그렇게 안 된다고 안 된다고 했는데도, 몸이 그 통제에서 벗어나 버렸다.

혼자 수치스러워하던 시간이 지나가고 나자 그가 또다시 생각난다. 그를 만나고 싶다. 하지만 이성이 다시 한번 이를 가로막았다. 예찬에게 완전한 이별을 고하기 전까지는 안 된다. 그게 예찬에 대한 예의일 것이다. 이미 그를 사귀고 있는 와중에 한국으로 돌아온 예찬을 만나 우린 이제 안 될 것 같다고 말하는 것도 너무 못된 일이다. 직접 그에게 이별을 말한다는 건 끔찍하도록 고통스러운 일이었지만 그럼에도 불구하고 꼭 말해야만 했다. 나를 좋아해 줘서 고맙다고, 당신의 마음을 받아 주지 못해서 미안하다고, 끝끝내 권지혁에게 가게 되어서 정말 죽도록 미안하다고. 마음 같아서야 오늘은 못된 나 자신을 타박하며 죽도록 울고만 싶었지만······.

어제 지혁이 보냈던 코랄빛 꽃바구니가 떠올랐다. 그의 연락을 안 받은 지가 벌써 한참이었다. 예찬의 입국이 생각보다 늦어져서 더더욱 연락을 못 받았다. 이제는 그의 고백에 답을 할 차례였다. 계속 미적거리다가 더한 상처를 주기 전에 그에게 가야 한다.

그 시각, 지혁은 거실 소파에 아무렇게나 널브러져 있었다. 세상은 절망으로 가득 차 있었고 삶을 살아가야 할 이유가 없었다. 오늘까지 답이 없다는 건 명백한 거절이었다. 그녀는 나를 다시 보려 하지 않을 것이다. 여기까지 생각하자 주책없이 막 눈물이 나오려고 했다. 생각해 보니 어제도 울었던 것 같다. 상후랑 술을 마시고 나와서 집까지 마구 오열을 하면서 돌아왔나 보다. 한 달 정도 실연을 하면, 그녀를 잊을 수 있을까. 그녀를 단념할 수 있을까. 지금 마음으로는 그 누구도 다시 사랑할 수 없을 것 같은데. 영원히 잊지 못할 것만 같은데.

바로 그때, '띠롱띠롱─' 그녀에게서 전화가 왔다. 그때의 심경은 말로 설명할 수가 없다. 깊은 바닷속, 산소 없이 아득하게 죽어가다가 갑자기 호흡기가 입에 물려진 기분? 그게 산소인지 질소인지 헬륨인지 알 수 없지만 일단 그는 절박하게 전화를 받았다.

─ 여보세요?

수화기 너머에선 아무런 소리도 들리지 않았다. 아주 작게 흐느끼는 소리만 조금 들리는 것 같았다.

─ 여보세요?

울고 있나? 그간 무슨 일이 있었나? 누가 죽었나? 진짜 무슨 일이지? 벌렁대는 심장을 간절하게 붙잡고, 제발 무슨 말이든 해 줘, 전화 끊지 말고, 그렇게 빌고 있을 때……

– 집 앞이에요.

새아가 한마디 말을 했다. 지혁은 허둥지둥 신발을 꿰어 신고 일층으로 내려갔다. 정말 순간 이동을 하듯 순식간에.

밖에는 정말 그녀가 있었다. 지혁이 사는 고급 빌라, 정원으로 꾸며진 녹지 사이에 그녀가 우뚝 서 있었다. 반갑고 좋기도 했지만, 미치도록 조마조마하기도 했다. 대체 무슨 말을 하려고 이 시간에 여기까지 찾아온 걸까. 그것도 이렇게나 예쁘게 입고. 저 멀리서 물끄러미 지혁을 바라보던 새아가 툭–하니 눈물을 터트렸다.

왜요, 왜 울어요. 그 눈물의 의미를 지혁은 도저히 알 수가 없었다. 그녀에게 한 걸음 한 걸음 다가가면서도, 그냥 머리가 어지럽다. 왜, 왜, 왜.

"내가 당신한테 온 게, 무슨 의미인지 모를 거야."

새아는 그렇게 말하고 고개를 푸욱 숙이고 엉엉 울고 말았다. 지혁은 그저 얼떨떨하게 그녀의 어깨를 두드리며 일단 달래 주고 있었다. 왜요, 왜 우는데요. 흑흑흑– 새아는 어깨까지 구슬프게 들썩여 가면서 펑펑펑 눈물을 쏟아 버렸다.

♩

그토록 결혼 결혼 노래를 부르던 내가 그에게로 왔다. 절대로 결혼을 보채지 않으리라 다짐을 하고서. 모든 걸 포기하고 그냥 그를 사랑하자, 딱 그 마음으로. 그가 말했었다. 결혼이라는 욕심이 내 눈을 가리고 있다고. 그래서 제대로 된 사랑도 못 하고 있고, 제대로 된 사람도 못 알아보고 있다고. 그의 말은 옳았다. 조예찬이란 남자는 결혼에 너무나도 적합했지만 내가 사랑하는 남자가 아니었다. 여러 번의 만남으로 그에게 내 마음을 정착시키려 했지만, 이는 결국 실패로 돌아가고 말았다. 같은 실수를 반복할 수는 없었다. 더 이상 아둔하게 굴어서는 안 된다. 이젠 정말 결혼 욕심 없이, 순수하게 내 마음이 끌리는 대로 사랑해야 할 때였다. 지혁은 일단 새아를 집 안으로 들이고 차가운 얼음물과 찬 수건을 갖다주었다. 꿀꺽꿀꺽— 냉수를 들이키고 찬 수건으로 얼굴의 열을 좀 식히고 나니 펑펑 우느라 흩어졌던 정신이 조금 돌아오기 시작한다. 그의 얼굴엔 걱정이 가득했다. 도대체 무슨 일로 그렇게 펑펑 우는 건지 의문과 불안감도 함께 섞여 있었다. 여기까지 왜 왔는지 시원하게 대답을 해 준다면, 그가 웃을 텐데, 그리고 나를 안아 줄 텐데, 그럼에도 불구하고 어쩐지 쉽게 입이 떨어지기가 않았다.

◊

야옹이는 오늘도 같은 자리에서 앞발을 쭉쭉 뻗어 다람의 열쇠고리를 탐하고 있었다. 저번보다는 길어진 집중력이었다. 드디어 이제 조금 친해진 것 같기도 했다. 그렇게 열쇠고리를 요란하게도 흔들어 주면서 열심히 야옹이와 놀고 있는데……, 저편에서 유준이 나타났다. 까만 봉다리 안에 캔사료를 달랑달랑 들고서.

"……!"

뜻밖의 만남에 다람이 멈칫했다. 유준도 내심 놀랐지만 부러 아무렇지 않은 척 다람의 옆에 쭈그려 앉아 캔사료를 따 주었다. 새끼 고양이는 환장을 하고 좋아하며 날름날름 핥아먹고 있는데 어쩐지 다람은 유준에게 고운 말이 나가지가 않았다.

"왜 쓸데없이 다정하고 지랄이야."

그가 고양이를 살뜰하게 케어하는 모습도 왠지 꼴보기가 싫었다.

"선배한테 지랄이 뭐니?"

다람의 거친 언행에 유준은 어이가 없다는 듯 피식— 웃음을 터트렸다.

"내 마음 무시한 놈, 다 지랄병 환자지 뭐예요. 이렇게 예쁜 여잘 두고."

"자존감이 너무 높으신 거지."

"자존심이 너무 세신 거지."

이게 진짜, 선배한테 반말이나 찍찍하고. 내가 아주 만만하다 이거지? 후, 옜다, 양보했다.

"오빠 동생 사이로 지내. 그럼 반말하게 해 줄게."

"그런 거 싫다면서요?"

"그럼 선후배? 멘토 멘티? 동종 업계 종사자? 뭘 원하는데?"

"누나라고 불러 봐요."

"이게 진짜……!"

다람은 시종일관 시니컬한데, 어째 유준만 점점 약이 오른다.

"뭐, 배울 점이 있어야 오빠라고 부르지. 비겁하게 그짓말이나 하고, 허구한 날 핑계나 대고."

"막 나가네, 얘가 아쭈?"

"이런저런 핑계 대지 말고 그냥 내가 싫다고 해요. 그럼 아쌀하게 쌩까 줄게."

"내가 너를 어째서 좋아해야 되지?"

"그러니까 싫어할 것도 없단 얘기죠, 나는."

"싫어, 싫으니까, 자꾸 들러붙지 마."

"……."

"있잖아, 혹시 이거 간택 아닐까? 근처에 엄마도 없는 것 같고. 혹시, 이 정도 문대는 거면 데려가 달라는 거 아닐까? 야, 야!"

야옹이는 유준의 신발에 붙어 귀여운 애교를 부리고 있는데 다람은 벌떡 자리를 털고 일어나 성큼성큼 저 멀리로 사라지고 만다. 싫다고 하면 아쌀하게 쌩까 주겠다더니 이렇게 즉시즉시 실천에 옮기는 모양이다.

"야, 고양인 어떻게 할 거야?! 꼬맹아?! 꼬맹아!"

27

사랑하게 될 줄 알았어

  아무도 없는 집에 돌아왔다. 딸깍— 스위치 한 번 누르면 켜지는 전등이지만 오늘은 불도 켜기 싫었다. 그냥 이 어둠 속에 있고 싶었다. 여기는 한국 집. 굳이 뉴질랜드를 떠나서, 뉴욕을 떠나서, 터를 잡은 곳. 굳이 한국에서 취재를 하겠다고 한 것도, 다음 전시를 한국에서 하겠다고 했던 것도 내 나라 모국에서 사랑하는 사람을 만나 가정을 꾸리고 싶었기 때문이다. 계속 해외로 돌다가는 영원히 정착할 수가 없을 것 같아서.

  하지만 오늘은 한국마저 나를 거부한 느낌이다. 세차게 등을 밀어 다시 밖으로 내보내는 것만 같다. 내가 이곳에 마음을 붙인 이유가 그녀 때문인데 결국 그녀는 그 남자에게 돌아가고 말았다. 그녀에게 무지막지하게 상처를 준 남자. 그녀를 끔찍하게 괴롭게 했던 남자. 나보다 영 점 일 초 정도 빨랐던 남자. 그때 타이밍을 놓쳐 버린 게 그렇게나 큰 실수였을까. 생각하면 괴롭고 괴로우니까 울고 싶다. 나는 그녀를 정말 좋아했다. 계속 엇갈리고 엇갈려 고백을 못 했지만, 정말 간절히 내 여자가 되길 바라고 있었다. 그러나 결국 그녀는 잡히지 않았다. 아무리 꽈악- 쥐어도 새어 나가는 모래알처럼 산산이 부서져 빠져 나가고 말았다. 나는 당신을 좋아한다. 아직도. 너무도.

오늘 저녁 레스토랑, 새아가 돌려주고 간 필름 카메라가 있었다. 미안하다 미안하다 거듭 말하고 돌려준 카메라엔 아직 현상되지 못한 필름들이 있었다. 인화해 볼까, 하다가도 문득 겁이 났다. 만약 그 사진기에 해맑은 얼굴로 셀카라도 찍어 놨으면, 감정을 주체하지 못하고 그 자리에서 엉엉 울어 버릴 것만 같았다. 그냥, 그 필름 카메라를 가슴에 품고 죽도록 그녀를 그리워하는 것 말고는 방법이 없었다. 이 마음을 주체할 방법이. 내가 당신을 잊을 수 있을까. 진짜 사랑했던 당신을, 쉽사리 잊을 수 있을까.

♪

정신을 차리고 나니 지혁의 집 소파였다. 한참 울고 울다가, 여기서 그냥 잠이 들었나 보다. 지혁은 저 일인 소파에 쪼그린 채 잠이 들었다. 우는 나를 달래고 달래다 저렇게 쓰러지고 말았나 보다. 조금 낯설게 주변을 돌아보았다. 이 남자의 집에 온 건 처음이었다. 역시 고급 빌라네. 인테리어도 너무 고급지고. 집 곳곳에 건물 관련 모형들이 놓여 있었고 벽에는 그가 그린 설계도들이 붙어 있었다. 새삼 신기했다. 그가 이런 사람이었지. 저런 엄청나게 커다란 건물을 짓는 사람. 문득 협탁 위에 놓여 있던 액자가 눈에 들어왔다.

"어?"

엽서 크기 정도의 자그만 액자 가운데에 낯익은 귀걸이가 하나가 걸려 있었다. 어? 저거 내 건데? 생각이 났다. 맨 처음, 그를 만나 키스를 했던 날 그때 잃어버렸던 귀걸이다. 떨어진 걸 주워다 간직했던 걸까. 아니면 키스하다가 그의 옷 어딘가에 걸렸던 걸까. 어쩜 돌려줄 생각도 하지 않고 애지중지 저렇게 걸어 놓을 건 또 뭐람.

괜히 웃음이 나와 쪼그려 있는 지혁 쪽을 바라보았다. 자는 걸 보니 좀 귀엽다. 호텔 방에서 일어난 날 아침에도 잠시지만 자다 일어난 그가 정말 정말 귀여웠다. 그에게 이런 감정이 드는 게 조금 낯설었다. 언제나 나를 화나게 하거나, 미치게 하거나, 미치도록 화나게 하는 남자였는데 지금은 꽤 다정하고 섬세해 보인다. 그녀를 달래기 위해 갖다 놓은 냉수들과 차가운 수건들이 주변에 널려 있는 걸 보니, 지금껏 알았던 그와는 다른 면이 느껴진다. 어깨에 걸쳐져 있는 담요를 끌고서 집안 곳곳을 둘러보는데 책상 위에는 웬 스케치가 한 장 그려져 있었다. 집을 설계한 그림이었다.

"……!"

놀랍게도 그것은 신혼집의 구상이었다. 크진 않지만 적당한 크기의 이층집. 여기는 다용도실 겸 세탁실, 여기는 드레스룸, 그가 아기자기하게도 이런저런 메모를 적어 놓았다. 그렇게 비혼주의를 고집하던 남자가 혼자서 뭘 이렇게 열심히 또 그려 놓은 거야. 다시 웃음이 피식− 터진다. 내가 몰랐던 그가 여기 이 집에 있었다. 나의 귀걸이를 애지중지 간직하고, 혼자서 신혼집을 스케치하고, 이런 옷을 입고 이렇게나 귀엽게 잠들어 있는 그가. 그는 나를 사랑하고 있었다. 내가 최선을 다해 밀어내는 만큼, 죽을 둥 살 둥 도망가려 했던 만큼 그는 나를 간절하게 붙잡고 싶어 했다. 이 집에서 다시 한번 깨닫게 되는 사실이었다.

다시 거실로 나와 일인 소파에 잠든 그를 물끄러미 바라보았다. 뭔가의 인기척이 느껴졌는지 그가 살짝 눈을 떴다. 새아는 그런 지혁을 가만히 바라보다가 그의 입술에 가만히 입을 맞추었다.

"……!"

좋아하기보다도 일단 불안해하는 그다.

"왜, 왜? 이러고 또 도망가려고?"

피식− 또다시 웃음이 나온다.

"아니."

"또 농락하는 거 아니야?"

"무슨 농락이야. 웃기는 소리 하지 말어."

자연스럽게도 반말이 나왔다. 이제 그는 나의 남자친구가 될 것이기에.

"그동안 힘들었지?"

지혁은 아직도 어안이 벙벙한지, 새아가 가까이 다가와도 일단 불안해하며 몸을 움츠린다.

"왜, 왜 이러는데?"

"이제 사귀려고."

"……뭐?"

더 이상의 긴말은 필요 없었다. 새아와 지혁의 입술이 포개어졌고, 지혁은 새아를 거부하지 않았다.

♪

모든 키스가 진심이었다. 이제야 생각이 난다. 나는 그를 간절히 원했었다. 그래서 그에게 덤볐었다. 제주도가 날 이상하게 만든 게 아니었다. 그냥 나를 솔직하게 만든 것이었다. 당신의 터치에 죽어 있던 감각들이 생생하게 살아났다. 그러고 보면 항상 그랬다.

맨 처음, 집 앞에서 당신과 키스했을 때. 잔뜩 비를 맞은 날, 당신이 내 귓불에 손을 대었을 때. 파투 난 결혼식장, 스프링클러 비를 맞으며 당신과 키스했을 때. 심지어 웨딩 클래스에서 함께 요가 자세를 했을 때. 우리 회사 교육생으로 와서 내 손에 핸드크림을 발라 주었을 때. 웨딩 쇼 모델을 한다면서 당신이 내 볼에 입을 맞췄을 때.

모든 날, 모든 순간, 나는 당신을 감각적으로 느꼈다. 자그마한 터치에도 온몸이 확 트이는 느낌이었고 내 모든 솜털이 당신을 향해 쫑긋 서는 느낌이었다. 당신에 대한 끌림이 무엇에서 시작되었는지 솔직해져야 했다. 당신을 만지는 게 좋고, 당신과 키스하는 게 좋고, 이렇게 맞닿아 있는 게 좋다고, 좀 더 솔직하게 당신을 느꼈어야 했다. 그간 나에게 이런저런 욕심이 너무 많았다. 그래서 이 감각에 충실할 수 없었다. 이 욕망에 솔직해지면 안 된다고도 생각했고.

지금 당신도 나만큼이나 키스에 몰입하고 있다. 그간 얼마나 나를 원했는지 나를 사랑해 왔는지 느껴지는 키스였다. 돌이켜 보면 당신은 처음 나에게 반한 이후로 그 열정을 멈춘 적이 없다. 나를 완전히 포기하려 한다던 순간에도 마찬가지다. 그 사랑을 이제야 받아 주어서, 이제야 함께하게 되어서, 미안하고 고마웠다. 우리 사이의 수많은 사건 사고들이 지나쳐 흘러가고 내 마음에 솔직해지기까지 이 정도의 시간이 걸렸다. 미안한 만큼 더더욱 당신을 구석구석 사랑해 주려 한다. 열정의 시간은 점점 더 깊어갔다.

어느덧, 지혁의 침대. 충분히 구석구석 서로에게 키스를 하고 났을 때, 둘의 온몸이 흥분으로 가득 차올랐을 때 이제 남은 목표는 하나였다. 서로에게 더욱더 깊숙이 파고드는 것. 그리하여 느껴지는 짜릿한 쾌감을 나누는 것. 이미 한번 겪은 일이었지만 아직도 낯설고 새롭기만 했다. 그때는 좀 정신이 없었다면 이제는 좀 더 정성을 들여 사랑을 느낄 때였다. 나신이 된 두 사람이 서로를 꾸욱- 껴안았다. 거친 숨에 토해 내는 신음이 미치도록 자극적이었다. 불꽃놀이처럼 터지는 사랑의 쾌감엔 끝이 없었다.

♪

씻고 나와서도 지혁의 표정은 부드럽지가 않았다. 방금 전, 그렇게 짜릿한 시간을 보내고서도 서운한 게 남았는지 아직 시무룩한 얼굴이었다.

"왜, 연락 안 받았어?"

침대 위, 커다란 팔로 그녀를 감싸고, 손끝으로 그녀의 머리칼을 만지면서 그는 그간의 서운함을 토해 냈다.

"혼란스러웠어, 좀."

혼란스럽긴. 당신이 혼란스러웠으면 나는 이미 죽었다. 쳇쳇. 지혁은 입을 삐죽이며 투덜거렸다.

"나는 죽는 줄 알았거든?"

"나, 결혼에 대한 모든 걸 포기하고 왔어."

"......?!"

"너한텐 연애의 무게감이 어떤 건지 모르겠지만 나는 가볍지가 않았어. 가볍게 하는데도 시간이 걸렸고 생각 정리하는 데도 시간이 걸렸고."

"……!"

"이제 나랑 그냥 연애하고 놀다 치워도 좋아. 아님 천년만년 아무런 약속 없이 연애만 해도 좋고. 일 년이든 이 년이든 십 년이든, 당신이 원하는 만큼 곁에 있어 줄게. 미래를 약속해 달라, 결혼해 달라, 절대 강요하는 일 없어."

"……그렇게까지 다 포기할 거 없어."

"아니, 나야말로 결혼 욕심 때문에 제대로 못 보고 있는 게 많았어. 판단도 흐렸고. 자기 말대로, 이제는 그냥 사랑할래. 내 마음 가는 대로. 몸 가는 대로."

"……!"

이제 이해가 좀 되려고 한다. 새아가 자신에게 오기까지 왜 그렇게 시간이 걸렸는지. 어떤 마음을 정리하고 온 건지.

"그냥 자기가 좋아서 왔어."

그녀의 귀여운 웃음에 그간의 서운했던 마음이 확- 풀어지는 지혁이었다. 역시, '오, 나의 갑님'이시다.

"협탁에 있던 그 액자 뭐야?"

그때 처음 만났던 날, 새아가 잃어버렸던 귀걸이를 말하는 것이었다.

"왜 안 줬어?"

"기회가 있을 줄 알았어. 우리 집에도 금방 놀러 올 줄 알았고. 난 진짜, 너랑 잘될 줄 알았거든. 근데, 이런저런 사건 터지고 나서 주려고 보니까 너무 변태 같더라고. 상황상 내가 막 들이대기도 좀 뭐했고."

"그래도 엄청 열심히 들이대셨거든요?"

"그만큼 반했으니까. 그만큼 당신을 좋아했으니까. 우린 그때 이어졌어야 했는데. 세련이랑 그런 일 없이, 그냥 행복해야만 했는데."

지혁은 새아를 끌어안고 그녀의 머리칼에 제 얼굴을 비볐다. 솔직히 말하자면 아직도 그녀가 내 곁에 있다는 게 너무도 황송하고 고맙고 이게 현실인가 꿈인가 싶다. 모든 순간이 벅차오르고, 아직도 너무 흥분이 되는데, 계속 좋다 좋다 말할 수가 없으니 이렇게 끌어안고 얼굴을 비비는 것이다.

"이제라도 이어져서 정말 다행이야. 앞으로 진짜 잘해 줄게."

그녀가 내게 왔다니, 드디어 나랑 사귀기로 했다니, 내 여자가 되었다니. 정말 폭죽을 터트리며 쾌재를 부르고 싶었다.

"그러려면 우리……."

다음 이어진, 새아의 말에,

"……비밀 연애해야 할 것 같은데?"

지혁은 자리에서 벌떡 일어났다. 뭐어어어어? 비밀 연애?

너와, 나의, 비밀 연애!

비밀 연애하자는 게 그렇게 놀랄 일이야? 지혁이 너무 놀라며 벌떡 일어나서 오히려 새아가 더 깜짝 놀랐다.

"왜 이렇게 놀래? 솔직히 이제 연애 시작했는데 다 오픈하긴 그렇잖아."

그, 그런가? 혹시, 미리 깨질 때를 대비하고 막 그런 거 아니고?

"그 기사 아니라고 아니라고 잡아뗀 지 얼마나 지났다고."

그, 그런가. 그렇지. 기사 해명한 지도 아직 한 달이 안 지났지. 쳇, 그래도, 그래도.

"뭘, 그래도야. 그럼, 그 기사 번복할 거야?"

버, 번복하긴 그렇지. 재혼설이 사실도 아닌데, 괜히 이상한 오해를 사기도 그렇고.

"그러다가 들키면?"

"조심해야지! 안 들키게."

"그러다 막 자랑하고 싶어지면 어떡하지? 이 여자가 내 여친이다?!"

"권지혁 씨, 연애 처음 해 봐요? 가서 커플 핸드폰 고리라도 맞출까요?"

푸우우- 지혁의 입술이 시무룩하게 삐죽- 튀어나왔다. 물론, 당장 공개 연애를 하고 새아의 사진을 프사로 해 놓고, SNS에 커플 사진으로 도배해 놓고 막 그렇게까진 아니더라도 언젠간 주변에 서서히 알릴 수 있게 될 줄 알았다. 이렇게까지 꽁꽁 숨기게 될 줄은 몰랐다.

"반드시, 반드시 비밀로 해야 돼."

새아는 그렇게 지혁을 여러 번 단속하며 입을 앙- 다물었다. 칫, 내가 부끄럽냐? 알았어, 알았다구. 간단하게 아침을 함께 먹고, 새아를 집 근처로 데려다줄 때였다.

"아냐, 아냐, 됐어. 너무 가까이 내려 주진 말고. 조기 앞에. 응응. 여기 내려 줘. 고마워어!"

새아는 작별 인사를 한다거나, 뭔가 스킨십을 할 그럴 틈도 없이 아주 쿨하게 돌아서 차 문을 닫고 집으로 쏙 들어가 버렸다. 어어? 이 여자, 보소? 얼른 출근 준비해야 돼서 마음이 급한 건 알겠는데, 그럼 뻗은 손이 좀 무안해지잖아. 휴, 왠지 모르게 한숨이 튀어나왔다. 어쩐지 이 연애의 을은 내가 될 것 같다. 그냥 을 말고 철저히 잡혀 사는 슈퍼 을.

출근하면서도 새아는 고민이 많았다. 어떻게 해야 이 눈치 빠른 웨딩 업계 사람들 사이에서 소문 안 나고 비밀로다가 연애를 할 수 있을까. 다들 보통 눈치가 아닌데. 흐음. 그런데 회사에 들어가자 아직 업무 시작 시간도 멀었는데 사람들이 우왕좌왕 바쁘게 움직이고 있다.

"무슨 일이야?"

드디어 깁스를 풀고 자유의 손이 된 유준도 바쁘게 회의실로 갈 준비를 하고 있었다.

"긴급 회의가 있어."

엥? 무슨 중요한 일이길래? 일단 따라오라는 말에 새아는 살짝 어리둥절한 채로 가방을 놓고 노트를 들고서 회의실로 향했다. 그곳에선 청천벽력같은 소식이 기다리고 있었다.

네에에에? 인수합병? 그것도 로안이랑?!

새아의 턱이 땅으로 떨어질 듯 떡하니 벌어졌다.

그, 그, 그게 웬 갑작스러운 소리예요? 두 회사가 하나가 된다구요오? 갑작스러운 명희의 발표에 직원들 모두 뭔가에 얻어맞은 듯한 표정인데, 어쩐지 유준 혼자 이를 미리 알고 있었던 듯한 얼굴이다.

"백 퍼센트 고용 승계 조건이야."

그, 그럼 우리 회사가 로안의 자회사가 된다구요? 아. 아니. 대표님이랑 로안 설 본부장님이랑 사이도 안 좋으시면서 어떻게 그런 결정을 내리셨대?

"솔직히 나도 이런 결정 내리기 힘들었어. 근데 앞으로 결혼인구는 꾸준히 줄어만 갈 거야. 그렇게 결혼에 큰돈 쓰는 분위기도 아닐 거고. 이래 갖고 컨설팅 유지하기 힘들어. 워낙 불경기이기도 하고. 사실 플래너들 생각해서 내린 결정이야. 차라리 대기업에서 인수하는 게 고용 보장에 있어서는 더 안정적일 거야."

직원들은 다들 얼떨떨하긴 했지만 그래도 뭐 반대할 건 없다는 반응이었다. 대기업 계열사 밑으로 들어가면 복지도 더 확대될 거고 좀 더 체계도 잡힐 테니까. 성진 건설의 자회사가 로안이니까 우리는 그럼 손자 회사쯤 되는 건가. 하지만 새아는 다른 직원들보다 훨씬 더 심각한 얼굴을 하고 있었다. 로안과 소울, 로미오와 줄리엣 같았던 회사가 하나가 된다니. 그것도 이렇게 갑자기. 당황스럽지 않을 수가 없었다.

"질문 있는 사람?"

명희의 말에 새아가 손을 번쩍 들었다.

"그, 그럼 조직은 언제 합쳐지나요?"

∿

같은 시각, 로안의 회의실. 그쪽 직원들 역시 회사가 합병된다는 소식에 놀란 건 마찬가지였다. 그중에서도 가장 얼떨떨한 얼굴을 하고 있는 건, 다람이었다. 지난밤 유준이 했던 얘기들이 떠올랐다. 지금 우리가 가까워졌다가 나중에 더욱 껄끄러워지기만 할거라고. 그때의 유준은 뭔가 알고 있는 듯한 얼굴이었다. 두 회사가 합쳐지는 걸 이미 알고 있었을 것이다. 혹시 그래서 나를 더 밀어냈을까.

"저희 경영진 쪽에서도 신중히 생각하고 내린 결론입니다. 곧 사무실 정리가 있을 거예요."

그, 그럼 어떻게 되는 건가요?

"아마 로안의 사무실로 소울의 플래너들이 들어오게 될 겁니다. 서류상 절차가 마무리되려면 멀었지만 그쪽 사무실 임대차 계약이 끝날 때가 되어서요."

지혁의 말에 다람은 더더욱 깜짝 놀랐다. 그럼, 진짜로 유준이 이 사무실로 오게 되는 건가?

회의가 끝나고 대표실로 가는데 새아에게 득달같이 전화가 걸려온다.

– 인수합병? 아니, 이 소식을, 내가 지금 알아야 돼? 이런 거 미리 말해 주는 게 그렇게 힘든 일이야?

아니, 말하려고 했는데…….

– 어제까지 전화 안 받은 사람인 누군데?

쳇. 말해 주려고 해도 못 했겠다. 물론 말하고 말고 그럴 정신도 없긴 했지만.

– 메시지라도 보내 주지 그랬어!?

어머나? 내 메시지를 그렇게 읽씹해 놓고?

– 그 소식이 그렇게 충격적이야?

– 앞으로 사무실 합쳐지면 어떻게 비밀 연애를 하려고 그래?

– 흠…… 그러게.

잠깐, 이 여자? 인수합병 소식 미리 말해 줬으면 연애도 보류했을 각이네.

– 여튼 주변에 안 들키게 조심해! 알았지?! 웨딩 업계 사람들, 엄청 촉 좋은 거 알지?

– 알았어, 알았어. 자기나 조심해.

– 나야, 완전 철벽이지. 이따 전화할게.

하고 바쁘게 전화를 끊는데 문득 그녀의 가슴이 묘하게 일렁인다. 자기라니. 자기라고 불러 주다니. 잠깐이었지만 상당히 달콤하고 기분 좋은 말이었다. 앞으로도 계속 그렇게 불러 주려나? 자기라고? 그럼 나는 권지혁 씨를 뭐라고 부른담? ……권 대표님? 회사가 합병되면 꼼짝없이 내 상사가 되는 거잖아? 괜히 또 막 괴롭히는 거 아니야? 흐음, 뭐라고 부른담. 그렇게 전화를 끊고서 계단 밑으로 내려가려고 하는데,

"권지혁이야?"

밑에서 유준이 불쑥 치고 들어온다. 어우, 깜짝이야. 이 자식은 어디서 이렇게 불쑥불쑥 나타나는 거야?

"전화 어디까지 들었어?"

"이따 전화할게~"

그 한마디만 들었으면 다행이군. 앞에 얘긴 못 들은 거 맞지?

"그렇게 그 남자 피해 다니더니, 콧소리 핑핑 섞어서 통화까지 하는 걸 보면…… 둘이 사귀기로 했나 봐."

으헝헝헝헝, 새아는 바로 울상이 되었다. 그 한마디에 알아채는 너의 눈치는 진짜?

"비밀로 해 줄 거지?"

이놈 앞에서 더 잡아떼어 봐야 의미가 없다. 하아아, 그렇게 권지혁 씨를 잡도리해 놓고, 나는 이렇게 일 초 만에 들키나요. 으헝헝헝.

"너는 얼굴에 너무 티를 내고 다니는 거지. 나 이제 연애 시작했다, 룰루리랄라. 그러구 다님 누가 몰라. 얼굴이 갑자기 햇님 요

303

정이 됐는데."

으헝헝, 그게 그렇게 티가 나? 막 내 얼굴에서 빛이 나고 그러니?

"차라리 인상 팍 쓰고 죽상을 하고 다녀."

"……이렇게?"

"그래, 주먹왕 랄프처럼."

유준의 말대로 미간을 팍− 찡그려 보았지만 그래도 얼굴이 자꾸 실실 펴진다. 기분이 좋단 말이야. 아까 그 '자기'라는 말 때문에. 오늘 저녁에 우리 자기랑 몇 시에 봐야 하나? 이따 칼퇴하고 지혁 씨랑 저녁 먹어야겠다~ 아쉽지만 새아의 그 소박한 바람은 이루어지지 못했다.

♪♪

"우리 직원들, 그동안 소울에서 고생 많았어. 이제 소울은 하나의 팀으로 남을지 모르지만, 그간 수고했단 의미로 오늘은 사비 털어서 내가 살게!"

회사 근처 고깃집, 명희가 맥주잔을 들고 건배사를 했다. 저녁에 회식이 있었다. 설 대표가 오늘 다 산다는 말에 플래너들은 열심히 잔을 부딪치며 술을 넘기고 있는데, 새아 혼자 세상 시무룩한 얼굴로 지혁에게 메시지를 보내고 있다.

'어떡하지? 오늘 회식은 못 빠질 것 같은데?'

괜히 '저 먼저 나갈게요.' 하고 일찍 일어났다가 '이 팀 혹시 남자 생긴 거 아니야?' 누군가 레이더를 세울지 모른다.

'할 수 없지. 일차 끝나면 데리러 갈 테니까 연락해.'

소울에서 퇴근하는 새아를 데리러 가려고 근처에 차까지 대 놓고서 기다리고 있던 지혁이었다. 그도 오늘 퇴근하자마자 부리나케 소울 근처로 달려왔다. 이제 일 일 된 내 여친, 새아가 너무 보고 싶어서. 흠, 그럼 그때까지 뭐 한담. 일차 끝날 때까지 호텔 헬스장 가서 운동이나 할까. 그러다 샤워할 때 전화 못 받으면 어떻게 하지? 그럼 새아 씨네 집으로 음흠흠흠— 쳐들어갈까? 히힛!

계속 차에 혼자 있기도 뭐해 지혁은 회원권을 끊어 놓았던 헬스장에 가서 으샤으샤 역기를 들었다. 이제 여자친구도 생겼으니 말이야. 힘이 필요할 때라고. 근력도 키우고 말이야. 흣흣. 그러나, 깨끗하게 샤워까지 마치고 호텔 로비에 나올 때까지 새아의 회식은 끝나지 않고 있었다. 심지어 아직 일차 자리에 있다고 했다.

'벌써 운동 다 끝났어? 미안해, 미안해. 내가 무슨 핑계를 대서라도 빠져나갈게.'

다시 근처에 도착했다는 지혁의 메시지를 받은 새아가 비장한 표정으로 주변을 둘러보았다. 어느덧 넘실넘실 다들 술이 좀 오른 분위기. 나 하나 빠진다고 해도 대세에 지장 없겠지?

"저는 내일 새벽에 메이크업 체크가 있어서요. 먼저 일어나 볼게요."

그러나 명희는 새아를 놓아주지 않았다.

"무슨 새벽에 체크야. 아침에 가. 아침에."

"그 신부가 엄청 까다로워서요. 새벽부터 봐 줘야 돼요."

유준은 새아의 속셈이 뭔지 뻔히 다 알고 있는 듯했지만 그래도 그녀를 위해서 한마디 거들어 주었다.

"아! 그 신부! 내가 알지! 내일 메이크업 시작할 때 너 없으면, 시작 안 하겠다 그럴걸?"

"그러니까 나는 왜 그런 까탈쟁이만 걸리나 몰라."

그래애애? 명희는 아쉽다는 듯, 새아에게 막잔을 따라 주었다.

"우리 소울에서 사실 제일 고생한 사람이 이 팀장인데."

"네네, 앞으로도 로안 들어가서 열심히 할게요. 대표님이야말로 정말 고생 많으셨어요."

"우리 러브 샷 하자, 러브 샷!"

그렇게 명희와 러브 샷까지 탈탈 털어 마시고 나서야 새아는 겨우겨우 고깃집에서 탈출할 수 있었다. 여기 고깃집은 폴딩도어로 다 오픈이 되어 있는 구조라 빠져나와서도 누가 보고 있지는 않은지 한참 눈치를 봐야 했다. 괜히 근처를 배회하고 있는 직원은 없나, 골목 구석구석까지 둘러본 뒤에야 새아는 주차되어 있던 지혁의 차로 몸을 던졌다. 이건 뭐 첩보 작전이 따로 없네.

"많이 기다렸지?"

사귀기로 한 첫날부터 너무 기다리게 했지? 미안한 얼굴로 지혁을 보는데 새아를 보는 그의 두 눈에서 꿀이 뚝뚝 떨어진다.

"완전!"

뭐야, 이 눈빛. 되게 귀엽고 달콤하잖아. 남친이 되니까 굉장히 귀엽네, 권지혁 씨.

"미안해, 저분들 속여 먹기가 왜케 힘드니."

"혹시라도 누구한테 뭐 들킨 거 없지?"

정곡을 콕─ 찌르는 지혁의 말에 새아는 잠시 입술을 깨물었지만, 곧 능청스럽게 고개를 저었다.

"아니, 없어."

뭐, 유준이야 소문을 더 퍼트릴 사람은 아니니까. 내가 그렇게 그렇게 단속을 해 놓고 당장 들켜 버린 게 창피하기도 하고.

"나, 고기 냄새나지 않아?"

"음, 어디 한번 맡아 볼까?"

지혁이 헤헤─ 웃으며 새아에게 다가와 입을 맞추려는데……

"으아아아악!"

뭔가를 발견한 새아가 기겁을 하며 소리를 지르다가 카시트를 젖혀─ 쭉 눕는다. 일차 끝내고 나온 직원들이 하필 이 골목에 떼로 몰려오고 있었다. 이대로라면, 둘이 함께 있는 걸 들키는 건 순식간……!

29

연애하면 행복해?

직원들은 점점 더 가까워져 오는데, 그렇다고 갑자기 차에 시동을 걸어 다른 데로 움직이기도 뭐한 상황이다. 새아는 지혁에게도 얼른 카시트를 눕히라고 옆구리를 쿡쿡 찔렀다.

"꼭, 이렇게까지 해야 돼? 이 차 선팅도 굉장히 잘되어 있는데."

"얼른 안 누워?"

산적처럼 험악해지는 새아의 얼굴에 깨갱— 지혁이 카시트를 젖혀 앞에서 보이지 않게 바짝 누웠다. 이러고 누워 있는데 들키면 더 웃긴 거 아니야? 왁자지껄 떠들던 소울의 직원들은 진짜로 지혁의 차 옆을 아슬아슬하게 지나쳐 이차 장소로 갔다. 다행히도 차 안에 있는 둘을 발견한 사람은 없었다. 직원들이 모두 지나가고 난 뒤에야 새아는 안도의 숨을 내쉬며 카시트를 올려세웠다. 끄으응, 이거 비밀 연애도 쉬운 게 아니네.

이때, 지혁의 휴대폰에 메시지가 왔다.

'지혁아, 요새 최수현이 안예은이랑 연애한대. 그거 사진 찍겠다고 너네 빌라에 기자들 쫙 깔렸어. 오며 가며 조심하라고.'

상후가 찌라시와 함께 던져 준 메시지였다. 기자들에게 뜻밖의 떡밥을 던져 주기 전에 알아서 행동 조심하라고. 스캔들로 가장 사진 많이 찍히는 곳이 주차장, 뭐 집 근처, 아닌가. 기자들이 이런데 다 매복해 있다고? 그 말인즉슨,

"오늘은 밖에도 못 돌아다니겠는데?"

상후의 메시지를 본 새아도 곧 고개를 끄덕였다. 이렇게 탑스타님들도 행동거지를 조심하시는데 우리라고 막 다닐 수 없지. 저번처럼 또 기사 나고 그러면 너무 난감해지잖아? 그럼 지혁의 집으로 같이 들어갈 수도 없고, 여기 청담동 바닥을 돌아다닐 수도 없고. 결국 둘의 데이트 장소는…….

♫

새아의 집이었다. 문제는 배가 고픈데 냉장고에 먹을 게 별로 없다는 것이었다.

"흠, 재벌 이세랑 연애하면 휘황찬란 꽃길 열릴 줄 알았는

데……."

그녀는 배달 어플을 통해 도시락 세트 두 개를 주문했다.

"뭐 꼭 그런 건 아니네?"

지혁은 민망한 듯 입꼬리에 힘을 주어 씨익- 웃어 보였다.

"우리 오늘 첫 데이튼데 너무 낭만 리스 아니야?"

"흠, 비밀 연애 힘들면 그냥 오픈하고 사귈까?"

"안돼에! 그럼 나 혼삿길 막혀!"

뭐어? 누구 혼삿길?

"아니, 결혼이고 뭐고 다 포기하고 왔다면서?"

"지혁 씨랑은 그렇다는 거지, 뭐, 내가 영원히 시집 안 갈까 봐?"

어어? 이 여자, 사상 보소?

"그럼, 나 말고 벌써 다음을 생각해?"

"우리가 진짜 스무 살 꽃청춘이면, 영원할 것처럼 연애하겠지. 근데, 이제 우리 그런 나이가 아니잖아. SNS에 미주알고주알 데이트 사진 올렸다가 헤어지면 지우고, 아님 계폭하고, 그럴 때도 아니고. 나는 이제 결혼할 사람 아니면 사진 안 올릴 거야."

어랍쇼오? 이 여자가, 증말.

"당신은 어떨지 몰라도 난 일반인이잖아. 이런 기사 몇 번이면 완전히 혼삿길 막힌다고."

"아하? 나 역시 그냥 스쳐 지나갈 남자다?"

"연애란 게, 결혼이 목적이 아니라면 언젠가 그렇게 되겠지?"

"와, 이새아 겁나 쿨한 척한다?!"

이, 이분, 내가 알던 이새아 맞아? 그분이 이렇게 관계에 쿨한 분이 아니었는데.

"내가 지금껏 호구였던 건 나만 너무 견고한 관계를 원했기 때문인 것 같애. 이젠 나만 안달 나는 연애는 안 할 거야."

"내가 안달 나면?"

"뭣 땜에 안달 나는데? 당신이 안달 날 게 뭐가 있어?"

어머? 뭐에 안달 나긴. 이새아, 당신한테 안달이 나지. 억울함이 누적된 지혁이 뭔가 항변을 하려는 찰나, 띵똥 — 배달시킨 음식이 어느덧 문 앞에까지 왔다.

"숨어 봐."

"뭘 숨어, 벌써 음식 몇 인분을 시켰는데."

"에잇, 들어가 있으래니까! 슛!"

별걸 다 조심하네. 지혁은 하는 수 없이 침대방에 들어가 몸을 숨겼고 새아는 혼자 나가서 배달 음식을 받았다. 다시 나와 테이블에 앉아 음식을 뜨면서도, 지혁은 이 상황이 마음에 들지 않았다. 첫 데이트인데 어디 나가서 맛있는 것도 못 사주고, 게다가 뭐, 내가 스쳐 갈 남자라고? 이제 시작한 사인데 너무하는 거 아니야? 그러던 지혁의 시무룩한 표정은 음식을 한 입 먹자마자 완전히 달라졌다.

"어어? 이 맛은?"

뽀로롱— 새아 역시 이와 같은 표정이었다.

"이거슨 배달 음식의 퀄리티가 아닌데?"

"무슨 도시락이 이렇게 맛있어?"

"여기 어디야? 대박 맛있다!"

이건 도시락계의 혁명이었다. 배달 음식계에 미슐랭이 있다면 만점을 줘야 할 음식이었다. 배고팠는데 너무 잘됐다. 어느덧 지혁과 새아는 잠시 투닥거리던 것도 잊고 진짜 맛집에 온 것처럼 싹싹- 도시락을 비우고 있었다.

♪

그 시각, 유준은 이번 달 월급에서 월세와 대출금과 생활비를 제해 놓고 남는 금액이 얼마인지 계산해 보고 있었다. 미리 실비 보험을 들어 놓기는 했지만, 그래도 병원비에서 자기 부담금이 꽤 컸다. 남는 건 물론 없었다. 다음 달 카드값을 또 걱정해야만 한다. 후우우- 예상치 못한 큰 지출에 유준에게선 맥빠진 한숨이 튀어나왔다. 몇 주 입원하고 치료했던 것 때문에 고객 계약률에 따른 성과급도 크게 깎여 있었다. 저축액이든 비상금이든 좀 있어야 이 보릿고개를 넘길 텐데, 지금은 이것저것 돌려막기 바쁘다.

이때, 엄마에게 전화가 왔다.

- 여보세요?

- 응, 유준아. 너 이번 달 병원비 때문에 생활비 빠듯하지 않나 해서.

그건 또 어떻게 알고 전화를 주셨담.

- 네, 먹고 죽을 돈도 없어요.

- 엄마가 용돈 좀 부쳐 줄까?

- 아우, 내 나이 삼십 넘은 지가 언젠데.

- 엄마가 이십만 원이라도 보내 줄게.

- 에이, 의미 없어요.

- 서울에서 하고 싶은 거 많잖아. 놀 것도 많고. 연애해, 연애.

- 엄마, 서울에서 이십만 원으로 연애 못 해. 밥값이 한 끼에 얼마인데, 그걸 갖고 연애를 해요.

- 너는? 언제까지 연애도 안 하고 수도승처럼 살려고?

- 그럼 빚져서 연애할까? 것도 너무 노답이잖아요. 안 그래도 카드빚 돌려 막기 바쁜데.

- 그렇게 다 포기할 거면 머리 깎고 절로 들어가든가.

- 그럼 어떻게 벌어서 어떻게 학자금 갚아.

- 쳇, 주변에 여잔 좀 있구?

웨딩 업계에 내가 청일점이죠. 주변에 여자밖에 없죠.

- 많죠. 좋다고 달려드는 애들.

- 그러고도 연앨 안 해? 너 여자들이 천년만년 따라붙을 것 같지? 여자애들도 영악해서 삼십대 넘으면 조건 따져 가면서 냉큼 시집간다? 그땐 주변에 여자가 있을래야 있을 수가 없네요. 연락이 얼마나 깨끗하게 끊기는데. 그럼 너 혼자 남는 거야. 젊음 믿고 깝치지 말고, 젊고 탱탱할 때 얼른 예쁜 아가씨 골라잡아. 것도 다 시기가 있는 거야.

- ……예쁜 아가씨를 무슨 자본으로 골라잡아. 내가 지금 빚이 얼만데.

빚이 많아서 내가 행복해질 수가 없잖아. 웃을 여유도 없고.

- 니가 스스로 웃을 일을 만들지 않는데, 어떻게 행복해지니?

어이구어이구, 찌개 탄다. 엄마는 그렇게 금방 전화를 끊었지만, 그 마지막 말이 깊게 여운을 남겼다. 스스로 웃을 일을 만들어야 행복해지는 건가. 행복은 외부의 조건과 환경으로 결정되는 거 아니었나. 이때, 치즈태비 새끼 고양이가 다가와 유준의 무릎으로 안겨 든다.

"상냥아, 오빠랑 둘이 살래?"

이 집에 한번 들어온 이상, 이 애교 많은 냥이는 여기서 나갈 생각이 없어 보였다. 아무래도 간택이 확실했다. 유준은 냥이를 안아 들고서 혼자 조용히 중얼거렸다. 상냥아. 내가 자존심이 센 거니? 그냥 찌질해지기 싫어서 그런 건데, 내가 이상한 거니? 연애하면 행복해?

연애, 너무 재밌네?! 오호호— 지혁과 새아는 카메라 어플로 이것저것 코믹한 사진들을 찍고 있었다. 혼자 하면 별로 재밌지도 않던데, 같이 찍으니까 꽤 웃긴 사진들이 나왔다. 요새 테크놀로지 좋네. 어플로 다 합성을 해 줘.

"우하하, 이게 뭐야?"

점점 더 코믹한 표정을 짓는 지혁 때문에, 새아가 폭소를 터트렸다.

"와, 지혁 씨 이런 사람이었어?"

나는 이것보다는 좀 점잖고 경건한 사람인 줄 알았지?

"왜, 웃겨? 자기가 웃었으면 됐어."

지혁은 그렇게 새아를 웃게 하는 게, 기분이 좋은 모양이었다. 갤러리에서 오늘 찍은 사진들을 하나하나 살펴보는데 특히 다정하게 찍힌 사진 한 장이 정말 프사급이었다.

"와, 이거 나 좀 보내 줘."

"어디 올리는 건 안 돼!"

그냥 갠소할 거거든? 뭐 이렇게 단속이 심해. 쳇쳇.

"근데 혹시, 어머님한테도 얘기 안 할 거야?"

"울 엄마? 절대 안 돼! 완전 김칫국 들이마실걸? 권 서방이랑 언제 날짜 잡을 거냐며 너무 조급해하셔서 안 돼. 혹시 그런 어택 들어오면! 내가 다 막아 줄게, 걱정 마."

흐으음, 꼭 그렇게까지 철벽 수비를 바라는 건 아닌데.

"잠깐, 근데 나는 왜 지혁 씨야?"

"그럼 뭐라고 불러?"

"오빠? 자기야?"

푸훗- 새아는 현실 웃음을 터뜨렸다.

"나도 그럼 이새아 씨 이렇게 불러?"

아니, 그건 좀 그렇지만. 사실 지혁이 '자기'라고 불러 줄 때마다 속으로 움칫둠칫 설레하며 좋아하던 그녀였다. 근데 내가 자기라고 부르기는 좀……. 아직 부끄러운 것도 있고.

"나중에 내키면 불러 줄게."

"뭐야? 그럼 그때까지는 권지혁 씨라고 부를 거야?"

"입에 뱄어. 그게."

오늘 도시락 양이 많았는지 먹고 가만히 있으니까 잠이 온다. 마음 같아선 이 집, 내 공간에 들어온 지혁의 모습을 조금 더 바라보고 싶은데 조금 더 대화하고 싶은데, 꿈뻑꿈뻑- 자꾸 눈이 감긴다.

"자? 불 꺼 줄까?"

"아니, 안 졸려."

"나는 어떻게 하라고?"

"……."

"같이 자?"

새아는 별 대답도 없이 꾸벅꾸벅 졸다가 픽- 쓰러져 잠들어 버리고 말았다. 그 모든 걸 실시간으로 지켜보던 지혁은 피식- 웃음을 터트렸다. 아니, 공식적으로는 남친이 처음 집에 놀러 온 건데 이렇게 풀썩- 잠들어 버리면 어떡해? 같이 좀 놀아 주고, 서로 좀 스킨십도 하고, 그런 거 없어? 이봐요, 이새아 씨. 그러나 대충 쓰러져 잠들어 버린 새아의 모습이 너무 귀여워서 일단 그냥 지켜보고 있기로 했다. 흠, 나는 어떻게 해야 하나. 양심적으로다가 짐 챙겨서 슬쩍 나가야 하나. 아니면 나도 여기서?

♫

정신을 차렸을 땐 이미 새아의 휴대폰에서 알람이 울리고 있었다. 아, 아침이잖아. 나, 여기서 잠든 거야? 새아가 화들짝 잠에서 깨었다가 언제나 혼자 잠들던 침대에 지혁이 함께 있는 걸 보고 더더욱 깜짝 놀라 몸을 움츠린다. 어우, 아직 이분 아직 안 갔어? 더더욱 놀라운 건, 휴대폰에 도착한 메시지였다.

"오, 오늘 로안으로 출근하라고?"

설 대표가 오늘 그녀를 로안으로 호출한 것이다.

"지혁 씨, 나 왜 여기로 부르는 거야?"

지혁도 방금 잠에서 깨어 어리바리 멍하게 있는 가운데 연유를 알 수 없다는 듯 고개를 저었다.

"글쎄, 왜일까?"

낸들 아우? 저 쌍둥이 자매들이 나름의 회동을 준비했나 본데? 미팅에 나보고 참석하란 말은 없었는데. 음, 근데 잘된 거 아닌가?

"우리 로안으로 같이 출근하면 되겠다."

"아냐, 집에 다녀와. 지혁 씨는 가서 옷 갈아입고 출근해."

"왜?"

"어제랑 셔츠가 똑같잖아."

"셔츠ㅇㅇ?"

317

"아니면, 가다가 셔츠만 사 입을까? 사람들이 눈치채면 어떻게 해?"

아우, 설마, 직원들이 내 셔츠 색깔을 다 일일이 기억하고 그러고 있겠어?

"에이, 설마."

"일단, 늦겠다. 얼른 움직이자."

둘이서 같이 출근 준비를 하다 보니 지혁이 집에 가서 따로 옷을 갈아입고 오기도 빠듯한 시간이었다. 일단 어제 입었던 옷 그대로 차를 타고 로안 근처까지 갔다.

"나 여기쯤 내려 줘. 같이 들어가는 거 들키면 이상하잖아. 나는 여기서 걸어갈게."

"저, 저기……."

"이따 봐! 철저히 비밀로 하는 거 잊지 말고."

오늘도 새아는 별다른 스킨십도 없이 차에서 냉큼 뛰어내려 꼿꼿하게 종종종 뛰어갔다. 야, 항상 이렇게 아쉽게 군단 말이야. 이렇게 여지도 없이, 뭐 한번 돌아보는 것도 없이. 그렇게 지혁이 아쉽게 입맛을 다시고 있는 가운데 길 건너 저편에서 이 모든 걸 목격한 사람이 있었다. 바로 명희였다.

30

아까 누구 차에서
내린 거야? 남친?

로안에 들어가자마자 새아는 영희인지 명희인지 알 수 없는 여
자를 마주쳤다.

"안녕하세요, 본부장님……이 아니라, 대표님."

살짝 찡긋하는 미간을 보니 상대를 잘못 때려 맞춘 모양이었다.

"이 아니라, 본부장님."

머쓱하게 인사를 하는데, 그녀의 눈썹이 다시금 찡긋한다.

"너는 나랑 몇 년을 일했는데, 나를 못 알아보니?"

설명희 대표님이 맞았다. 끄으응, 이 쌍둥이 자매는 어쩜 그리
오랜 기간 안 보고도 이렇게나 서로 똑 닮았나 몰라. 심지어 옷 입

319

는 스타일까지.

"아까, 누구 차에서 내린 거야? 남친?!"

우읍우읍?! 하필 명희가 아까 지혁의 차에서 내리던 그 장면을 본 모양이었다.

"움, 오늘 내가 뭐 타고 출근했더라? 움, 버스에서 내리지 않았어요?"

"뭔 소리야. 좋은 차에서 내리두만. 그 파란색 차."

아이고, 어디서 그걸 또 보셨나요.

"내가 사거리서 걸어오는데 이 팀이 쩌기서 내리더라고. 뭘 조심할 게 있다고 그렇게 멀리서 내려?"

아핫아핫, 내린 지점까지 정확하게 보셨구나. 새아는 진땀을 빼며 이리저리 둘러댔다.

"그, 그런 건 움, 요새, 프라이버시잖아요? 하하핫?"

"남친 생겼음 생겼다 그럼 되지, 비밀로 할 게 뭐 있어? 내가 알면 어디가 덧나?"

그, 그럼요. 덧나죠. 나름 얼마나 철저히 비밀로 하고 있는데요. 만약 소울과 로안이 하나 된다면 우리 설 대표님도 금방 알게 되겠지? 그 푸른 차의 주인이 권지혁 대표란 걸? 하아, 이 눈치 빠른 웨딩 업계에서 어떻게 이 비밀 연애를 유지해 나간담. 그렇게 이런저런 얘기를 나누며 회의실로 들어가자 그 안에 영희가 있었다.

"어이쿠, 안녕하세요. 본부장님."

참, 볼수록 구분 안 되는 두 사람이네. 마침 지혁도 바로 뒤따라 들어와 모인 이들에게 인사를 했다.

"좋은 아침."

지혁의 연기는 자연스러웠다. 정말 오랜만에 새아를 본다는 듯한, 옅은 미소. 그러나 이번엔 영희가 뜻밖의 어택을 날렸다.

"어머, 대표님, 셔츠가 어제 입은 거랑 똑같네요."

와, 이 자매, 눈썰미 왜 이렇게 좋아? 한 명은 시력이 몽골인급이고, 한 명은 매일매일 착장을 다 외우고 다니고.

"아닌데요? 다른 건데요?"

너무 칼같이 떨어진 지혁의 대답이 오히려 더 거짓말 같았다.

"아니긴, 뭐가 아니에요. 내가 그런 것도 못 알아볼까 봐."

"진짜 아닌데요. 비슷한데? 다른 거예요."

"아, 우리 대표님, 외박했구나. 프라이버시니까, 더 이상은 안 물어볼게요."

"진짜 아니라니까."

이미 얼굴이 벌게지신 게, 누가 봐도 진실 같습니다.

"여기 계신 두 분은 참 프라이버시가 많네."

명희에 중얼거림에 새아 또한 원래의 얼굴색을 유지하기는 힘들었다. 살짝 진땀을 빼는 둘의 모습에 영희가 다시 한번 촉을 세웠다.

"둘이 왜 이렇게 어색해해?"

"네에? 아닌데요?"

"아, 아직 그때 기사 난 것 때문에 껄끄럽구나. 근데 어떡하지? 우리 사무실 합칠 건데."

얘기는 대충 들었다. 서류상으로 합쳐지려면 조금 멀었지만 소울 사무실 임대차 계약이 끝나가서 짐 싸 들고 여기로 들어오기로 했다고.

"그때 니가 억지로 억지로 웨딩 쇼 모델 세워서 그 사달 난 거 아니야?"

명희가 도끼 눈을 뜨고 영희를 힐난했다.

"그날 웨딩 쇼는 소울에서 총책임 맡은 거 아닌가? 모델 펑크 나면, 소울에서 책임지는 게 당연한 거지."

"아무리 그래도, 어떻게 총괄 디렉터를 모델로 세워? 발상이 신기하다, 나는."

"결국 행사 끝까지 마무리한 건 나거든?"

"그럼 뭐해? 엉뚱한 이슈 터져 갖고, 또 한바탕 난리 뒤집고, 기사 싹 내리고, 나는 아예 홍보 방향을 노이즈로 잡은 줄 알았네."

"뭐어어?! 언니, 회사 망해 갖고 온 주제에 비아냥이 심하다?"

"너야말로 말이 심하다? 망하긴 누가 망해?"

"동아줄 내려 줬음 고마운 줄 알고 숙이고 들어가. 무슨 잔말이 그렇게 많아?"

"어머? 니가 동아줄 내렸니? 권 대표님이 살려 줬지? 어디서 지가 생색이야?"

이쯤 되자 이 쌍둥이 자매의 싸움을 지혁과 새아가 말려야 하는 분위기였다.

"에이, 두 분 그만하세요."

"두 분이야말로 사무실 합쳐지는 거 괜찮으시겠어요?"

"에헴, 나야 문제없지, 공과 사 구분이 좀 엄격한 편이라."

"나는 좀 골치 아플 것 같네요. 로안은 내 구역인데 괜히 여기 저기 누가 또 들쑤시고 다니는 거 아닌가 몰라."

끄으응─ 그 사이에서 우리만 더 피곤해질 것 같은 건 기분 탓 인가.

"그건 그렇고 오늘 저는 왜 로안으로 부르셨어요?"

"아, 로안이랑 같이 쓸 ERP 프로그램 손봐야 할 것 같아서."

어찌어찌 회의는 시작되었다. 영희는 대표님까지는 굳이 여기 있을 필요 없다고 올라가셔도 된다고 했지만 지혁은 소울에서는 어떤 프로그램 쓰는지가 궁금하다면서 굳이 회의에 참석했다. 새아는 영희에게 지금 소울에서 쓰는 웨딩 플래닝 프로그램인 '웨딩 플로우' 시스템을 설명했다. 앞으로는 로안 직원들과 이 시스템을 함께 써야 했다. 교육도 해야 했고 또 일부는 시스템을 좀 고쳐야 했다.

"그러고 보면 언니는 직원 참 잘 됐어. 이 팀장이 소울 에이스 는 에이스네."

프로그램 설명을 들은 영희가 칭찬 아닌 칭찬을 했다. 사실, 새 아가 소울의 창립 멤버로 들어오게 되면서 현재의 시스템을 다 구 축해 낸 것이었다. 열심히 회의를 하다 보니 점심시간이 되었는데도 아직 정리할 게 많이 남아 있었다.

"어떡하지? 회의가 길어져서 점심은 시켜 먹어야 할 것 같은데. 이 팀, 점심 괜찮은데 알아?"

명희의 말에 가장 먼저 떠오른 건 어제의 그 도시락집이었다.

"아아아! 거기 맛있던데 거기 이름 뭐였지? 거기 완전 맛있는데, 어제 시켜 먹었는데."

이에 지혁도 미간을 찡그리며 그 이름을 기억해 내려고 한참 애썼다.

"아, 이름 뭐였더라? 뭐였지?"

그, 그, 배달 도시락 봉지에 가게 이름이 적혀 있었는데. 뭐였더라?! 그러다 두 사람이 동시에 우렁차게 하나의 단어를 외치고 말았다.

"아! 정소당!"

마치 퀴즈 답을 맞추듯, 회의실이 쩌렁쩌렁 울리게 정답을 외치고 나니 뒤늦게야 뻘쭘함이 밀려온다.

"어머, 대표님도 거길 좋아하시나요?"

어제 저녁 같이 먹은 걸 이렇게 들키나요?

"아, 팀장님도 먹어 봤어요? 거기 도시락이 맛있던데."

호호호, 하하하! 새아와 지혁이 과장된 웃음으로 상황을 무마하려 하는 가운데 똑같이 생긴 쌍둥이가 두 사람을 빤−하게 바라본다. 영희는 딱 이런 눈빛이었다.

'언니는 이러고도 둘이 무슨 사인지 모르겠어?'

왠지 둘의 속을 투명한 어항처럼 훤히 들여다보고 있는 것 같았다.

"하핫, 제가 시킬게요. 대표님이랑 본부장님은 뭐 드실래요?"

뻘쭘해진 새아가 휴대폰으로 시선을 돌려 배달 어플을 켰다. 어색하게 도시락 주문을 마무리하고 나자 오전에 승휴에게서 메시지가 왔던 게 보인다. 어? 여기 회의 끝나고 승휴를 만나 봐야 할 것 같았다.

♩

청담동의 한 카페에서 승휴와 새아가 만났다. 〈결혼의 민낯〉 전시 기획서는 예전에도 본 적이 있었다.

"이번에 예찬이가 뉴욕 다녀온 게 이것 때문이에요. 여기 글로벌 카메라 브랜드가 스폰서사로 붙어서요."

예전의 기획서에서 달라진 부분이 있었다. 스페셜 멘토 자리에 소울 웨딩 플랜 '이새아' 이름이 올라가 있었던 것이다.

"이미 지금의 라인업으로 전시 확정이 되어서요. 여기서 멤버를 수정하기가 좀 많이 곤란한 상황이에요."

"아, 네?"

"혹시…… 계속해 주실 수 있으세요?"

"스페셜 멘토요?"

뜻밖의 제안에 새아는 망설였다. 계속 멘토링을 해 주는 게 그리 어려울 일은 아니었다. 여기 오래 일해 온 사람으로서 웨딩 관련된 질문에 대답해 주고 또 필요한 인터뷰이가 있으면 연결해 주고. 그럼에도 불구하고 마음에 좀 걸리는 건 그러면 앞으로도 계속 예찬을 봐야 한다는 것이었다.

"아, 할 일이 많나요?"

"일단 계속 스폰서사 미팅에 참석을 하셔야 돼요. 언론 인터뷰가 있을 수도 있구요."

"아……."

"만약에 정~ 안되시면 저희가 스폰서사에 양해를 구해 볼게요."

"그럼 이름을 빼는 건가요?"

"그래야겠죠?"

표정을 보아하니 그게 승휴에게는 꽤 곤란한 일인 것 같았다. 그렇기에 예찬과의 일을 다 알면서도, 이렇게 어렵게 부탁을 하러 온 것이리라. 잠시 고민을 하던 새아는 결단을 내렸다.

"아뇨. 제가 이건 이미 하겠다고 한 거니까요. 끝까지 한번 해 볼게요."

여기서 중간에 빠지기는 좀 그랬다. 안 그래도 예찬한테 미안한 게 많은데 이런 일로까지 그를 곤란하게 만들고 싶지 않았다. 그렇게 미팅을 하고 나와서 새아는 지혁에게 메시지를 보내어 자초지종을 설명했다. 몰래 나갈 일도 아니었고 또 지혁이 몰라야 할 일도 아니라 생각했기에. 의외로 지혁은 흔쾌히 일을 마무리하라고 답해 주었다.

'어? 예찬 씨를 계속 봐야 하는 일인데도?'

얼마 전까지 조예찬, 이 세 글자만 보면 온갖 질투심에 불타오르던 사람 아닌가?

'그거야 내 여친이 되기 전 일이고. 이미 나랑 만나기로 한 거, 이제는 자기 의심하고 싶지 않아.'

어? 진짜로? 그만큼, 나를 믿는다는 건가? 아직 사귄 지도 얼마 되지 않았는데.

'일인데 어떡해. 잘 마무리해야지.'

심지어 지혁은 쿨하게도 로안에서의 취재 마무리까지 도와주겠다고 했다. 접때는 그렇게 안 된다고 각을 세우더니 왜 이렇게 갑자기 너그러워진 거야.

'나를 가지니까, 세상 다 가진 것 같아?'

'응, 어떻게 알았어?'

지혁이 이렇게 말한다면 마음이 훨씬 가벼워진다. 생각보다 융통성 있는 남친 지혁의 모습에 새아는 혼자 피식- 웃음을 지었다. 귀엽네, 내 남자.

♫

그리고 며칠 뒤, 카메라 회사에서 미팅이 있었다. 높은 빌딩에 올라가는 내내 괜스레 가슴이 콩닥콩닥 뛰었다. 사진 쪽은 전혀 모르는데 어쩌다가 내가 사진 전시의 스페셜 멘토가 되었나 싶어서.

"안녕하세요. 이새아 플래너님?"

회의실. 카메라 회사의 담당자가 나타나 새아에게 악수를 청했다. 마침 그녀도 내년에 결혼 계획이 있어 이것저것 질문이 많았다. 어쩌다 보니 웨딩 상담을 해 주고 있는 가운데…… 예찬이 들어왔다.

"……!"

간만에 보는 그는 뭔가 조금 달라진 것 같았다. 헤어 컬러도 조금 밝아졌고, 머리도 좀 짧아졌고, 온화한 교회 오빠 같던 이미지가 조금 힙하게 변했다.

"작가님, 더 멋있어지셨네요."

이 얘기는 주변에서 수선을 부리는 이들에게 양보하기로 했다.

"조 작가님 보면, 내가 결혼 날짜를 너무 성급하게 잡은 거 아닌가 몰라."

담당자님의 너스레였다. 새아가 보기에도 그랬다. 그는 여전히 '워너비 남편감 일위'에 어울리는 훈훈하고 강직한 남자였으니까.

문제는 새아를 보고 미세하게 흔들리는 예찬의 눈빛이었다. 오늘 이 회의에 나도 참석한다는 걸 그도 분명히 알고 나왔을 텐데. 그녀를 보고 철렁한 심장을 감추려는 얼굴이었다. 그 어떤 감정의 동요도 티 내지 않으려는 표정이었고. 왜 나는 그걸 다 읽어 버리고 만 걸까. 아무것도 모르는 척, 환하게 웃으며 그를 맞았지만 딱 봐도 알 수 있었다. 예찬은 아직 흔들리고 있었다. 전체적인 전시 구성을 살펴보니, 추가적으로 취재해야 할 곳들이 꽤 있었고 새아가 직접 섭외를 해 줘야 할 신랑, 신부도 있었다.

"아, 종교가 다른 신랑, 신부요."

결혼 준비를 하면서 벌어지는 갖가지 갈등들. 그 생생한 민낯을 취재하기 위해서는 스페셜 멘토인 새아의 역할이 컸다.

"네, 있어요. 아직 진행 중인 커플인데, 신랑 쪽은 완전 기독교고, 신부 쪽이 완전 불교예요. 종교 예식을 하느니 마느니, 갈등이 좀 있었어요. 신부 부모님 측에선 채플홀 비슷하게 생긴 곳도 싫어하시더라구요."

"최종적으로 결정된 식장은 어디예요?"

"아, 공덕 쪽에 있는 덴데."

"혹시 본식 날 촬영 허가가 날 수 있을까요?"

"예약 매니저님도 잘 아는 분이라, 제가 한번 전화해 볼게요."

그렇게 열심히 회의를 하다 보니 새아가 마시던 커피가 떨어졌다. 그녀가 몇 번 빈 컵에 입을 댔다가 허탕을 치자 예찬은 자연스럽게 자리에서 일어나 그녀의 컵을 들고 탕비실로 갔다. 높으신 작가님 시켜 먹기가 뭐해 "작가님, 두세요. 제가 할게요." 외치며 얼른 그 뒤를 따라갔다. 그리고 새아는 보았다. 탕비실 한 켠, 울렁이는 가슴을 움켜쥐고서 잠시 숨을 고르고 있는 예찬을.

"……!"

그리고 한순간, 두 사람의 눈이 마주쳤다.

31

아무렇지 않지가 않네요

그렇게나 예찬이 꽁꽁 숨기려 했던 눈빛을 이렇게 들키고 말았
다. 새아의 가슴에 쿠우웅- 파동이 일었다. 예찬은 나에게 진심
을 주었다. 우리의 타이밍이 비껴가고 비껴갈수록 그의 마음이 점
점 더 깊어지는 걸 알고 있었다. 그녀가 거절을 한다고 해서, 그
마음이 쉽사리 정리되지 않을 거란 것 또한. 그를 안 보는 게 더
나은 선택이었을까. 이렇게 일로든 뭐든 간에, 얼굴을 안 보여 주
는 게 그에게 더 도움 되는 일이었을까. 약속했던 스페셜 멘토 일
을 어떻게든 거절해야 했을까.

"예찬 씨, 괜찮아요?"

하고 다가가니, 그가 쓴 미소를 짓는다.

"아무렇지 않지가 않네요. 미안해요."

하우, 이 남자는 왜 또 이렇게 끝까지 착하고 그래? 미안하긴, 내가 미안하죠. 내가 나쁜 년이죠. 이렇게 착한 예찬 씨를 빵빵 차 대고.

"내가 커피 타 갈게요. 가서 앉아 있어요."

"아니에요. 제가 할게요."

컵을 갖고 실랑이하는 사이에, 손이 조금 엉키고 말았다. 거기 에도 다시 살짝 어색해지고만 두 사람이다.

"새아 씨 불편하게 해서 미안해요."

예찬씨야말로 이렇게 끝까지 착하지 말아요. 대체 뭐 먹고 사람 이 이렇게 착해요?

"설마요. 괜찮아요, 나는."

어느덧 컵에 예찬이 내린 커피가 가득 담겼고, 탕비실에서의 짧 고 어색한 순간도 지나가 버렸다. 다시 자리에 돌아와 회의에 참 석해 이런저런 농담에 웃고 왁자지껄하는데도 계속 괜찮은 척을 하고 있는 예찬의 모습이 자꾸자꾸 깊은 잔상으로 남았다. 그에게 마음을 주지 못한 미안함이 이렇게나 길게 갈 줄은 몰랐다.

"워크숍 스케줄이요?"

로안의 회의실, 다람의 눈이 똥그래졌다.

"가서 업무 공유해야지. 두 조직이 하나 되는 건데 분장도 다시 짜고."

"업무 공유 스케줄을 제가 짜나요?"

다람이 조금 얼떨떨하게 몸을 사리자, 영희는 편안하게 웃으며 말했다.

"아니, 장소, 날짜는 다 정해져 있으니까 저녁때 레크리에이션 플랜이나 짜 줘. 이런 건 막내 담당!"

끄으응- 워크숍도 엠티 가는 것처럼 저녁에 술 먹고 뻗으면 되는 거 아닌가요. 꼭 일정이 있어야 하나요. 그러면서도 가장 먼저 생각나는 인물은 유준이었다. 진유준, 그와 함께 워크숍을 가게 되겠구나. 하지만 영희의 생각은 좀 달랐다.

"게임을 말이야……."

"……네?"

"우리가 이길 수 있는 게임 위주로 짜라고."

네에에? 지금 친언니랑 한바탕 붙으러 가는 건가요?

"워크숍이요?"

소울의 회의실. 새아 역시 명희에게 같은 소식을 들었다.

"가서 웨딩 플로우 시스템 공유하려고. 매뉴얼 만들어 놨지?"

"네, 교육 일정 잡아요?"

"몇 시간이면 될 것 같아?"

"음, 한번 짜 보고 알려드릴게요."

흐으음, 웬 또 워크숍이람. 듣자 하니 로안과 소울이 하나 되는 그런 기념으로다가 업무 공유도 하고 친목도 다지고 하나 본데 새아에게는 이 모든 게 걱정스러울 수밖에 없었다. 이 눈치 빠른 웨딩 업계 사람들이 다 모인 가운데 과연 지혁과의 비밀 연애가 들키지 않을 수 있을까. 자, 자신이 없는데. 그러나 명희의 관심은 다른 데 있는 모양이었다. 어느덧 그녀의 시선이 유준에게로 닿았다.

"진유준 실장은 그래 갖고 힘쓸 수 있겠어? 팔 제대로 다 붙은 거 맞아?"

에엥? 워크숍 가는데, 무슨 힘을 또 씁니까?

"저녁에 게임할 텐데…… 우리가 이겨야지."

그때, 새아는 보았다. 명희의 눈에 반짝이는 쓸데없는 승부욕을.

두 회사는 빠른 속도로 합쳐지고, 두 남녀 역시 빠른 속도로 가까워져 갔다. 지혁의 집 현관에 핑크색 슬리퍼가 하나 더 생겼다. 화장실에는 핑크색 칫솔도, 귀여운 세안 밴드와 물컵도, 그리고 핑크 가운까지. 남자 옷으로 가득 했던 옷장에 새아의 옷이 한두 벌씩 비집고 들어온다. 혹시 모르니 갈아입을 예비 출근룩을 하나

씩 준비해 두는 것이었나. 혼자 사는 남자 집, 텅 비어 있던 냉장고가 가득 찬다. 계속 배달 음식만 시켜 먹을 수가 없으니, 그녀에게 이것저것 요리를 해 주기 위해 식자재를 가득 채운 것이었다. 저녁에 새아가 퇴근을 하면 무엇을 먹일까 고민하다가, 양파와 당근, 감자를 잘라 카레를 만들기로 했다. 훗훗훗훗훗— 카레를 만들면서도 절로 콧노래가 나왔다. 그냥, 내 집이 그녀의 흔적으로 젖어 들어가는 게 좋아서. 내 모든 세상의 중심이 그녀가 되는 것 같아서. 요리를 하고, 쇼핑을 하고, 뭔가를 할 때마다 그녀가 좋아할까, 어떤 게 그녀의 취향일까, 고민하게 되고, 상의하게 되고, 그렇게 아기자기하게 함께 생활을 공유해 나가는 게 좋아서. 오랫동안 짝사랑해 왔던 여자다. 쉽사리 이루어지지 않았던 사랑에 애태웠던 시간이 길었다. 그만큼, 지혁은 지금 새아와 함께하는 시간들이 벅차도록 짜릿했다. 내 모든 온 정성을 기울여서라도 그녀에게 잘해 주고 싶었다. 밀당 따위, 이미 안중에도 없었다.

소울에서도 바쁘게 사무실 이전 계획을 세우고 있는 중이었다. 로안의 사무실 내부에 간단한 인테리어 공사가 필요해 새아와 유준이 왔다 갔다 하며 감리를 보기도 했다. 지금 사무실에서 줄여야 할 집기들도 많아 이를 중고 업체에 처분하거나 되팔기도 했다. 바쁘지만 어쩔 수가 없었다. 작은 회사라, 이런 크고 작은 일들은 직원들이 분담해서 해야 했다. 그러면서도 신부들 상담에, 진행에, 디테일 체크에 정신없는 하루를 보내고 나서…… 새아는 지혁의 집으로 달려갔다. 띵똥— 하자마자, 앞치마를 한 지혁이 그녀를 꾸욱 안고서 덩실덩실 좋아한다.

"미안, 오늘 밖에 나갈 정신이 없네."

이왕이면 밖에 나가서 데이트하면 좋겠지만 그러기엔 너무 피곤한 날들이다. 요새 새아가 체력적으로 많이 힘들어해서, 아무래도 지혁의 집이나 새아의 집에서 함께 하는 시간이 길었다.

"맛있어? 어때?"

다행히도 지혁이 만든 카레를 그녀가 맛있게 먹어 주었다. 그것만으로도 왜 이렇게 마음이 뿌듯해지고 그러나 모르겠다. 밥을 먹고 나선 달콤한 투닥투닥이 이어진다. 새아가 먼저 달려들어 안아 달라고, 사랑해 달라고 조를 때도 있고, 또 어느 날은 저번처럼 혼자 꾸벅꾸벅하다가 풀썩 잠드는 날이 있다. 그렇게 그녀가 먼저 잠들어 버리는 날은 괜히 막 아쉬워진다. 오늘 얘기 좀 더하고 싶었는데. 어제처럼 막 안아 달라고 졸라 주면, 너무너무 좋을 텐데. 자고 있는 그녀의 통통한 볼에 열 번 정도 연속으로 입을 맞춘다. 어쩌다가 이렇게 귀여운 그녀가 내 여자가 되었나. 미치도록 짜릿하게 행복한 나날들이었다.

오늘은 드디어 소울이 이사를 오는 날. 아침부터 로안은 정신이 없었다. 회사에선 철저히 비밀로 하자, 여러 번 다짐을 하고 당부를 한 두 사람이었지만 새아가 무거운 짐을 들고 오자, 자기도 모르게 손부터 나가 그 짐을 들어 주고 있는 지혁이었다. 눈치가 보이니 어쩔 수가 있나. 소울의 온 직원들 짐을 다 들어 주는 수밖에. 대표님, 너무 자상하고 멋있다며 소울의 플래너들 사이에서 지혁의 명망이 높아졌다.

"멋있긴 개뿔."

부러 동료 직원들한테는 그렇게 입을 삐죽였다. 지혁과 새아는 나름 '앙숙' 콘셉트였다. 다람 역시 소울 직원들이 집기 옮기는 걸 발 벗고 나서서 도와주고 있었다. 막내의 일이 그렇지 뭐. 내 일보다는 서포트가 먼저고, 단순 노동 있으면 제일 먼저 차출되는 거고. 그녀가 아주 열심히 땀 흘리며 일하고 있음에도 불구하고 유준은 그녀의 곁에서 다가와 뭔가를 도와주지 않았다. 심지어 별로 신경도 안 쓰는 것 같았다. 이거 너무 하네. 오늘 소울이 이사 온다고 해서 아침에 마스카라 한 번 더 발랐는데. 그것마저 땀으로 녹아 검은 눈물로 줄줄줄 흘러내릴 지경이다. 이렇게까지 유준이 나를 모른 체하는 걸 보면, 지난번의 키스가 꿈이었나 싶기도 하다. 우리 둘에겐 본능적인 끌림이 있었다. 너무나 자연스럽게 둘의 입술이 맞닿았었는데. 저, 저, 저, 핑계 많은 남자가 하두 날 밀어내서 그렇지.

유준은 달라진 사무실 분위기에 제대로 적응하고 말 새도 없이, 새로 앉은 자리에서 무섭게 일을 처리해 내야 했다. 빗자루질조차 제대로 할 시간이 없었다. 명희 역시 마찬가지였다. 그동안 올라온 신랑, 신부 차트들을 한꺼번에 살펴보다가 뭔가 마음에 들지 않은 게 있었는지 진유준 플래너 전화 끝나면 내 자리로 오라고, 그를 호출했다. 이제는 예전처럼 대표실로 그녀의 자리가 따로 구분된 것도 아니었다.

"진 실장, 이거 뭐야? 김효숙 신부 서비스 내역이 왜 이렇게 많아?"

김효숙. 그 이름에 유준은 올 것이 왔다는 듯 살짝 입술을 깨물었다.

"네, 신부님이 인터넷에서 소울의 서비스 내역들을 다 요약해 오셔가지구요."

"서비스 이 중에 택 일이라고 설명 안 했어? 액자 서비스 들어가고, 부케 서비스 들어가고, 웨딩카 장식 서비스 들어가고, 게다가 혼주 메이크업이 어떻게 서비스로 들어가? 이거 다 한꺼번에 주면, 회사는 땅 파서 장사해? 서비스 줄수록 순익 떨어지는 거 몰라?"

그걸 왜 모르겠는가. 하지만, 그 신부가 유독 집요하고 까다로웠다. 남들 주는 서비스가 하나라도 누락되면 굉장히 큰 컴플레인을 걸 것처럼 야단이었다. 위에서 컨펌이 날지 안 날지 모르겠다고 말하며 조마조마해하면서 서비스를 넣었더니. 아니나 다를까. 이렇게 태클이 들어왔다. 문제는 벌써 서비스 넣어 주기로 한 지가 한참 지나, 이제 와서 말을 바꾸기도 뭐하다는 거였다.

"진 실장 월급 뭘로 받아가? 여기 순익에서 남겨서 프로테지 주는 거야. 이 순익이 곧 진 실장 인센티브라고. 이렇게 마이너스 나면, 우리도 손해지만, 진 실장도 손해 보는 거야!"

급기야 명희가 새아를 호출했다.

"이 팀장! 이번 달 진 실장 실적표 가지고 와 봐!"

저편에서 숨죽이고 있던 새아가 움찔하며 고개를 들었다. 월별 실적표를 쭈욱- 인쇄해 명희에게 올리자, 아니나 다를까. 유준에게 호통이 떨어졌다.

"진 실장, 계약률 왜 이래?"

어쩔 수가 없었다. 다친 것 때문에 쉬기도 많이 쉬었고, 또 컨디션 회복 기간도 길었고. 상담 수 자체가 적은 건 어쩔 수 없었지만, 그중에서도 계약률이 저조한 건 뭐라 할 말이 없었다.

"근데, 서비스까지 이렇게 왕창 넣어 줬어?"

"죄송합니다. 신랑, 신부에게 잘해 준다는 게."

"수익을 내면서 잘해 줘야지. 언제까지 그렇게 막 퍼다 줄 거야? 진 실장, 앞으로는 서비스 줄 때마다 팀장 허락받고 넣어."

"……대표님."

"알았어, 몰랐어?!"

"네, 알겠습니다."

"당장 김효숙 신부한테 전화부터 해. 서비스 뺀다고."

그렇게 차트를 받고 자리로 돌아와서도 유준의 어깨는 축 처져 있었다.

"뭐라고 전화하게? 서비스 뺀다 그러면 백퍼 컴플레인 날 텐데?"

새아의 속삭임에 유준이 크게 한숨을 내쉬었다. 서비스 더 준다고 해도 모자랄 판에 서비스를 축소하겠다니. 아무리 생각해도 쉬운 전화가 아니었다.

"내가 통화할까?"

"아냐, 됐어."

그러자 새아는 서랍에서 최고급 레스토랑 식사권 두 개를 내밀었다.

"신부가 워낙 까칠하니까 신부 말고 신랑한테 전화해 봐. 이거 내가 땜빵용으로 꿍쳐 놓고 있는 건데, 액자 서비스랑 웨딩카 장식 서비스 대신에 식사권 두 개로 교환할 수 있는 기회가 생겼다고, 이거 정가로 하면 이십만 원 상당이라서, 바꾸시는 게 낫지 않겠냐고 물어봐."

다행히도 새아의 말대로 하자 신랑은 액자, 웨딩카 장식 서비스 장식 대신에 식사권을 선택했다. 신부님한테도 서비스 변경 사항에 대해 전달해 달라고 하자 흔쾌히 알았다고 답했다. 이 식사권이 아니었으면 서로가 불쾌했을 통화였다. 그렇게 한숨 돌리고도 유준의 표정은 펴지지가 않았다.

바로 이때, 저편 유리 벽 너머로 다람이 서둘러 총총 지나가는 게 보였다. 순간, 가슴이 철렁했다. 아마도 오며 가며 다람도 보았을 것이다. 유준이 명희한테 탈탈탈 털리는 것. 이런 모습을 보여 주고 싶지가 않았다. 그녀한테는 나름 멘토인데 어쩌다 회사가 합쳐져서. 솔직히 그녀가 신경이 안 쓰일 수가 없으니까.

이제 나는
당신을 싫어하겠다

　오후엔 VIP 신랑, 신부님의 홀 투어가 잡혀 있었다. 굉장히 잘
사는 집 아들딸이라고, 소개해 준 분이 잘해 달라고 몇 번이고 당
부를 했기에 영희가 직접 나서서 홀을 안내했다. 다람 역시 체크
판을 들고서 쪼르르- 이를 뒤따랐다. 다행히도 신랑, 신부님은
무척이나 친절하고 따스한 분이었다. 다람은 남몰래 안도했다. 서
비스직을 하면 할수록 요상하게 사람이 무서워지곤 했던 요즘이
었는데 항상 이렇게 착한 사람만 왔으면 좋겠다는 생각이 들었다.
문제는 하필 카펫 위에서 발생했다. 열심히 홀을 구경하던 신부가
구조물이랑 부딪혀 테이크아웃 해 온 커피를 모두 쏟고 만 것이다.

"어떻게 해, 너무 죄송해요."

신부는 직접 바닥을 닦을 것처럼 몸을 숙였지만, 다람이 재빨리 이를 말렸다.

"괜찮아요, 신부님. 마저 구경하세요. 제가 닦을게요."

"미안해서 어떡해요."

"괜찮아요, 어서 가세요."

그렇게 신랑 신부가 영희와 함께 가고 나서 다람은 걸레와 대야를 가지고 왔다. 이 카펫은 뜯어내고 닦아 낼 수 있는 게 아니라서, 거품을 내어서라도 어떻게든 이 얼룩을 지워야 했다. 드넓은 홀, 유니폼에 하이힐을 신은 다람이 쭈그려 앉은 채 열심히 바닥을 닦고 있을 때. 지나가던 유준이 그 모습을 보았다. 왠지 좀 안쓰러워 보이는 그 모습을. 그녀가 상사에게 혼나는 나를 보고 그냥 지나쳤던 것처럼 나도 그냥 지나치는 게 좋은 걸까. 아님, 조금이라도 도와주는 게 좋을까. 그냥 가려고 해도, 자꾸 신경이 쓰였다. 미간까지 꾸욱- 구기면서 열심히 얼룩을 지워 내는 다람에게.

순간 묘한 공명음이 울렸다. 그렇게나 내가 멘토라고 선배라고 자존심을 세웠지만, 결국 우리는 이 거대한 사회의 미생일 뿐이다. 너와 내가 다르지 않다. 유준이 그녀에게 천천히 다가가 쭈그려 앉아 함께 바닥을 닦아 주자 다람이 오히려 이를 외면한다.

"그냥 지나가세요."

그러나, 유준은 아랑곳하지 않고 함께 커피 얼룩을 지웠다.

"가시라구요."

하며 고개를 드는 다람의 얼굴은 자존심이 상했다기보다는 슬픈 얼굴이었다. 당신의 친절을 기대했던 순간도 있었고 당신이 나를 한 번 더 돌아봐 주길 바랐던 순간도 있었지만 지금은 아니다. 쓸데없는 친절로 괜히 나를 흔들리게 하지 말라는 눈빛이었다. 그렇게 홀 한가운데 두 사람이 어느 정도 거리를 두고서 서로를 마주 보고 있었다. 다람은 유준이 무슨 생각을 하는지, 왜 이렇게 헷갈리게 하는지, 도저히 이유를 알 수가 없었다.

♪♪

"이런 날일수록 꼭 늦는 사람 있단 말이야."

로안 근처 도로에 세워진 전세 버스에 양사 직원들이 거의 다 올라탔다. 오늘은 두 회사가 합쳐진 기념으로 워크숍을 가는 길. 그중에서도 가장 막내인 다람이 버스 앞에서 인원수를 체크하고 있었다. 하필 조금 늦은 사람이 지혁이었다.

"대표님, 이러실 거예요?"

괜히 눈을 흘기며 타박하자 지혁이 미안미안, 살짝 능청을 부리고는 버스 안으로 들어갔다. 그 안에는 새아가 혼자 앉아 있었다. 확- 밝아진 얼굴의 지혁이 슬쩍 눈빛을 보냈다.

'옆에 앉아도 돼?'

그녀가 짧은 순간 험악한 표정을 지으며 저리 가라고, 딴 데 앉으라고, 우리 이번에 각별히 조심하기로 하지 않았냐고 눈치를 준다. 순식간에 깨갱한 지혁이 뒷자리로 이동한다. 새아의 옆자리는 유준의 차지였다. 그는 터덜터덜 천천히 들어와서도 어떤 상황인지 다 알겠다는 표정이었다. 둘이 아주 안 들키려고 아주 용을 쓰네. 어쩌다 회사가 합병 되어 갖구 둘이 이렇게 사내 연애를 하게 되었나 몰라.

이제 인원 체크를 모두 마친 다람이 안으로 들어왔다. 그녀가 복도로 지나가자 유준도, 다람도 서로의 시선을 외면했다. 신경이 쓰이는 만큼, 자꾸 시선이 향하는 만큼, 부러 티를 내지 않게 단속하고 있는 두 사람이다. 자리에 앉아서도 다람은 괜히 한숨이 나왔다. 한때는 당신을 좋아했을지 모르겠지만, 지금은 당신이 밉고 싫다. 나를 이렇게까지 밀어내야 하나, 이렇게까지 자존심 상하게 해야 하나 싶고. 끝까지 솔직해지지 못하는 당신이 그저 비겁하게 보인다. 어쩌면 착각일지 몰라도 나는 아직도 그런 게 느껴진다. 나한테 신경이 쓰인다는 거, 계속 마음 쓰고 있다는 거. 그런데도 이렇게 미적대고만 있는 게 역하게 밉고 심술이 난다. 혼자 좋아한다고 매달리는 것도 못 할 짓이다. 저런 비겁한 남자, 좋아해 줄 필요도 없다. 이제 나는 당신을 싫어하겠다. 휴게소에 내려서 간식을 사 먹을 때에도, 리조트에 도착해 우르르 버스에서 쏟아져 내릴 때도, 다람은 유준을 필사적으로 외면했다. 어차피 당신도 나 외면할 거잖아. 아는 척 안 할 거잖아.

리조트는 굉장히 좋았다. 성진 건설에서 지은 곳이고, 또 자회사로서 건설사 연수할 때 자주 오는 곳이라 했다. 나중에 개별적으로 오더라도 할인이 가능하다는 소식에 플래너들이 좋다며 야단을 떨었다. 이렇게 대기업으로 편입되고 나니 복지가 정말 좋아졌다면서. 어느새 점심시간. 새아가 동료 플래너들과 섞여 함께 밥을 먹고 있을 때였다.

"요새 이 팀장님, 너무 이뻐지신 거 아니에요?"

한 직원의 말이었다.

"맞아, 맞아. 아주 표정이 폈어."

내가요오? 그새요오오?

"팀장님, 혹시 연애해요?"

"하는 것 같은데? 뭐가 있나 본데?"

아우, 우리네 회사 직원들은 왜 이렇게 남의 연애에 관심이 많아. 내가 얼굴에 그렇게 표를 내고 다니니? 조금 난감한 얼굴로 유준을 보자, 그는 알아서 조심하라는 듯 어깨를 으쓱했다.

"없어요, 연애는 무슨."

"그럼, 팀장님. 소개팅하실래요?"

푸흡- 뜻밖의 쿨럭이는 소리는 바로 뒤편에서 났다. 뒤편 테이블, 로안 직원들과 밥을 먹고 있던 지혁의 기침이다. 아우아우, 꼭 저렇게 티를 내지. 새아는 살짝 이를 앙다물었다.

"무슨 소개팅이야. 소개팅은 좀 그렇고."

그녀가 한발 빼자, 직원들이 더 적극적으로 권유를 한다.

"그러지 말고 받아 봐요. 옛날엔 소개팅 엄청 시켜 달래매."

"어머나, 내가 언제?"

"맨날 그랬잖아요. 주변에 누구 훈남 없냐고."

지혁은 뒤통수에도 표정이 있나 보다. 그가 부글부글 하는 게 뒤에서도 느껴진다.

"아이, 난 좀 그래요. 그때 기사 오보 난 게 있어서 아무나 만나기 좀 그래."

"내가 잘 설명해 놓을게요. 그때 해명 기사도 쫙 났잖아."

"에이, 그거 누가 믿어?"

"그럼 진짜예요?"

"진짜는 무슨. 밥이나 먹어요들."

"그럼 소개팅 받는 거예요!"

이 사람들이 내 소개팅에 왜 이렇게 목숨을 걸어?

"아하하핫, 고민해 볼게요."

결국은 이렇게 무마를 하는 수밖에 없었다. 먼저 식판을 들고 일어나는 지혁의 얼굴이 붉으락푸르락해지는 게 여기서도 보인다. 생각보다 우리 대화가 잘 들렸던 모양이다. 저거저거, 얼굴에 표정이 다 드러나네. 언제나 포커페이스, 몰라?

345

넓따란 잔디 구장. 여기서 다람은 그간 열심히 짜 온 게임들을 준비하고 있었다. 이제 진유준 따위, 절대로 절대로 신경 안 쓰려고 했는데…….

'쳇, 저 자리 배치 뭐야, 의자왕이야, 뭐야.'

그가 아주 익숙하게 여자들 틈에 쏘오옥- 박혀 있다. 아무래도 여자가 절대 다수인 회사에서 주변에 여자가 많은 건 어쩔 수야 없겠지만 심지어 로안 직원들하고도 친근하게 이야기하고 있는 모습에 다람은 괜스레 열불이 올랐다.

"어머, 너무 귀엽다."

"아쿠아쿠, 그랬쪄용~ 이름이 뭐예요?"

여자들이 유준의 휴대폰으로 영상을 보며 귀엽다며 온갖 수선을 다 떨고 있었다.

"상냥이요."

무심한 듯, 그 뒤를 지나치던 다람도 그의 휴대폰에 있는 냥이 영상을 보게 되었다. 어? 저 고양이?

"어떻게 키우게 됐어요?"

"하핫, 며칠 지켜보다가요. 냥줍!"

"코숏이 귀엽긴 귀여워, 꺄아아!"

……이름을 상냥이라고 지었구나. 쳇, 본인이나 좀 상냥해지시지. 며칠간 그녀 또한 꽤 열심히 돌보았던 고양이라, 그 냥이가 요

새 왜 안 보이는지 궁금하기는 했었다. 저 오빠가 데려다 키우고 있구나. 쳇, 왜 또 쓸데없이 친절하고 지랄이야.

이윽고 워크숍의 레크리에이션이 시작되었다. 친목을 다지기 위한 것이니 조금 유치한 게임이라도 다들 열심히 참여해 달라고 다람이 외쳤다. 로안 팀, 소울 팀으로 나눠 영희, 명희 쌍둥이가 각 주장을 맡았다. 그 두 분께서 우리는 절대 질 수 없다고, 발라 버리자고 바득바득 이를 가시는데 게임에서 졌다간 어디 멀리 좌천이라도 될 분위기였다. 다 같이 손을 잡고 하는 '둥글게 둥글게' 게임도, 이인삼각 달리기도, 일렬로 서서 훌라후프를 옆으로 넘기는 게임도, 영차영차 줄다리기도, 어쩌다 보니 모두가 목숨을 걸고 게임에 임하고 있었다. 각 회사의 청일점인 유준과 지혁의 대결도 볼 만 했다. 여러 게임들에도 결국 승부가 나지 않아, 팔씨름으로 승자를 정하기로 한 것이다. 각 팀의 뜨거운 응원 열기 속에 벌어진 팔씨름. 그 박빙의 대결 끝에 승자는 유준이 되었다. 꺄아— 소울의 플래너들 모두가 환호를 하며 기뻐하고 있는 가운데 자기 팀이 이긴 기쁨도 잊고, '그걸 지면 어떻게 해?' 지혁에게 눈치를 주고 있는 새아였다.

결국 소울 팀이 승리를 하게 되었지만 명희는 승자에게 주어지는 우승 상품을 영희에게 양보했다. 시종일관 대립각을 세우던 두 자매의 화해에 직원들 모두가 박수를 친 건 물론이었다.

저녁엔 술판이 벌어졌다. 오늘 함께 땀을 흘려서 그런지, 로안과 소울 직원들 모두 어느새 꽤 가까워져 있었다. 지혁 역시 격의 없이 사람들 시이에 섞여 술을 마셨다. 당연한 얘기겠지만 그래도 새아의 자리 근처만은 다가갈 수 없었다. 혹시 빈틈을 보일 수 있으니 술도 많이 마시지 말라며 틈틈이 눈을 부라렸던 그녀다. 그래도 좋았다. 그냥 여기 같은 공간에 내가 사랑하는 사람이 저기 있다는 것. 그래도 눈을 돌리면 볼 수가 있다는 것이. 새아의 자리 근처에 있던 유준은 계속해서 주변을 두리번거리고 있었다. 술자리는 무르익었는데 다람이 안 보인지가 한참이다. 오늘 오후, 게임 준비한 게 힘들어서 먼저 뻗었나? 과음하고 어디 쓰러져 있는 것 아니야? 계속 망설이고 고민하다가 자리에서 일어났다. 다람이 혹시 어디 쓰러져 있으면 방에다가 데려다 놓으려고. 안은 떠들썩했지만 밖은 놀랍도록 조용했다. 가로등이 켜진 곳 말고는 모두 깜깜했다. 리조트 건물 구석구석까지 여기저기 주변을 샅샅이 둘러보고 있는데……

"뭐 해요?"

저편 건물 옆에 기대어 팔짱을 끼고 있는 다람이 보인다.

"아, 깜짝이야. 너야말로 여기서 뭐 해?"

다람이 그 어두운 그림자 안에 있어서 지금껏 못 보고 지나친 것이었다. 아마 그녀는 다 보았을 것이다. 내가 이 길을 왔다 갔다 하면서 너를 찾고 있는 모습을.

"암것도 안 해요."

말투를 보아하니 엄청 취한 것 같지는 않고.

"누구 찾아요?"

다람은 당돌하게도 그렇게 물었다. 지금껏 너를 찾고 있었지만 그걸 솔직하게 말할 유준이 아니다.

"그냥, 뭐."

"어디 고양이라도 잃어버렸나."

"얼른 들어가재도. 나와."

그녀는 다시 물었다.

"내가 신경 쓰여서 나온 거 아니에요?"

유준은 잠시 딴청을 부리다가 답했다.

"……어. 그러니까 나와."

이에 다람의 표정이 와락- 구겨졌다.

"내가 뭘 그렇게 잘못했어요?"

인생 최대의 수치플

　새아는 오늘따라 굉장히 가열차게 직원들에게 술을 권했다. 마셔요, 마셔요! 오늘만큼은 미리 숙취 해소제를 먹고 왔다. 영차영차! 쉬면 어떡해? 마셔, 마셔! 그렇게 직원들을 모두 보내 버리고 난 뒤, 하루 종일 철벽 쳤던 지혁과 오 분이라도 단둘이 있을 시간을 가지려는 것이었다. 지혁은 저편 옆자리에서 그냥 제 페이스대로 술을 마시고 있었다. 어이쿠, 뭘 또 저렇게 귀엽게 술자리 분위기를 주도하고 그러나? 오늘 아주 신이 났네. 하지만, 보면 볼수록 새아는 신이 난 게 아니었다. 다이 다이 죽을 때까지 다이. 그녀가 한 명 한 명씩 사람들을 죽이고 있었다. 풀썩풀썩- 마치 총

살이라도 당한 듯, 여기저기에 시체들이 쌓였다. 잠깐 저 자리에 앉았던 사람들 모두가 빠져나오지 못하고 새아가 팡팡팡- 말아주는 폭탄주에 펑펑펑- 장렬히 전사하고 말았다. 처음엔 그런 그녀가 귀여웠고, 두 번째는 경이로웠으며, 세 번째는 좀 무서웠다. 저, 저, 저, 눈빛 보소. 혹시, 마지막 왕 단계가 나야? 나도 죽여 버리려고 밑에서부터 판 깨고 있는 거야?

결국, 자정이 될 무렵. 새아는 거의 모든 사람들을 쓰러진 좀비로 만들어 버렸다. 대부분 인사불성, 완전히 정신을 잃었을 때…… 그녀가 지혁에게 눈빛으로 신호를 보냈다.

'뭐, 나? 진짜 나를 죽여 버리려고?'

'아니이이, 쩌기로 나오라고.'

다행히, 살인 예고는 아니었다. 지금쯤이면 슬쩍 빠져나간다 해도 누가 알아챌 것 같지 않으니 밖으로 나오라는 것이었다. 지혁은 조마조마한 가슴을 안고서 새아의 뒤꽁무니를 스파이처럼 슬금슬금 밟았다.

그녀가 도착한 곳은 불 꺼진 로비 일층, 셔터 내린 매점 근처. 혹시 우릴 또 알아보는 이가 없나, 구석구석 주위를 둘러보던 새아가 마치 일진에게 불려 나온 듯 살짝 쫄아 있는 지혁에게 성큼성큼 다가갔다. 그리고는 그의 양 볼을 두 손으로 잡고 키스를 했다. 어, 이거, 좋은데? 이런 어택이라면 거절하는 법을 내가 모르지. 발끝을 세워 입을 맞추고 있는 지금의 새아는 정말 미친 듯이 섹시했다. 이렇게 나한테 입 맞추고 싶어서 그 구역을 다 조져 버리고 온 거구나. 훗훗, 말을 하지. 그럼 좀 도와줬을 텐데. 지혁역시 키스에 몰입하며 자연스럽게 그녀의 등과 목과 어깨를 감싸고 있는데…….

저편에서 사람의 인기척이 느껴진다. 아우, 깜짝이야! 새아의 직장 동료였다. 저 플래너는 어떻게 살아남아서 여기까지 내려왔대? 눈이 휘둥그레진 지혁이 달라붙어 있는 새아를 일단 떼어 내고서 어버버 어버버 하다가 냅다 화를 내기 시작했다.

"이, 이새아 씨, 진짜 그러는 거 아닙니다?!!"

영문을 모른 채 눈을 깜빡이던 새아도 곧 분위기를 눈치채고, 어설픈 삿대질을 하기 시작했다.

"내, 내가 뭘 했다고 그래요?"

"이, 이제는 내가 새아 씨 상사예요. 대표라고! 아직도 내가 이새아 씨 교육생으로 보여요?"

"아니요! 워터파크 물똥식장으로 내 커리어 발목 잡은 발목남으로 보입니다!"

자기야? 이, 이거 상황극 맞지? 저, 욕이 좀 구체적인 편인데?

"뭐, 뭐요오오?"

"게다가 그 뭐야, 권지혁 재혼설, 그 말도 안 되는 루머로 내 혼삿길에 담장 쌓은 천하의 재수 없는 개싸가지로도 보입니다!"

자, 자기야? 상황에 많이 좀 심취한 것 같은데?

"이 싸람이, 취했다고, 말이면 단 줄 아나?!"

"뭐요? 악감정 있으면 치시던가. 쳐 봐, 쳐 봐!"

"여, 여보세요?! 이새아 팀장!"

이쯤 되자, 저 플래너가 싸움을 말리려 다가오지 않을 수 없었다.

"두 분, 왜 또 여기까지 와서 이러세요?"

"아니, 이 팀장이 말을 좀 막하는 경향이 있네?"

"아이고, 진정하세요. 둘이 떨어져, 떨어져! 두 분, 이제 한 회사, 같은 배 타게 되었는데, 계속 이렇게 싸우면 되겠어요? 마음 좀 잘 합쳐 보자고 여기까지 온 거잖아요."

가운데 낀 플래너의 중재에도 부러 더욱 으르렁대며 팔짱을 끼고 식식대고 있는 두 사람이었다.

"권 대표님, 먼저 올라가서 주무세요. 이리 와, 이 팀은 나랑 한 바퀴 걷고 들어가."

"저, 저기, 우리가 알아서 들어갈게요."

"응응, 알아서 들어갈게."

"둘만 두면 또 싸우려고? 이 팀, 얼른 따라와."

어쩌다 앙숙 콘셉트을 잡아서 이렇게 찢어지게 되었는지 모르겠지만 늦은 밤, 둘만의 회동은 그렇게 종료되고 말았다. 플래너에게 등 떠밀려 엘리베이터 쪽으로 향하게 된 지혁은 문득 옆에 아웃도어 제품 홍보를 위한 모의 전시장이 있는 걸 보았다.

오, 여기 좋은데? 불 꺼진 어두운 곳. 인조 잔디 위 의자와 식탁에 아기자기한 식기들이 차려져 있었고 그 옆으로 화로와 조리대 등 캠핑 용품들이 전시되어 있었다. 가장 예쁘게 꾸며진 건, 저기 가운데, 가렌드가 올려진 텐트였다. 오호라, 여기 들어가면 안 들킬 수 있지 않을까? 지혁은 저편에 있던 새아에게 황급히 눈치를 보냈다. 한 바퀴 돌고 여기로 들어오라고. 요기, 요기! 멀리 있던 새아도 그 텐트를 발견하고 오케이— 눈빛을 보냈다. 지혁은 밧줄로 막혀진 바리케이드를 넘어, 텐트 안으로 쏘옥— 들어가 지퍼로 문을 잠갔다. 오오, 여기 아늑하네. 여기라면 안 들키고 오 분 정도는 뽀뽀할 수 있겠지, 후훗. 대충 따돌리고 얼른 와라, 내 여자! 그러나……

　　　　　　　　　♪

"저기요, 여기서 이러시면 안 됩니다."

누군가 텐트 안에 있던 지혁을 깨우는 소리가 들렸다. 어이쿠야, 여기가 어디야. 밖에 왜 이렇게 밝아. 내 여친은 어디 가고? 텐트 안에서 잠든 그를 깨우는 건 호텔 직원이었다. 헉?! 뭐야? 나 여기서 잠든 거야?

"어? 혹시이, 권 대표님 아니세요?"

으아아악, 저 알아보지 마세요. 어쩔 수 없다. 이 리조트가 성진 건설의 자회사고, 또 다른 자회사인 로안에서 워크숍을 온다는 소식을 여기 직원들 모두가 들었을 테니.

"왜 여기서 주무시고 계세요?"

……알면서 뭘 물어봅니까.

"텐트 내구성이 궁금해서요."

괜히 텐트 폴대를 툭툭 치는 척했지만 말해 놓고도 참으로 구차한 변명이었다.

"어제, 술 많이 드셨어요?"

"아니요."

"조식에 해장국 따로 준비해 놓으라고 일러둘게요."

"아뇨, 아뇨. 됐습니다. 쪽팔리게."

최대한 뻔뻔한 표정으로 텐트에서 나오려고 하는데 이놈의 지퍼에 자꾸 옷이 걸려서 여기저기 몸을 구기면서 거의 구르듯이 텐트를 빠져나와야 했다. 그렇게 밖으로 힘겹게 나왔을 땐, 몇 대의 휴대폰 카메라가 그를 찍고 있었다. 오, 마이, 갓!

"대표니힘, 여기서 뭐 하세요? 품!"

그새 조식을 먹으러 내려온 로안 및 소울의 직원들이 킥킥- 거리면서 이 모든 장면들을 찍고 있었다. 짧은 순간, 지혁의 얼굴이 홍당무처럼 붉어졌다. 이건 인생 최대의 수치플이었다. 아니, 이 새아는 일로 온다더니 왜 안 온 거야?

조식 먹고 열 시부터는 오전 회의가 있었다. 어제 새아의 '마셔라 부어라!'로 죽었다 살아난 직원들이 좀비처럼 비척비척 너른 세미나실에 모인 가운데,

"안녕하세요. 이새아 팀장입니다."

위아래 정장을 깔끔하게 차려입은 세아가 등장했다. 아니, 저분은 왜 이렇게 또 멀쩡하셔? 그렇게 마시고도 끄떡없는 거야?

"지금부터 웨딩 플로우 교육을 시작하겠습니다."

아직까지도 속이 쓰린 직원들에게서 비난의 눈빛이 쏟아지는 가운데, 세아는 스크린 옆에 단정하게 서서 말했다.

"웨딩 플로우는 소울에서 사용하던 현업 웨딩 플래너들의 정보 공유 시스템입니다. 가장 주요한 기능은 예약 기능으로······."

그렇게 나름 프로페셔널하게 발표를 시작하는데······.

"로안도 이미 쓰고 있는 자체 예약 프로그램이 있는데 겹치지 않나요?"

저편, 가장 상석에 앉아 있던 지혁이 태클을 걸었다.

"하나의 시스템으로 종합할 수 있게 좀 더 개발이 필요할 것 같습니다. 그 전까지는 두 개의 프로그램에 각각 로그인을 하셔야 하는 불편함이 있지만······."

"흠, 보안 문제가 있진 않을까요? 소울에선 큰 문제가 없었을지 몰라도, 로안은 대기업 계열사라서 정보가 유출되면 큰일이 될 텐데요."

"······그 부분은 다시 검토하고 알려드리겠습니다."

"보안 문제가 해결되기 전에 도입해도 괜찮을까요?"

"도입 일정에 이견이 있으시면 저에게 따로 말씀해 주세요. 오늘은 프로그램 전반 사항에 대한 교육 진행만 하는 거라서요."

"······에헴."

"교육 진행, 해도 될까요?"

새아가 살짝 부글부글 스팀이 오른 표정으로 그를 바라보자 지혁이 '네, 하세요.' 능청스럽게 눈짓했다.

"첫 번째, 시스템 접속 환경입니다."

"이미 교육 자료에 있는 내용은 생략하시죠. 안 그럼 너무 길어지지 않겠습니까?"

이눔 자슥이 진짜?!

"교육 자료 숙지하기엔 시간이 조금 짧았던 것 같아서요."

"그거야 다 읽어 보면 알 수 있는 내용 아닙니까? 다들 자료도 안 읽고 여기 왔을 리도 없고."

"그럼 대표님에게 묻죠. 안드로이드 환경, 아이폰 환경, 공용 와이파이존, 로안 외부와 내부. 언제 접속이 가능하고 언제 접속이 불가능하죠?"

생각지 못한 질문에 지혁은 움찔했다.

"다 읽고 오셨다면서요? 쉬운 건 넘어가자면서요."

"……음, 그게."

"그리고 밖에서 시스템 접속 안 되면 담당자 문책하실 건가요?"

지혁과 새아의 눈빛이 팽팽하게 부딪히자 플래너들이 술렁거렸다. 둘이 아주 앙숙이 되었다더니 아주 분위기 장난 아니네. 가만히 상황을 지켜보던 명희도 이대론 안 되겠다 싶었는지, 자리에서 일어나 상황을 중재했다.

"워워, 그만. 둘이 원수졌어요? 대표님, 궁금한 점 있으면 끝나고 이 뉨상한네 따로 물어보세요."

"이 팀장님, 쉬는 시간에 저 좀 잠깐 보죠."

"네, 그러시죠. 현재까지는 아이폰 및 아이패드, 맥북에선 시스템이 지원되지 않아, 소울의 플래너들은 갤럭시 탭, 갤럭시 폰 등 태플릿 피시 등에서 접속을 하고 있습니다……."

어느덧 일부 발표가 끝나고 잠시의 쉬는 시간. 지혁은 새아에게 따라 나오라는 눈빛을 보냈다. 어제 둘을 말리던 플래너는 이러다 둘이 또 싸우는 거 아니냐며 호들갑을 떨었다.

왜에? 어제 로비에서 둘이 엄청 싸우더라고! 그럼 나가서 또 한 판 붙는 거 아니야? 따라가서 말려야 되나, 이거?

그렇게 다들 걱정스러운 눈빛으로 나가는 둘을 바라보고 있는데.

어느덧 세미나실에서의 거만한 태도와 달리 옥상에서의 지혁은 굉장히 절박하고 궁핍하게 두 손을 모아 절절 빌고 있었다.

"미안해요, 미안해. 응? 내가 이렇게 빌잖아."

"아니, 도대체 나한테 왜 그래?"

"일부러 그런 게 아니라…… 발끈하는 게 귀여워서."

"어어? 자꾸 말 한마디 한마디마다 토 달 거야?"

"앙숙 콘셉트를 유지하려다 보니까 그만……."

"나한테 무슨 악감정 있어요?"

"없진 않지. 첫 번째로, 이새아 씨가 소개팅 나가겠다, 주변에 약속을 한 게 있었고."

에엥? 그 얘기가 여기서 나오나?

"그거야 나간다 그래야 끝나니까."

"'생각해 볼게요, 홍홍홍?' 와, 그게 말이야, 망아지 방구야?"

순식간에 상황은 역전되었다. 떵떵거리며 턱을 치켜세우던 새아의 기세가 조금씩 사그러 들기 시작한 것이다.

"두 번째로 어제 우리가 다시 텐트에서 만나기로 했는데 안 왔던 사건이 있었고."

"나도 다시 갈려고 했지. 근데 어제 정 플이 나를 끝까지 데리고 가서 방에까지 집어넣는 걸 어떡해?"

"그럼 전화 한 통 해 주지?!"

"신기하게 방에 딱 들어가자마자 까먹었어. 나도 어제 좀 마셨잖아?!"

"와, 것 땜에 오늘 아침 나는?!"

왜 오늘 아침에 왜? 피식피식— 새아에게선 숨길 수 없는 웃음이 터져 나왔다.

"왜, 뭐, 왜, 사진 봤구나?!"

봤지, 그럼. 어기 리조트에서 권 대표님을 아주 특별 대우해서 방 업그레이드해 줬다는 소식은 내가 들었지. 우리 권 대표님은 스페셜 캠핑존으로 체크인하셨다던데. 푸흡푸흡—

지혁은 기함했다. 그 사진이 단톡방에서 돌아? 아우, 미쳐 돌아가겠네.

"조심해, 수틀리면 어디 유머 사이트 같은데 확 풀어 버릴 테니까."

이에 지혁이 반격을 시도했다.

"어어? 나라고 자기 사진 안 갖고 있는 줄 알아?"

"뭐? 내 사진 뭐?"

그가 의기양양하게 휴대폰을 꺼내어 사진들을 보여 주었다. 새아의 집에서 도시락을 함께 먹은 날, 둘이서 귀염뽀짝, 재미있는 어플 합성 사진을 찍은 뒤로…… 새아가 쌔근쌔근 잠들어 있는 모습을 찍어 놓은 영상이 있었다. 잠든 그녀의 코 앞에 초콜릿을 갖다 대자 달콤한 향이 느껴졌는지 새아가 뻐끔뻐끔하면서 입맛을 다셨다. 지혁은 웃음을 꾹 참으며 자는 새아의 구석구석을 손가락으로 슬슬 건드려 보았다. 그녀는 강아지처럼 으르렁하면서도 절대 눈을 뜨지 않았다. 지혁이 너무 귀엽다는 듯 뽀뽀를 해 주자, 그 와중에도 입을 쭈우욱— 내민 채로 다시 새근새근 잠에 드는 영상이었다.

"어머나? 내가 잘 때 이렇게 귀여워?"

의외로 새아의 반응은 매우 호의적이었다. 어머? 내가 너무 귀엽잖아?

"어, 장난 아니야."

"이런 거 찍어 놨음 공유를 해야지. 나한테 보내 줘. 저번에 찍은 그 사진들도."

어쩌다 보니 또 순식간에 다정해지는 두 사람이다.

"이렇게 귀여운 걸 혼자 보고 있었다니. 욕심쟁이."

"어제 텐트에서 혼자 자서 완전 외로웠쪙."

"그랬쪙? 근데 그렇게 아침까지 쿨쿨 잠들어 버렸쪙?"

"아무도 안 깨워 준 걸 어떡해?"

"여튼, 이제 한 번만 더 태클 걸면 죽여 버리겠쪙."

"알았쪙. 이번 싸움에선 자기가 승리한 것처럼 귀 축- 내리고 들어갈겡."

그때는 몰랐다. 지혁의 휴대폰에 아까 그 영상이 전송이 안 되고서 빙글빙글 로딩이 걸리고 있다는 것을. 그렇게 두 사람이 다시 회의실로 들어갔다.

"둘이 싸웠어요? 한판 붙었어요?" 법석을 떠는 플래너들에게 새아는 "별거 아니에요. 오해가 있어서 좀 풀고 왔어요." 우아하고 부드럽게 웃어 주었고, 지혁도 "저희 화해했어요, 걱정 마세요. 하하핫." 그렇게 웃으며 자리에 앉았다.

"유준아, 교육 동영상이 왜 재생이 안 되지?"

새아는 바쁘게 다음 교육 준비를 시작했다.

"그러게, 피피티에서 자동 재생이 안 되네."

"그림, 이따기 니가 영상 따로 틀어 줄래? 내가 지금 다운받아 놓을게. 여기 폴더에 있어."

그 폴더 이름은 하필, '카카오톡에서 받은 파일'이었다. 자기도 모르게 직접 비밀의 영상들을 노트북에 저장해 놓은 가운데, 교육이 시작되었다.

"이번엔 제가 구동 영상을 직접 보여 드리면서 설명할게요."

그리고 재앙이 시작되었다. 유준은 새아가 가르쳐 준 대로 폴더에서 받은 파일을 재생했고, 거기엔 놀랍게도 지혁과 새아가 침대에서 함께 꽁냥대며 온갖 닭살을 떠는 영상이 재생되고 있었다. 오, 마이, 갓!

"……!"

동글동글- 로딩이 길어지던 지혁의 영상이 늦게 도착해 노트북에 그걸 받아 버리고 만 것이다. 모든 플래너들의 눈이 충격으로 휘둥그레진 가운데,

"두, 두 분 뭐예요?"

한 침대에서 뽀뽀하고 쪽, 귀척하고, 이거 다 뭐예요? 새아는 온몸을 대자로 뻗어 스크린을 가리려 하다가 노트북을 끄기 위해 전력 질주를 했지만……

"왜 둘이 보기 좋은데 왜 그래. 좀 더 보자."

"뭐, 수위 넘는 장면이 나와?"

영상을 더 보고자 하는 직원들에게 곧 가로막히고 말았다.

"두 분, 화해를 했다더니? 좀 찐하게 하고 왔나 보네?"

명희의 말이었다. 지혁은 그저 입을 딱- 벌리고 있었다. 아깐 텐트 안에서 꾸겨져 있다가 주섬주섬 굴러 나오는 사진이 내 인생 최고의 수치플인 줄 알았는데…… 아니었다. 이건, 그 이상이었다. 그렇게 꽁꽁 숨기려 했던 둘의 공개 연애가 이렇게 만천하에 공개되고 말았다. 두 사람은 도저히 고개를 들 수가 없었다.

〈3권에서 계속〉

밀당의 요정 2

1판 1쇄 인쇄 2021년 11월 11일
1판 1쇄 발행 2021년 11월 23일

지은이 천지혜

발행인 양원석 **편집장** 정효진 **책임편집** 문예지
디자인 정세화, 김미선 **영업마케팅** 양정길, 강효경, 김보미

펴낸 곳 ㈜알에이치코리아
주소 서울시 금천구 가산디지털2로 53, 20층 (가산동, 한라시그마밸리)
편집문의 02-6443-8843 **도서문의** 02-6443-8800
홈페이지 http://rhk.co.kr
등록 2004년 1월 15일 제2-3726호

ISBN 978-89-255-7907-8 (03810)